DACCI OGGI LA
felicità
TINNEAN

Triskell-Dreamspinner

Special Print Edition

Pubblicato da Triskell Dreamspinner Special Print Edition

Titolo originale: *Bless us with content*
Copyright © 2011 by Tinnean
Traduzione di Ernesto Pavan

Illustrazione di copertina di Paul Richmond
http://www.paulrichmondstudio.com

Stampato negli Stati Uniti d'America
Prima Edizione
Febbraio 2011

Edizione italiana in eBook: 978-1-61372-885-7
Edizione italiana paperback: 978-88-9312-152-1

Dedicato ai soliti sospetti, che mi hanno aiutato meglio che potevano con *Dacci oggi la felicità*: Trish, Tim Mead, Tracy Nagurski, Drew Hunt, Jim, Gail Morse e Tony. Grazie mille, amici miei.

Una dedica particolare a Bob, che ha svuotato la lavastoviglie e piegato il bucato cosicché io avessi tempo di scrivere.

NOTA DELL'AUTORE

Dacci oggi la felicità prende il nome dalla poesia di Robert Burns, "A grace before dinner". Non c'è bisogno di dire che i due George Stephenson che appaiono in quest'opera non hanno nulla a che vedere con il George Stephenson che fu il primo a usare un motore a vapore per far muovere un treno passeggeri nel 1825.

Falene fantasma e piralidi sono insetti che si nutrono di luppolo, mentre agrobatterio e peronospora sono malattie, l'una batterica e l'altra dovuta a un fungo.

Un Benjamin è un cappotto da uomo. «La febbre» è un altro modo di chiamare la malaria.

In base a http://www.measuringworth.com/, diecimila sterline del 1834 varrebbero fra i 672.000$ e 1.336.000$ di oggi. Un «pony» equivale a 25£. Una «scimmia» vale 500£. Un *cent per center*[1] è un usuraio.

---

1 Espressione derivata dal francese che, letteralmente, indica una persona che presta denaro aspettandosi di riavere indietro il doppio della somma (ndt).

OSBURT LAYTHAM era un favorito di Giacomo I. Con la benedizione di Sua Maestà, Osburt navigò verso le Indie e, al suo ritorno con una ricchezza mai vista prima e un trattato importante, fu ricompensato prima con un cavalierato e poi con il titolo di baronetto e la tenuta che ribattezzò Fayerweather.

Sir Osburt aveva portato con sé una sposa esotica, una bellezza dai capelli neri e gli occhi a mandorla, che aveva portato in dote una fortuna in gioielli. Fra quei gioielli c'era un rubino delle dimensioni del suo pugno. Al rubino era stato dato il nome di Fiamma di Diabul, perché quando veniva esposto alla luce sembrava che un fuoco bruciasse nelle sue profondità.

Attraverso le generazioni, la fortuna dei Laytham decadde lentamente, fino a che non rimasero solo Fayerweather e la Fiamma, e la leggenda secondo cui se mai il rubino si fosse allontanato dalle mani dei Laytham, un destino crudele avrebbe atteso l'uomo che non lo aveva impedito.

CAPITOLO
UNO

ERO un bambino di sette anni la prima volta che vidi Laytham Hall, troppo giovane per rendermi conto che il Paese piangeva la morte del nostro monarca, Re Giorgio III. Pensavo che tutti soffrissero assieme a me per la perdita dei miei genitori.

Laytham Hall era un enorme mucchio di pietra grigia tentacolare, con un piccolo portico a ombreggiare le porte a due battenti che si aprivano sulla Sala Grande. Annidata nel cuore di Fayerweather, la sua facciata sobria era coperta di edera e una luce gelida si irradiava dalla brina rappresa sulle numerose finestre a pannelli di vetro, ma per quanto fosse adorabile, all'epoca non era casa mia e io non avrei voluto essere lì.

La linea di sangue dei Laytham si era assottigliata assieme alle fortune di famiglia, fino a che non erano rimasti solo tre figli. Eustace, il più anziano, un giorno avrebbe ereditato il titolo. Aveva un carattere imprevedibile e la tendenza ad angariare chi non osava ribattere, e a nessuno piaceva molto, neppure ai suoi genitori.

Osburt era il più giovane. In circostanze normali sarebbe stato destinato alla carriera ecclesiastica, ma aveva fama di essere uno scapestrato ed era stato cacciato di casa dal vecchio baronetto. Dopo molti anni trascorsi senza avere notizia di lui, era opinione comune che il suo comportamento dissoluto lo avesse condotto alla morte.

Archibald, il figlio di mezzo, era mio papà. Il nonno avrebbe voluto comprargli i colori[2], ma la carriera militare non aveva attrattive per lui e così, poiché il suo padrino gli aveva lasciato una discreta somma di denaro, si trasferì a Londra e decise di impiegare il suo tempo cercando di stabilire l'ultima moda in fatto di fazzoletti per il collo e gilè, e facendo chiasso in città. Buona parte della sua eredità era ancora nelle sue tasche quando incontrò la mamma, mentre assieme ad alcuni amici visitava le colline Cotswolds.

Mamma era figlia di un vicario, dolce di viso e d'animo, con adorabili occhi marroni tristemente nascosti dietro la montatura dei suoi occhiali spessi, l'ultima donna al mondo che chiunque avrebbe pensato potesse attrarre mio padre. Lui la persuase a fuggire con lui a Gretna Green[3] e mentre suo fratello maggiore Eustace, che all'epoca era divenuto sesto baronetto e unico membro della famiglia ancora in vita, si strinse indifferente nelle spalle, mio nonno materno era furioso – il destino di lei era prendersi cura di lui, del vicariato e della sua congregazione, non sposare un libertino qualunque – e le predisse tristezza, mali e miseria nera a lei e alla sua progenie e la disconobbe.

Fu molto sorpreso quando non arrivai prima di due anni e cercò malvolentieri di fare ammenda, ma ormai la distanza fra lui e mamma si era fatta troppo

---

2   Espressione che significa "acquistare un brevetto di ufficiale." (ndt).
3   Villaggio del sud della Scozia, famoso appunto per il costume di offrire rifugio alle coppie fuggitive desiderose di sposarsi (ndt).

ampia. Lei respinse i suoi approcci privi di calore e così io crebbi senza alcun contatto con lui. Quello fu il motivo per cui, quando i miei genitori annegarono nella Manica durante un incidente in barca quando io avevo sette anni, fui mandato a Laytham Hall.

«Oh, povero piccolo!» La zia Cecily, moglie di zio Eustace, non aveva figli. Mi avvolse in un abbraccio profumato, ma quello non era l'odore di mia madre e io, invece di restituirle l'abbraccio, rimasi rigido. Il suo entusiasmo si attenuò, lei mi lasciò andare e io potei solo esserne lieto.

«Beh, siete stata voi a insistere perché lo prendessimo con noi,» le ringhiò lo zio. «Moccioso villano. Non ha neppure un bell'aspetto, vero?» Le sue sopracciglia si inarcarono e diede un colpetto con le dita contro gli occhiali che ero costretto a indossare da quando ero un bimbetto e papà si era reso conto che non era la goffaggine a farmi cadere dalle scale o urtare i muri, ma la mia vista debole.

Zia Cecily sospirò.

No, non ero un bimbo affascinante, ma ero stato amato. Lo sarei stato ancora?

Lo zio grugnì. «Se non fosse per il segno dei Laytham...» Era sul mio avambraccio, con la forma e le dimensioni di un penny e del colore rosso cupo della Fiamma. Mi sollevò bruscamente la manica della camicia e poi allontanò con disgusto il mio braccio da sé, anche se non sapevo il perché. «Avrei scommesso che Maria avesse raggirato mio fratello. Se dobbiamo tenere in casa un moccioso non mio, almeno tenetelo lontano dalla mia vista.»

Lo zio traeva piacere dall'incolpare zia Cecily del fatto che, dopo dieci anni di matrimonio, fossero ancora senza figli.

La zia strinse le labbra ma non disse nulla.

Mamma, per quanto dolce di carattere, avrebbe rimproverato severamente papà per averle parlato in quel modo. Mamma... papà... mi mancavano così tanto e li rivolevo indietro.

Zia Cecily tirò il cordone e in pochi istanti Colling, il maggiordomo che l'aveva seguita a Laytham Hall dopo il matrimonio, entrò nella stanza.

«La signora ha suonato?»

«Sì, Colling. Padron Ashton abiterà con noi d'ora in poi. La stanza dei bambini è pronta. Assicurati che una delle cameriere si prenda cura di lui fino a quando non troveremo una balia o una governante.»

Ero troppo abbattuto per obiettare che ero troppo grande per avere una balia e che avrei preferito di molto un tutore a una governante.

Colling mi scrutò dall'alto della sua statura considerevole e io capii che di me non gli importava nulla. A ogni modo, annuì. «Se mi volete seguire, padron Ashton?»

«Vi prego.» Mi voltai verso i miei zii, cercando di tener saldo il labbro superiore. «Vi prego, voglio andare a casa.»

«Non frignare, ragazzo! Questa è casa tua ora,» ringhiò zio Eustace. Amava fin troppo ringhiare e io mi feci piccolo. «Non desidero vederlo quando sono in casa; è chiaro, Colling? Istruirai al riguardo il resto del personale.»

«Sì, sir Eustace. Padron Ashton?» Mi prese per mano e cercò di guidarmi fuori dalla stanza.

«Non verrò con voi!» gridai. «Voglio andare a casa!» Mi divincolai e corsi da zia Cecily, buttandomi addosso a lei e aggrappandomi alle sue gonne. «Vi prego, zia!»

«Moccioso!» Zio Eustace mi strappò da sua moglie, facendomi male. «Devo fare tutto da solo?» Le sue dita si chiusero dolorosamente intorno al mio polso e, nonostante puntassi i talloni, mi trascinò con sé.

«No!» Strattonai il polso e, quando lui non mi lasciò, affondai i denti nella sua mano.

«Basta così!» Strinse i denti e mi colpì abbastanza forte da farmi cadere gli occhiali, al che io lo fissai nello stupore più completo. Non ero mai stato picchiato in vita mia. «Ora comportati bene, o ti darò delle percosse che non scorderai mai!»

Terrorizzato, lasciai che mi afferrasse il braccio e mi trascinasse dietro di sé. Salimmo e salimmo. Alla fine, aprì una porta e mi buttò oltre la soglia.

«Starai qui fino a che non avrai imparato le buone maniere; mi capisci, miserabile cane?» Lanciò uno sguardo di fuoco alla propria mano, che sanguinava lentamente, poi tirò fuori un fazzoletto e bendò la ferita. «Colling, occupati di lui.»

«Sì, sir Eustace.» Il maggiordomo doveva averci seguito portando il bauletto che conteneva tutti i beni che avevo potuto portare con me. «Provvederò affinché una delle cameriere gli porti i pasti. Tuttavia, se dovesse mordere, non posso garantire...»

«No, no. Non te lo chiederei mai, Colling. Che diavolo, potrebbe costarmi la servitù, e Dio sa se Lady Laytham non si lamenta già abbastanza di quanto sia difficile tenersela stretta.»

Il viso di Colling pareva intagliato nel legno. «Come dite voi, sir Eustace.»

«Se nessuno gli porterà i pasti, dovrà rassegnarsi alla fame.» C'era della soddisfazione nelle sue parole e con esse, lo zio girò i tacchi e mi abbandonò lì.

Colling abbassò lo sguardo su di me, guardando con freddezza il livido che sentivo allargarsi sulla guancia. «Manderò Jane con il vassoio della cena. Fareste meglio ad ascoltare le parole di sir Eustace e a non morderla.» Anche lui se ne andò, chiudendo la porta dietro di sé e io sentii la chiave girare nella serratura.

Mi misi alla finestra e tenni la schiena voltata alla porta quando Jane entrò.

«Il vostro tè, padron Ashton. Lo lascerò qui su questo tavolino, allora.»

Umiliato e mortificato per essere stato percosso, rifiutai di prendere atto della sua presenza e, nonostante lei cercasse di mettermi il più possibile a mio agio e chiacchierasse mentre accendeva il fuoco nel caminetto all'angolo e spacchettava i miei pochi effetti personali, alla fine cadde in silenzio di fronte alla mia indifferenza.

«Beh, io ho finito. Suonate se avete bisogno di qualcosa, padron Ashton. Ma per quanto mi riguarda io non vengo più.» borbottò mentre chiudeva la porta dietro di sé e, di nuovo, la chiave girò nella serratura.

Non viste da nessuno, le lacrime scivolarono lungo le mie guance.

LE PRIME impressioni. È possibile superarle?

Quando cominciai a riprendermi dalla perdita dei miei genitori, il danno era fatto e mi ero guadagnato la reputazione di ragazzino imbronciato, disobbediente, ingrato.

Zio Eustace era raramente a casa, un fatto per il quale non ero il solo a essere grato.

Zia Cecily era bloccata a letto per qualche motivo che in mia presenza non era mai menzionato e, quando finalmente riapparve, era pallida e smunta ed emanava un'aura di sofferenza. Trascorse con me il poco tempo che poteva, ma prima che fra di noi potesse nascere una vicinanza di qualunque sorta, ricevette un messaggio tramite posta e ancora una volta la casa fu gettata nel tumulto.

«Oh, buon dio!» mormorò fra i singhiozzi.

«Cosa c'è che non va, zia?»

Sollevò lo sguardo su di me, le lacrime che scorrevano lungo le guance e le labbra tremanti. «Marian Hood è morta!»

«Chiedo scusa, ma chi è Marian Hood?»

«È... era una mia cara amica. Ci siamo sposate nello stesso periodo, anche se il suo è stato un matrimonio d'amore. Suo marito si è dato alla carriera militare. Perdere Robert è stato un colpo duro per lei. Era maggiore di brigata in un reggimento di fanteria e cadde a Waterloo, lasciandola vedova con tre figli e senza mezzi per allevarli. Si risposò poco dopo con un certo Frederick Pettrigrew.» Zia Cecily si incupì. «Non ho avuto molte opportunità per vederla, anche se abbiamo intrattenuto una corrispondenza prolifica. Il signor Pettrigrew voleva un figlio suo e alla fine ce l'ha fatta, solo per perdere madre e figlio durante il parto.»

Mi resi conto di quanto doveva essere angosciata per dire una cosa del genere in mia presenza. «Mi dispiace molto, zia,» dissi educatamente, ma lei non parve udirmi.

«Mia povera, cara, Marian. E quei poveri, poveri ragazzi! Hanno perso la madre e un fratellino, dopo il loro caro padre. E il patrigno...» Tirò su col naso. «Il signor Pettrigrew si sta uccidendo col bere e trascura vergognosamente i ragazzi. Sua sorella Vivien mi scrive implorando il mio aiuto. Lei stessa ha sei figli e non può prendere con sé i giovani Robert, John e William. Oh, ma certo che possono venire a vivere con me! Devo scrivere subito a Vivien!»

«Tre figli?» Questo suscitò il mio interesse. Non c'erano ragazzi di buona famiglia nei pressi di

Fayerweather – i figli di Lord Hasbrouck erano adulti e lontani, mentre Squire Newbury aveva solo delle figlie –sebbene non mi facessi problemi ad avvicinare i ragazzi della stalla, a differenza degli zii.

«Colling, informa Thomas il cocchiere che desidero che porti la carrozza a Panton Square,» ordinò al maggiordomo. «Avranno bisogno della presenza affettuosa di una donna,» mormorò fra sé. «Manderò subito Flowers a prenderli!» Si affrettò ad andare a parlare con la sua cameriera personale.

E così, sconfiggendo per una volta le obiezioni di zio Eustace, zia Cecily fece venire a vivere a Laytham Hall i fratelli Hood.

Quasi tremando per la trepidazione, attesi nelle stanze che sarebbero state assegnate ai fratelli, mentre le cameriere le preparavano. Ovviamente ero triste per la loro perdita, ma quella era per me l'opportunità di fare amicizia con ragazzi della mia levatura!

Il rumore di una carrozza che si fermava in cortile mi fece precipitare giù dalle scale, ma in fondo a esse rallentai e camminai decorosamente fino all'ingresso, aspettando fino a che non furono entrati nell'edificio.

I due Hood più anziani erano quasi della stessa altezza, diversi centimetri sopra la mia, nonostante il fatto che avessimo la stessa età, mentre il più giovane era alcuni centimetri più basso. Il colore dei loro capelli andava da sfumature di castano chiaro al nero delle ali di un corvo, ma gli occhi erano tutti dello stesso blu chiaro, sorprendente.

«Come va?» Offrii timidamente la mano ai fratelli. «Sono Ashton Laytham.»

Nessuno dei due ragazzi più vecchi si sforzò di stringermi la mano e quando il più giovane provò a farlo, Robert lo fermò.

«Sei Ashton l'Orribile. Abbiamo sentito parlare di te.»

Mi sentii impallidire e lasciai cadere la mano. Non avevo mai udito prima di allora quell'appellativo. «Cosa? Come…?»

«Abbiamo sentito la donna che zia Cecy ha mandato a parlare con la domestica di zia Vivien mentre facevano i nostri bagagli.» I due si scambiarono un'occhiata e ridacchiarono, dopodiché il terzo si unì a loro, anche se era chiaro che non capiva la ragione del loro divertimento. «Non si rendevano neppure conto che potevamo sentirle. I grandi spesso non prestano attenzione ai bambini, o non lo sapevi ancora, Orribile?»

Ignorai quelle parole. Era questo che pensavano di me, di sotto? Mi bruciavano gli occhi, ma avevo imparato poco dopo il mio arrivo a Fayerweather che le lacrime non erano mai di alcun aiuto.

Zia Cecily arrivò sulla scena proprio in quel momento e avvolse tutti e tre i fratelli in un abbraccio compassionevole. «I miei poveri, poveri ragazzi! Qui starete bene, avrò cura io di voi! Ah. Ashton. Hai già conosciuto Robert, John e William. Che fortuna. Puoi mostrare loro le stanze e aiutarli a portare il baule?»

«Non penso, zia. Ho lezione.» Mi voltai e li lasciai. Era palese che non avessero bisogno di amici, perché avevano loro stessi.

Erano bei bambini, lo dicevano tutti; zia Cecily rivolse loro tutte le sue attenzioni, amandoli con un'intensità che non aveva mai rivolto a me.

Poco dopo, ebbe inizio un periodo di pacata agitazione.

«Zia Cecy è in stato interessante,» disse Robert con aria consapevole.

«Chiedo scusa?»

«Non sei molto sveglio, eh, Orribile? Aspetta un bambino.»

«Un bambino?»

I tre fratelli scoppiarono a ridere e uscirono dalla stanza, scuotendo le teste, mormorando fra loro della mia stupidità.

Ma i bambini non nascevano dall'amore? Una cosa che di sicuro non abbondava nei rapporti fra mio zio e sua moglie. I fratelli potevano non saperlo, ma io sì.

Zia Cecily fu molto felice per un certo periodo, ma poi si ritirò nelle sue stanze per diverse settimane e, quando ne emerse, era di nuovo pallida e melanconica, anche se a volte gli Hood riuscivano a farla sorridere.

Due anni dopo arrivò Arabella Marchand, la figlia di un cugino, un'altra orfana. Zia Cecily sorrise e batté le mani. «Magnifico! Ora ho una figlia e la famiglia è completa!»

Una giovane d'aspetto angelico, Arabella aveva riccioli d'oro e occhi cerulei e tutti l'amarono a prima vista, viziandola come nessuno aveva mai pensato di viziare me.

Soffrii, perché mi mancava l'affetto che i miei genitori mi avevano profuso con tanta generosità. Decisi, dato che mi avevano già attribuito l'appellativo di «Orribile», che avrei dimostrato loro quanto orribile fossi in grado di essere; così, per vendetta, divenni tanto odioso quanto ero in grado di essere.

Robert insisteva affinché fossi incluso nei loro giochi – dopotutto, chi altri avrebbe potuto fare il cattivo? Io, in quanto erede di Fayerweather, avrei dovuto essere il capo. Tuttavia, Robert reclamava per sé il ruolo di Robin Hood – «Non mi chiamo forse Robin?» – e indossava con disinvoltura il cappello verde con la piuma che aveva convinto zia Cecily a dargli da uno dei suoi copricapo. Ovviamente John era Little John, mentre William assumeva il ruolo di Will Scarlet.

Io, d'altra parte, ero considerato degno solo di interpretare lo Sceriffo di Nottingham, o qualche volta Guy di Gisbourne. E in ogni caso, nessuno dei fratelli avrebbe obbedito ai miei ordini.

Quel giorno in particolare, William, il più giovane degli Hood, era stato colpito alla gamba da una brutta scheggia staccatasi dal bastone che mi fungeva da spada, e Robert mi lanciò uno sguardo torvo. «È colpa tua!» ringhiò. «Little John, porta qualcosa per rimuovere la freccia.»

John corse via e io incrociai le braccia e fulminai Robert con lo sguardo. «Quella non è una freccia.»

«Lo è se lo dico io!» Si voltò verso il suo fratello ferito. «Ora, Will Scarlet, taglierò via la freccia dalla tua   gamba!»

«Sì, Robin.» Quell'idiota spregevole avrebbe detto senza dubbio, *Sì, Robin*, anche se suo fratello gli avesse detto, *William, ora ti amputerò la gamba*.

John fu di ritorno a breve con un temperino che riconobbi come quello di zio Eustace. «Lo dirò a zia Cecily!» esclamai. Uno di noi doveva avere del buon senso. A parte quello, se qualcuno avesse notato la sparizione, l'inferno sarebbe piovuto sulla mia testa.

«Ci venderesti così?» Robert divenne scuro in viso e fece un passo minaccioso verso di me. Mi costrinsi a rimanere immobile.

Arabella mostrò il suo disappunto dandomi un calcio negli stinchi e i tre fratelli risero.

Robert mi congedò a gesti e snudò la lama. William spalancò gli occhi e il suo labbro inferiore tremò, perché all'improvviso quella cosa pareva grande quanto il coltello che usava la cuoca per tagliare la carne.

«Bubbole, giovane William. Sei un Hood! Ecco, prendi questo pezzo di legno e mordilo se il dolore è troppo forte. Non che dovrebbe.»

«Sì, Robin.» William obbedì e io arricciai le labbra per il disdegno.

Robert annuì soddisfatto, poi disse: «A testa alta, giovanotto,» e cominciò a estrarre la scheggia.

Arabella strinse la mano di William. «Sei così coraggioso, Will Scarlet!»

«Non... non fa molto male. Sul serio, Belle. Voglio dire, Damigella Marian.» Morse con forza il legno, mentre il suo colorito si faceva verdastro.

«Ecco la stronzetta!» esclamò trionfante Robert. Arabella si coprì le orecchie con le mani, ma ridacchiò.

Il sangue scorreva abbondante e io di punto in bianco mi sedetti, sentendomi stordito.

Arabella strappò un pezzo della sua sottoveste, tamponò la ferita e poi la bendò. «Ti senti meglio, Will?» Gli accarezzò il braccio.

Lui annuì, ma Robin Hood gemette con fare teatrale. «No! Troppo tardi! Siamo arrivati troppo tardi! La freccia doveva essere stata intinta nel veleno! Pagherai per la tua slealtà, Sceriffo, tu e il tuo vile Principe Giovanni!» Agitò il pugno verso di me, poi si voltò verso il fratello più giovane. «Ma per ora – Will Scarlet ha avuto una morte onorevole. Dobbiamo fargli un funerale da eroe!»

«Morire per una ferita infetta non è eroico!» brontolai.

«Bubbole, sceriffo! È stato per via delle tue azioni... Un momento! John, ci serve... no, hai già rischiato tutto per andare a prendere il coltello dal tavolo del chirurgo. Andrò io in cerca del valoroso guerriero! Voi scavate la tomba!»

«Non vedo perché dovrei!» Diedi un calcio a un ciuffo d'erba.

Ma Robert corse via e gli altri, come sempre, non mi prestarono attenzione, mettendosi invece a scavare una buca poco profonda nel terreno vicino alla riva dello stagno.

Robert rimase via per quelli che parvero tre quarti d'ora, ma forse mi ero sbagliato. Mi annoiavo e volevo andare alle stalle, dove perlomeno gli stallieri mi trattavano bene e uno dei ragazzi era amichevole nei miei confronti, ma gli altri mi misero a tacere gridando.

Alla fine Robert trotterellò fuori dalla magione.

«Scusate, compagni. Ho dovuto… ehm… cercare qualcosa. Guardate cosa ho trovato!» Era un soldatino di piombo con l'elmo crestato dei dragoni leggeri, la giacca dipinta di rosso brillante e il colletto di blu regale.

«Io dico che... quello è mio!» Un amico di zia Cecily mi aveva regalato tutta la serie per Natale, prima che arrivassero gli Hood ed egli si rendesse conto di preferire i fratelli a me.

Robert sogghignò, un'espressione poco piacevole a vedersi, mise il soldatino nella «fossa» e vi gettò sopra una manciata di terra. «Io sono la risurrezione e la vita, disse il Signore...» cantilenò con fervore. Nei suoi occhi apparve un'espressione distante e io arricciai le labbra per il disappunto, ma lui era talmente coinvolto nelle sue visioni di gloria che non lo vide. «Cenere alla cenere, polvere alla polvere. Se dovessi camminare in una valle oscura, non temerei alcun male...»

Arabella tirò su col naso. Non potendo alzarsi in piedi, William sedette attento. John gli stava accanto, la trombetta in mano.

Io misi il broncio. Era il *mio* soldatino, dopotutto,

ed era stato requisito senza neppure un «se mi è consentito.»

Sull'altro fianco di William stava Robert, gli occhi accesi da un fervore quasi guerriero. «Non sarebbe fantastico combattere un'ultima, disperata battaglia contro forze soverchianti, compagni?»

«Come fece nostro padre, Robin?»

«Sì, proprio come fece nostro padre!» La sua espressione divenne malinconica. «Papà... giace sepolto in una fossa comune al crocevia di Quatre-Bras. Quando cadrò...»

«Farò in modo che tu riceva un saluto da eroe, Robin!» John appoggiò la mano sulla spalla di suo fratello.

«Anch'io!» gli fece eco William.

«E immagino che farete visita alla sua tomba ogni anno all'anniversario della sua morte e lascerete dei fiori?» Mi accigliai, sollevai una spalla e mi voltai. «Pazzie!»

Ma avrei anche potuto risparmiare il fiato.

«Grazie, compagni.» Robert si schiarì la gola. «Ora, trombettiere?»

John portò la trombetta alle labbra e cominciò a suonare Last Post[4] e io mi fermai con riluttanza, colpito, nonostante tutto, da quelle note malinconiche. John inspirò e soffiò, inspirò e soffiò, lo fece con tanto calore da non stonare neppure una volta.

Aveva giocherellato molto spesso con quella trombetta, ma questa volta... Mi parve bellissimo, con i folti capelli castani che ricadevano goffamente davanti agli stupefacenti occhi blu, quello fu il momento in cui mi innamorai di lui senza poter resistere in alcun modo.

---

4   Musica dei funerali militari della cavalleria e artiglieria britanniche (ndt).

Ma non fu prima di sei anni dopo, il giorno del mio diciassettesimo compleanno, quando tutti eravamo in vacanza da scuola, che feci l'a... *presi* John Hood per la prima volta.

CAPITOLO
DUE

UNO strano stalliere si presentò alla porta della cucina e qualcuno mi mandò a chiamare. «Sì?»

«Signor Laytham? Ho un messaggio per voi.» Mi porse un foglio di carta piegato. Lo aprii e lessi le parole con gli occhi che si spalancavano sempre di più. Sembrava che, grazie a un colpo di fortuna mai visto prima, zio Eustace avesse vinto al gioco un ottimo cavallo giovane.

A ogni modo, proseguiva il messaggio, siccome l'animale era sottopeso, egli mi donava il puledro. Quell'atto mi sorprese e io mi chiesi quale fosse il vero difetto del cavallo; zio Eustace non era uso a tali generosità.

«Dov'è il puledro?» chiesi allo stalliere.

«Proprio fuori dalla porta, signore.» Batté i piedi e si alitò sulle mani.

«Cuoca, dategli qualcosa per scaldarsi.»

«Grazie, signore. Mi servirebbe proprio qualcosa.»

«Potete trascorrere la notte qui. Dopo mangiato, vi farò mostrare da uno degli stallieri dove potete mettere il vostro cavallo.»

«Già ti comporti da padrone di casa, Orribile?»

Guardai severamente Robert Hood, che pareva comparso dal nulla, e aprii la bocca per informarlo del fatto che quando fossi divenuto sul serio il settimo

16

baronetto, il mio primo atto sarebbe stato cacciarlo da casa mia, ma John era lì con lui, assieme a William e Arabella, perché naturalmente erano sempre insieme, e mi morsi la lingua.

«Non hai nulla di meglio da fare che infastidirmi, Robert?»

«No.» Sogghignò. «Cuoca, gioia del mio cuore, potresti darci del tè? Siamo affamati!»

John lo guardò come se il suo adorato fratello avesse scandito versi immortali e io ingobbii una spalla e uscii furtivamente dalla cucina nel pomeriggio dicembrino.

Il puledro era piccolo, non più alto di quindici spanne, color dell'avorio, con la criniera e la coda lunghe e folte e bizzarri occhi blu. Lo zio aveva scritto che il precedente proprietario lo aveva battezzato, grazie a essi – Blue Boy. *«Ovviamente dovete cambiare immediatamente il nome. Qualcosa di meno stravagante. Arthur, forse, o William, come il nostro grande sovrano.»*

I grandi occhi liquidi mi osservarono, curiosi e intelligenti. No, non gli avrei cambiato nome.

«Vieni, Blue Boy.» Faceva freddo, ma non più di quanto fosse appropriato alla stagione, e pensai di fargli fare un giro nel recinto dietro la stalla principale. «Vediamo come ti muovi sotto la sella.»

TERMINAI il giro con il puledro e lo condussi alla stalla. Arrivato lì, smontai, dandogli una pacca sul collo.

L'aria nella stalla era scaldata dai numerosi animali e profumava di cavalli e fieno.

«Blue Boy è uno splendido animale, padron Ash.» Jem, il giovane stalliere, tolse i finimenti a Blue Boy e si apprestò a strigliarlo.

«Lo è, Jemmy, ed è anche molto mansueto.» Mi

chiesi se avrei potuto osare affezionarmi all'animale, nel timore che zio Eustace ritirasse il suo dono, un atto che era abituato a compiere quando gli pareva che un'altra mano di carte o lancio dei dadi avrebbe visto la fine di una serie di eventi sfortunati. Secondo lui non c'era nulla di male nello scommettere un dono che aveva fatto a qualcun altro.

Sospirai e diedi un ultimo buffetto a Blue Boy. «Il regalo di compleanno più bello che mi abbia mai fatto lo zio.» A onor del vero, l'unico che mi avesse mai fatto.

Jem mi guardò di sbieco. «È il vostro compleanno, dunque, padron Ash?»

«Sì.» Era anche quello di John, ma per una volta il dono migliore era toccato a me.

«C'è un regalo che vorrei farvi, signore.» L'angolo della sua bocca si curvò in un sorriso.

«Molto gentile da parte tua, Jemmy, ma non è necessario...»

«Io credo che lo sia. Siete stato molto gentile con me e mia mamma.» Si guardò intorno per accertarsi che fossimo soli, poi prese la mia mano e mi condusse a un box vuoto. «Chiudete la porta, per favore. Il signor Ruston è fuori questo pomeriggio e i ragazzi sono nei loro alloggi a scaldarsi dopo aver fatto esercitare i cavalli, per cui dovremmo avere abbastanza tempo se facciamo in fretta. Ecco qualcosa che ci renderà le cose più facili.» Mi porse un vasetto contenente una qualche lozione dall'odore dolce e cominciò a sbottonarsi i calzoni.

«Jemmy! Dove la tenevi questa?»

«Fa parte della scorta di mamma, la roba che fa per lady Laytham. Ne ha un sacco e ho pensato...» Parve incerto. «Non mi volete, allora?»

Pensai per un attimo a John. Non mi avrebbe mai

18

guardato in quel modo, né mi avrebbe offerto il suo corpo. «Sì, Jemmy, ti voglio, e grazie.»

Un sorriso felice gli illuminò il volto. Si abbassò i calzoni abbastanza per scoprirsi il culo. «Allora prendetemi!»

Feci molta attenzione. Il mio capoclasse a Eton mi aveva insegnato bene e, presso alcuni dei ragazzi laggiù, avevo fama di amante generoso. Non vidi ragione per trattare Jemmy con meno attenzioni solo perché lavorava nella stalla di mio zio.

Quando sentii che era ben preparato e i suoi fianchi si mossero all'indietro facendo penetrare più a fondo le mie dita nel suo fondoschiena, spalmai l'unguento sul mio cazzo e scivolai dentro, trovando il suo ingresso caldo e stretto.

Jemmy gemette e io smisi di muovermi. «Ti ho fatto male, Jemmy? Non l'avevi mai fatto prima?»

«Sì, una volta o due, ma non erano grossi come voi!»

«Tu mi aduli, Jemmy.»

«Vi dico la verità.»

«Non darmi del voi quando ti fotto, Jem.» Gli mordicchiai il collo.

«Come volete.» Sentii il divertimento nella sua voce e gli pizzicai il culo.

Non avevamo molto tempo, perché chiunque poteva entrare in qualunque momento, per cui velocizzai i miei movimenti.

Sgroppò sotto di me come uno stallone selvaggio, ansimando e gemendo, io ero senza fiato e mi stavo avvicinando all'orgasmo quando, puntualmente, qualcuno entrò nella stalla.

«Stalliere Jem, voglio che il mio cavallo sia sellato!» John Hood, fra tutti.

Mi bloccai, il cazzo affondato nel culo di Jemmy,

la mia mano intorno alla sua erezione gocciolante.

«Vi prego, padron Ash! Non fermatevi!» implorò Jem con un sussurro arrochito.

«Certo che non mi fermerò, Jemmy, tesoro,» lo rassicurai, «ma ora zitto. Magari se ne andrà!»

«Oh oh! Cos'è questo rumore? Mi sembra che qualcuno se la stia spassando!» John infilò la testa nel box. «Oh, mio Dio! *Ashton*!» I suoi occhi divennero enormi, fissi sulla mia cappella violacea, che avevo estratto dal passaggio caldo che l'aveva avvolta come velluto. La mia asta luccicava per la lozione che avevo usato. La affondai nuovamente nel giovane stalliere, che gemette soddisfatto quando colpii il suo punto speciale. Il tutto mentre fissavo l'eccitazione crescente nei calzoni di John.

John pareva incapace di distogliere lo sguardo affascinato dalla visione mia e di Jemmy. «Vuoi unirti a noi, John?»

Era combattuto. Gli Hood erano sempre così onorevoli, così nobili, così puri di cuore. E io... io ero Ahston l'Orribile: *dis*onorevole, *ig*nobile, *im*puro. John sembrava combattuto, come se volesse scappare di corsa dalla stalla, ma più ancora, come se volesse veramente unirsi a noi. Forse aveva preso gusto ai cazzi in culo ad Harrow. Il suo volto arrossì, la sua mano si infilò nei pantaloni e si massaggiò furiosamente.

«Aaaah!» gridò piano Jemmy, riempiendomi la mano di seme. Due affondi secchi e rapidi dopo, esplosi anch'io.

Senza mai distogliere lo sguardo dall'Hood di mezzo, mi portai la mano alla bocca e mi leccai il palmo con gusto.

John tremò, gemette e si morse il labbro, e una macchia scura apparve sul davanti dei suoi pantaloni. Con un gemito inorridito, incespicò fuori dalla stalla.

Cosa mi ero aspettato? che avrebbe voluto davvero unirsi a noi, o ancora meglio, che mi avrebbe distolto dal mio compagno di giochi e preteso che mi conservassi per lui?

«Beh,» mormorai, «spero che riesca a raggiungere la sua camera prima che qualcuno lo veda.»

«Farà la spia, padron Ash?» Jemmy pareva nervoso. Avrebbe potuto perdere il lavoro e, se fosse stato cacciato senza referenze, qualunque altro impiego futuro.

«No. Non devi preoccuparti. Padron John può non provare alcun affetto per me, ma è troppo onorevole. Non metterebbe un servo in una posizione simile.» Deposi un altro bacio sul collo del giovane stalliere e uscii da lui con cautela. «Diamoci una pulita, cosa ne dici, Jemmy?»

«Sì, padron Ash.»

Gemette quando lo feci voltare, caddi in ginocchio e lo leccai tutto.

«Padron Ash, non va bene!»

«Silenzio, Jemmy.» Andava meglio di quanto lui credesse. In quel modo, mi sentii come mi stessi riprendendo qualcosa da John, che non avrebbe mai pensato a farmi un regalo di compleanno come quello, che non avrebbe mai pensato di farmi un regalo di alcun genere.

PIÙ TARDI, quella stessa sera, appena prima che portassero il vassoio della cena, John venne a cercarmi nella sala del biliardo.

«Orribile.»

Sollevai lo sguardo dalla posizione in cui ero, semi sdraiato sul tavolo verde e pronto a tirare, ma rifiutai di dire una sola parola.

Lui trascinò i piedi a disagio e io non riuscii a non notare il rigonfiamento che ancora una volta spiccava dai suoi pantaloni. Fui molto tentato di lasciarmi cadere in ginocchio, sbottonargli i calzoni e liberare il suo cazzo. Volevo conoscere il suo sapore. Invece, abbassai gli occhiali sul naso e lo osservai da sopra di essi.

«Io... vorrei...» Si leccò le labbra e gesticolò impotente, un modo di fare raramente associato agli Hood.

«Dovrai dirmi quello che vuoi a voce, John. Non leggo nel pensiero.» Con cattiveria, decisi che avrebbe dovuto chiedere. Per troppi anni ero stato messo da parte in favore dei suoi fratelli e non resistetti al pensiero di prendermi una piccola vendetta.

I suoi denti tormentarono il labbro inferiore. Era palesemente combattuto. Mi lanciò uno sguardo da sotto le ciglia, ma io attesi paziente.

«Quello che stavi facendo nella stalla...»

«Fare l'amore con Jemmy?»

Un rossore rabbioso coprì le sue guance. Pensava davvero che avrei denigrato quell'atto semplicemente perché il mio partner era un servo? Evitò di guardarmi negli occhi, ma annuì. «Sì. Quello.»

«Non dirai a nessuno quello che hai visto.»

«*No!* Non lo farei mai!» Certo che non l'avrebbe fatto. Deglutì. «Io... io vorrei...» Il rigonfiamento nei suoi pantaloni c'era ancora. John poteva anche essere imbarazzato; poteva anche essere scontento della situazione, ma era ancora eccitato.

Si voltò e il mio sguardo cadde sulle code della sua giacca da sera. Non riuscii a non immaginare le curve solide che coprivano. Le avevo viste una volta o due quando, da ragazzi, lui e i suoi fratelli si denudavano fino alle mutande e andavano a nuotare

22

nello stagno vicino al rudere. Mi ero unito a loro una volta, sperando ancora che saremmo diventati amici, ma avevo torto. Dopo che mi ebbero quasi affogato, non commisi mai più quell'errore.

«Mi vuoi fottere?» Risi amaramente. Non c'era motivo di addolcire la pillola. John non l'avrebbe mai visto come fare l'amore con me. «Perché ciò che vuoi mi dovrebbe importare?»

Lui scosse la testa e sembrò sforzarsi per fare uscire le parole dalla sua bocca. «Non... non quello.»

Impiegai un attimo a comprendere il significato della sua confessione, dopodiché provai pietà per lui. «Vuoi che io... ti sodomizzi, John?» Non osavo parlare di fare l'amore, non osavo proprio menzionare la parola «amore.»

Lui mi guardò da sopra la spalla e annuì velocemente, con un viso tanto pallido ora quanto prima era stato arrossato. «Solo per questa volta, Orribile. E... e devi promettermi che nessuno lo scoprirà mai! Se Robin dovesse saperlo...»

«Ti fidi di me affinché io non riveli il tuo orribile segreto?» Doveva volerlo davvero molto. Non mi sarei permesso di pensare che potesse volere me.

«Sono davvero lusingato. Tuttavia, non devi preoccuparti. Questo Laytham è onorevole, a modo suo.»

E poi, Robert mi avrebbe ucciso se avessi toccato suo fratello. John credeva che non lo sapessi? Credeva davvero che fossi così stupido? Distolsi la mente dal pensiero dell'opinione che poteva avere di me, c'erano cose migliori a cui pensare, come la voglia che avevo di spingerlo contro il muro, intrecciando le dita alle sue, immobilizzandolo. La voglia che avevo di muovere i fianchi contro i suoi, facendogli sentire la mia eccitazione contro il suo culo.

Ma forse si sentiva vulnerabile, con quel culo delizioso di fronte a me. Come se avesse conosciuto la direzione in cui andavano i miei pensieri, arrossì di nuovo e si voltò verso di me.

Feci un passo verso di lui e, sebbene lui rimanesse immobile, i suoi occhi si spalancarono e le sue labbra si schiusero. Cosa avrebbe fatto se invece di far entrare aria nella sua bocca, come stava cercando di fare, avesse lasciato entrare la mia lingua? Temevo che qualunque atto brusco potesse spaventarlo. Ero sempre stato bravo con gli animali nervosi e John non era diverso. Sorrisi mestamente e non mi avvicinai di più.

«Nessuno saprà mai da me che vuoi infilarti nel mio letto e ti prometto che ti piacerà molto.» In effetti, era mia intenzione farglielo piacere tanto da far sì che una volta sola non fosse sufficiente.

«Allora facciamolo...»

Indietreggiai e per un attimo sembrò che mi avrebbe attirato a sé, ma poi la sua mano ricadde, chiusa a pugno, al suo fianco.

«Anche io ho delle condizioni da porre, però.»

«Quali?» chiese bruscamente. «Non posso prometterti nulla...»

«Lo so bene. Credi che voglia una promessa di amore eterno? Roba da ragazzine.» Lo presi in giro. Avrei messo in gioco la mia anima per una cosa del genere, ma non ero così sciocco da desiderare ciò che non avrei mai potuto avere. «La mia condizione è semplice: smetterai di chiamarmi 'Orribile'!»

«Tutto qui?» Di nuovo si morse il labbro inferiore, anche se questa volta lo fece con più forza di quanto all'apparenza avrebbe voluto, perché sussultò, e io sentii il sangue scaldarmisi nelle vene, non volendo altro che calmare quel minuscolo dolore. «Ma come potrò spiegarlo a Robin?»

Feci spallucce. «Digli che è una cosa infantile, digli che siete troppo vecchi per farlo, digli quello che vuoi.» Mi voltai come per andarmene.

«Molto bene,» acconsentì. Mi voltai un'altra volta, con un sopracciglio inarcato, e lui terminò con riluttanza la frase, «Ashton.»

«Saltiamo la cena stasera?»

«*No!*»

Avrei potuto imprecare in preda alla frustrazione, ma costrinsi la mia espressione a rimanere neutra, interrogativa.

«No,» disse in tono più basso. «Tutto deve sembrare normale. Non possiamo farci vedere ad allontanarci assieme.»

«Molto bene,» gli concessi, «ma sappilo, John. Se mi chiami *Orribile*...»

«Ho promesso di non farlo, giusto?» La sua risposta fu scontrosa e per un momento non fu per nulla attraente.

Eppure, scoprii che non mi importava. Ero sul punto di realizzare il mio desiderio più caro e per quanto mi riguardava lui poteva essere scontroso quanto gli pareva.

Uscì in fretta dalla sala del biliardo e lo fissai per qualche istante prima di finire di mettere le palle in buca. Poi misi da parte l'asta, mi pulii le mani sulla pattina dei calzoni, rimisi a posto le maniche della marsina e lasciai la sala.

La famiglia era già sistemata nel salotto rosa quando arrivai io.

«Ah. Ti degni finalmente di raggiungerci, Orribile?» Robert si portò la tazza di te alle labbra.

«In fede mia! Vuoi dire che ero atteso? Che trascuratezza imperdonabile! Se l'avessi saputo, mi sarei presentato molto prima!»

Mi guardò storto. Nelle rare occasioni in cui rispondevo ai suoi punzecchiamenti, riuscivo soltanto a fare la figura dello sciocco. Ma sapendo che presto avrei avuto suo fratello sotto di me... l'angolo della mia bocca si sollevò in un mezzo sorriso e i suoi occhi si strinsero.

«Sei di buonumore.»

«E perché non dovrei? È il mio compleanno e ho ricevuto uno splendido dono...»

«Per tutti i diavoli!» La tazza di John gli era scivolata dalle mani ed era caduta sul tappeto della Savonnerie. Era pallido e nei suoi occhi c'era una luce quasi disperata. Temeva che avrei detto qualcosa ad alta voce, gongolando per quella che lui percepiva come una debolezza, il debole per gli amanti maschi?

«...da zio Eustace.» conclusi in tutta innocenza.

«John, controllatevi!» protestò zia Cecily. Sapevamo tutti che era meglio non imprecare in sua presenza.

«Chiedo scusa, zia Cecy, Arabella.» Si accigliò alla vista della tazza rotta.

«Beh, goditi il dono finché puoi, Orribile,» disse bruscamente Robert mentre si dirigeva verso il cordone per chiamare Colling, «perché non dubito che sir Eustace se lo riprenderà quando ne avrà piacere!»

Lo sapevo anche meglio di lui, perché mio zio non aveva mai donato nulla agli Hood o ad Arabella, lasciando quel compito a sua moglie.

Ignorai le parole pungenti di Robert e mi voltai verso zia Cecily, che mi stava offrendo una tazza di tè. «Grazie, zia, ma no.» Non avevo alcuna voglia neppure dei minuscoli sandwich o delle torte glassate sul vassoio, perché presto John sarebbe stato mio. «Credo che mi ritirerò presto.»

Lui cominciò a singhiozzare.

«John, cos'hai che non va stasera?» Robert gli diede delle pacche sulla schiena.

«Basta. Basta! Vuoi dire, a parte essermi versato il tè sulla mia marsina preferita? Nulla, Robin.»

«Beh, questa sera sembra che abbiate tutti sei o sette anni.» William raccolse i cocci della tazza di John e li mise sul vassoio.

«Non è niente, vi dico!» Trattenni un sorriso; John sembrava di cattivo umore. Troppo spesso ero stato oggetto delle prese in giro dei fratelli e, nonostante i miei sentimenti per lui, non potevo non trarre un certo piacere da quel contrattempo, perché quella era davvero la sua marsina preferita.

Presi una candela e uscii, naturalmente senza che nessuno mi notasse.

Colling trotterellò verso di me.

«Il signor John ha versato il suo tè. Sono certo che te ne occuperai con la solita competenza.»

«Naturalmente, signor Ashton.» Andò a rispondere al campanello e io mi diressi verso la distilleria.

Quanto tempo avevo, mi chiesi, prima che John venisse da me? Presi una delle saponette che zia Cecily aveva fatto seguendo la ricetta che la prima moglie di Sir Osburt aveva portato con sé dalla sua terra natia, dopodiché me ne andai tranquillamente in camera. Non volevo dare l'impressione di avere fretta.

Aprendo la porta, non riuscii a trattenere un sospiro. La mia stanza era buia tranne che per la tenue luce lunare che filtrava all'interno, perché le tende non erano tirate, e il focolare era freddo.

Misi la candela sul comodino e andai alle finestre. Ci volle un momento per chiudere fuori la notte. Dopo aver acceso le lampade a olio, tirai il cordone. Di solito mi sarei accontentato di coperte più pesanti, ma non quella notte.

Presto nel focolare bruciava un bel fuoco che scaldò la stanza. Sapevo che ci sarebbe voluto un po' prima che una serva rispondesse alla mia chiamata, quindi colsi l'occasione per darmi una lavata veloce.

Forse l'odore speziato del sapone sarebbe stato un'esca ulteriore per John. Si diceva che attraesse gli amanti.

Trovai una camicia da notte che non era ancora stata indossata. Dava fastidio contro la pelle – forse era quello il motivo per cui non l'avevo mai messa – ma non prevedevo di indossarla a lungo.

Qualcuno bussò timidamente alla porta e io mi infilai la vestaglia prima di esclamare «Entrate.»

«A... avete chiamato, signor Ashton?» Era una dodicenne, una delle cameriere più giovani della servitù. Ovviamente nessuna domestica si sarebbe abbassata a rispondere al mio richiamo, anche se, nel caso si fosse trattato di uno degli Hood, sarebbero inciampate l'una sull'altra nel tentativo di soddisfare i loro desideri.

«Vorrei che mi scaldassi il letto, Maggie.»

«I... io, signore?» Sbiancò al punto che pensai sarebbe svenuta.

«Voglio che tu mi porti uno scaldino,» chiarii.

«Oh! Sì, certo!» Si affrettò come se avesse avuto il diavolo alle calcagna.

Scossi la testa. Cosa le avevano detto su di me?

CAPITOLO
TRE

CAMMINAI avanti e indietro dalla finestra alla porta.

Era tutto pronto. Il mio letto era ben caldo e il vasetto di unguento datomi da Jem era sul comodino.

Mancava solo John.

Mi tormentai il labbro inferiore. Avrei dovuto dirgli che sarei andato da lui? Ma no, c'era il rischio che Robert mi vedesse entrare nella stanza di John e che, come risultato, suo fratello rifiutasse le mie attenzioni, nonostante le desiderasse.

Feci avanti e indietro un'altra volta, scostai la tenda e fissai lo sguardo nell'oscurità oltre la mia finestra. Non c'era nulla da vedere, ma era meglio che guardare la mia stanza domandandomi se avrei dovuto far portare dei fiori dalla serra, se avrei dovuto portare su alcune delle candele profumate che piacevano tanto a zia Cecily.

La porta si aprì. Mi voltai e ogni preoccupazione svanì dalla mia mente.

«John,» sospirai. «Sei venuto.»

«Io...» Pareva incerto, molto diverso dal giovane presuntuoso che era stato una delle piaghe della mia esistenza, e sentii il cuore sciogliersi.

«Silenzio.» Attraversai la stanza e mi accertai che la porta fosse chiusa a chiave. «Non te ne pentirai.»

Rise amaramente. «Me ne pento già.» Il suo sguardo percorse la stanza, soffermandosi brevemente

29

sul focolare, il guardaroba, il tavolino con la brocca e il catino, evitando il letto, che era, o così pensavo io, molto invitante.

Beh, non c'era motivo di tenerlo sulle spine. Mi tolsi la vestaglia, lasciandola ricadere ai miei piedi, e andai da lui.

«Sei troppo formale.» Senza dargli il tempo di pensarci, cominciai a togliergli i vestiti, lasciandoli dove cadevano.

«D... devo essere nudo?»

«Sarai più comodo.»

Rimase immobile, senza né aiutarmi né ostacolarmi.

Nonostante la sua apparente riluttanza, il suo cazzo era enorme quando ebbi finito di spogliarlo.

«Splendido.» Mi allungai per passare le dita lungo la sua lunghezza, per stringergli i testicoli, per massaggiare delicatamente la pelle dietro di essi, sfiorandogli il fondoschiena.

«Oh!» I suoi occhi si spalancarono, palesemente sorpresi, e una goccia di liquido si formò sulla punta del suo cazzo.

«Non l'hai mai fatto prima?»

«Tu lo sai bene!»

Come avrei potuto saperlo? Non eravamo grandi amici, a dire il vero non eravamo amici di qualunque sorta. A ogni modo, tenni quelle parole per me.

«Tu... ehm... tu sì?»

«Mi hai visto questo pomeriggio nella stalla.»

Arrossì.

«Ma sì, l'ho affatto abbastanza per conoscere a fondo la faccenda.» Sorrisi, ma lui non parve comprendere la mia battuta.

Oh, beh. Non importava. Eravamo lì per scopare, non per flirtare. Tuttavia... volevo farlo ansimare per me.

Presi il liquido sul pollice e me lo portai alla bocca. Lo sguardo fisso nel suo, vi passai la lingua sopra e lo assaggiai.

Lui si accigliò. «È...»

«Delizioso. Hai un sapore delizioso, John.» Mi sarei potuto ubriacare di lui, ma non glielo avrei confidato, non in quel momento.

Magari un giorno?

«Come...» Il suo corpo fu scosso dai tremiti e lui si leccò le labbra. «Come mi vuoi?»

«Sdraiati, per favore.»

Obbedì senza fare commenti e le sue gambe si aprirono come di loro spontanea volontà.

Mi liberai il più in fretta possibile della camicia da notte per timore che cambiasse idea. Passò lo sguardo sul mio corpo, attratto dal punto in cui il mio cazzo si ergeva grosso e orgoglioso. Deglutì a fatica, ma non parve intenzionato a scappare via. Non ancora.

«Non ti farò male, prometto.» Tenni gli occhiali, per vederlo meglio, e salii sul letto.

«Perché no? È quello che farei...» Si morse la lingua, non che fosse necessario. Non ero uno sciocco. Sapevo bene che, se le parti fossero state invertite, John avrebbe tratto grande piacere dal... beh, forse non dal farmi male, perché era un Hood e di conseguenza un uomo onorevole, ma dall'intimidirmi.

La conversazione era superflua in un momento come quello. Mi abbassai e lo presi in bocca, spingendo indietro il suo prepuzio con le labbra. Emise un gemito acuto e tutto il suo corpo si irrigidì mentre affondava verso l'alto coi fianchi, spingendomi il cazzo in gola. Nessuno glielo aveva mai fatto prima di allora? Oh, gli credevo quando diceva di non essere mai stato con un altro ragazzo, ma di sicuro le fanciulle di Harrow on the

Hill non erano state insensibili al suo fascino! Afferrai la base del suo cazzo, strizzandola, e mi ritrassi.

«*No!*» gridò ancora. Allungò freneticamente le mani, cercando di spingermi giù la testa, e se non fossi stato io stesso così eccitato, il suo bisogno mi avrebbe divertito. Tuttavia, sapevo che se avessi continuato la cosa sarebbe finita presto e per quanto lo amassi, non avrei lasciato che John rimanesse soddisfatto senza che lo fossi anch'io, perché non avevo dubbio che in caso contrario avrebbe recuperato il fiato e i vestiti e sarebbe fuggito in fretta. Aveva detto che quella sarebbe stata l'unica volta, ma io volevo più di un'unica occasione e avevo intenzione di fare in modo che, alla fine, l'avrebbe voluto anche lui.

«Ashton, se non la smetti di fare scherzi, giuro che ti rompo il grugno!»

Non mi aveva chiamato «Orribile» e questo mi diede motivo di sperare.

Allungai la mano verso il vasetto di unguento e ne presi fra le dita una buona quantità. Sparsi la crema nel suo posteriore che sussultando si strinse intorno alle mie dita. Non mi mossi per penetrare più a fondo o per ritrarmi. Improvvisamente la presa si rilassò e io spinsi ancora più a fondo le dita fino a quando non trovai il suo punto speciale.

Quella volta il suono che emise fu più simile a un miagolio disperato.

Tolsi le dita, ne ricoprii due di unguento e ripresi a prepararlo per l'invasione in arrivo. Mi afferrò le spalle, conficcandomi le unghie nella carne quasi dolorosamente, ma si spingeva contro le mie dita e anche questo mi diede speranza.

«Ti piace, John?»

«Sei pazzo?»

Smisi di massaggiare quel punto nel suo ingresso

posteriore. Lui sgroppò, si contorse e si girò, ma io non gli diedi ciò che ora voleva disperatamente.

«*Sì, mi piace!* Buon Dio, cosa mi stai facendo?» piagnucolò. Tolsi le dita e divenne ancora più ansioso. «Ti prego! Ti prego!»

«Girati su un fianco, per favore.»

Obbedì alla svelta, sollevando accidentalmente la gamba destra, dandomi accesso a ciò che giaceva nell'ombra delle sue natiche.

«Così, caro.» Per quanto mi avesse dato piacere sentirlo implorare nelle mie fantasie, ora trovavo la cosa degradante.

Mi unsi il cazzo e mi posizionai dietro di lui, penetrandolo con un singolo, rapido movimento. L'ultima cosa che volevo era che si irrigidisse, magari facendosi del male.

Era una fortuna che il resto della famiglia risiedesse al primo piano, perché lui ululò.

«John?»

«Di più!» ansimò. «Di più!»

Passai un braccio attorno alle sue spalle e accarezzai delicatamente la curva del suo pomo d'Adamo, il tutto mentre facevo l'amo... lo fottevo pigramente.

«Più forte! Più forte!» ordinò.

Sapevo che il mattino dopo gli avrebbe fatto male, ma non potevo rifiutare quella richiesta. Avvolsi le dita della mia mano destra intorno al suo cazzo e lo menai al ritmo del mio che gli affondava dentro.

Non ci volle molto. Con un altro ululato, venne nella mia mano, e la contrazione dei suoi muscoli interiori mi trascinò con lui oltre il baratro.

RIMASI dentro di lui fin quando potei, ovvero non tanto

quanto avrei voluto. Fin troppo presto, il mio cazzo ammosciato scivolò via dal rifugio tiepido del corpo del mio amante. Mi alzai, inumidii un panno e mi raddrizzai gli occhiali, che mi erano quasi scivolati, prima di chinarmi a esaminare il posteriore di John. Non c'era sangue e mi lasciai sfuggire un sospiro di sollievo; non avevo mai preso un vergine prima di allora.

Lo ripulii dei rimasugli di unguento e seme, lasciai cadere il panno nel catino e mi tolsi gli occhiali. Mi unii a lui sul letto, attirando il suo corpo contro il mio.

«Rimarrai per la notte?» Sfregai la guancia contro i peli morbidi che si arricciavano sul collo.

«Eh? Cosa? Sei pazzo?» Quell'espressione sembrava piacergli molto. Sgattaiolò via da me e per poco non cadde sul pavimento.

«Oh, va bene. Fuggi, se devi. Ti pregherei di spegnere le lampade e chiudere la porta quando te ne vai.» Chiusi gli occhi e finsi di addormentarmi. Non avrei lasciato che vedesse il dolore causatomi dalla sua ansia di andarsene.

«Ashton. *Ashton!*» Mi scosse rudemente la spalla.

«Cosa c'è?» chiesi, senza bisogno di fingere l'irritazione.

«Non parlerai con nessuno di tutto ciò!» Si infilò i pantaloni.

Mi appoggiai al gomito e lo fulminai con lo sguardo. «Non ti ho già dato la mia parola?»

«Sì, ma...» Anche senza occhiali vedevo il modo in cui teneva il resto degli abiti di fronte a sé come a schermarsi dal mio sguardo profanatore.

«Vuoi un giuramento di sangue? Vattene a letto! E riposa tranquillo, non dirò una parola a nessuno.» Mi tirai le coperte sopra le spalle.

Lui, però, non andò via subito.

«C'è dell'altro?»

«Io... io...»

«Buon Dio, John, sputa l'osso!»

«Niente!» Aprì la porta, sbirciò cautamente nel corridoio e poi corse via, senza prendersi il disturbo di chiudere la porta dietro di sé.

Sospirai e mi alzai. Il fuoco si stava consumando, in ogni caso, e dovevo mettermi la camicia da notte.

Mentre attraversavo la stanza diretto verso la porta, calpestai qualcosa che mi fece imprecare e saltellare qua e là con un piede in mano.

Quando il dolore alla fine si alleviò, mi chinai per vedere cosa avevo pestato. Scoprii che si trattava di uno dei bottoncini del colletto della camicia di John.

Sarebbe stato bello tenerlo come souvenir della serata, ma forse, se lo avessi restituito, John si sarebbe reso conto che non era mia intenzione disonorarlo.

Ero nella stanza del biliardo la sera dopo, quando un lieve rumore nei pressi della porta mi fece alzare lo sguardo.

«Sì?»

«Avresti potuto rovinarmi.» John mostrò il palmo. Conteneva il bottoncino. «Perché non l'hai fatto?»

Avrei dovuto essere sincero e dirgli che avevo sperato di portarmelo a letto un'altra volta, e che temevo che il timore di un mio possibile tradimento avrebbe posto fine a quelle speranze? Feci spallucce e riportai la mia attenzione al tavolo da biliardo. «Perché sei così determinato a vedermi come un mostro dal cuore nero? No, non c'è bisogno che parli.» Ero Ahston l'Orribile.

«Io...» Deglutì con tanta forza che lo sentii, al che mi raddrizzai, nonostante tutto incuriosito da ciò che avrebbe potuto dire. «So di aver detto che sarebbe stata solo una serata...»

«Altro che una sola serata, John. È stata anche solo un'ora?»

Arrossì. «Mi piacerebbe un'altra serata.»

Lo fissai per un attimo. «Dopo cena?»

Annuì rapidamente.

«Molto bene.» Al che mi voltai e ripresi la partita. Non gli avrei lasciato vedere quant'ero soddisfatto.

QUELLA sera e tutte le sere successive, lui si intrufolò in camera mia, si distese bocconi sul mio letto e lasciò che lo sodomizzassi fino a che non esplodevamo fra grida soffocate ed eravamo entrambi troppo esausti per fare altro che ansimare.

La prima sera aveva stabilito la procedura; raramente ci addormentavano l'uno accanto all'altro e, in quelle rare occasioni in cui ciò accadeva, io mi svegliavo la mattina e la freddezza delle coperte sul suo lato mi diceva che se n'era andato da tempo.

Tuttavia, mantenendo la parola – era un Hood, dopotutto – smise di chiamarmi Orribile. La lunga vacanza ebbe termine e tornammo a scuola, io a Eton e gli Hood a Harrow, eppure, quando fummo di nuovo a casa, John trovò delle scuse per venire da me ogni sera.

TERMINATO il mio periodo a Eton, appresi che non avrei avuto la possibilità di andare a Oxford. Il signor Kirkby, che di recente era divenuto amministratore degli affari di zio Eustace, mi informò con sguardo cupo che non c'erano fondi disponibili.

«Cosa dovrei fare?» Non ero esattamente uno studioso.

«Suggerirei che parliate con il signor Giffard, Padron Ashton. Imparate tutto il possibile sull'amministrazione delle terre che diventeranno vostre.»

«Sì. Farò così. Sì.»

E così feci, mentre a un anno ne succedeva un altro...-

CAPITOLO
QUATTRO

LA SIGNORINA PATRICIA COLBOURNE era figlia di un Cit[5] che aveva avuto fortuna in Borsa. Un vedovo il cui desiderio profondo di mescolarsi all'aristocrazia – e accasare la figlia con qualunque titolato si offrisse di prendersela – lo aveva condotto ad acquistare le proprietà a sudovest di Fayerweather, dove si insediò per diventare un gentiluomo di campagna. Anche se il signor Colbourne aveva ribattezzato la tenuta col proprio nome, i vicini mostrarono la loro disapprovazione dei suoi comportamenti da arricchito insistendo nel chiamarla con il nome originale: Hadley Court.

La questione non era questa, comunque. La signorina Colbourne aveva attratto l'attenzione di Robert una domenica, dopo la messa. «Sono innamorato!» aveva esclamato, riuscendo per la prima volta a far sobbalzare zia Cecily. Bisognava essere ciechi e sordi per non sapere che lei lo adorava e aveva ambizioni più elevate per il suo favorito. Tuttavia, non disse nulla, forse sperando che, come spesso accadeva ai giovani uomini, a quella distrazione ne sarebbe seguita un'altra che glie l'avrebbe fatta scordare.

«Non devi preoccuparti, zia Cecy,» l'aveva

---

5 Abbreviazione di "city dweller", ovvero "cittadino", usata in modo dispregiativo dall'aristocrazia rurale(ndt).

rassicurata, deponendo un bacio sulla sua guancia. «Non prenderò alcuna decisione prima di aver terminato i miei studi a Oxford.»

Robert aveva completato gli studi e si era laureato, eppure insisteva a correre dietro alla signorina Colbourne. Proprio quel giorno, aveva cavalcato fino ad Hadley Court per vedere il padre di lei e chiedergli la sua mano. Aveva ottenuto il permesso di farle la corte e l'aveva condotta a Laytham Hall per presentare alla famiglia la sua promessa sposa.

John impallidì e guardò il fratello maggiore farsi in quattro per compiacere la ragazzetta. «Chiedo scusa, zia Cecy. Ho... da fare... ehm... altrove.»

Mentre lasciava la stanza, lo seguii con lo sguardo pensieroso. Sembrava fuori fase da quando suo fratello maggiore aveva menzionato la possibilità di trovare moglie e c'erano state serate in cui insisteva che lo prendessi ancora e ancora, e serate in cui mi aveva ignorato completamente.

«Mio padre ha detto che sarà più che felice di prendere il signor Hood sotto la sua ala quando saremo sposati.» La signorina Colbourne arrossì gradevolmente. «Farà persino restaurare l'ala est per noi.»

«Che premuroso,» mormorò Robert. Le sue parole mi suonarono cupe, ma forse avevo capito male, semplicemente perché ricordavo il suo desiderio ardente da piccolo di combattere una battaglia disperata contro forze soverchianti. Non avrebbe avuto molte possibilità di farlo una volta sposato e residente sotto il tetto del suocero.

«Rimarrete con noi a cena, vero, signorina Colbourne?» chiese zia Cecily.

«È molto gentile da parte vostra, Lady Laytham, ma ho promesso a mio padre che sarei tornata a casa subito dopo avervi porto i miei saluti. Devo proprio andare.»

«Magari un'altra volta, allora. Farò chiamare la vostra carrozza.» Tirò il cordone per chiamare Colling, che dopo tanti anni ancora faceva da maggiordomo. «Robert, accompagnerai a casa la signorina Colbourne?»

«Sì, zia Cecy.» Robert sorrise alla fanciulla e si portò la sua mano alle labbra. Ancora una volta, lei arrossì.

«Vorreste cenare con mio padre e con me, signor Hood?»

«Null'altro mi darebbe più soddisfazione, signorina Colbourne, ma temo di non potere questa sera. Ci sono degli affari di cui devo occuparmi.»

«Prima il signor John Hood e ora voi.» Scoppiò in una risata argentina. «Voi uomini e i vostri affari. Qualcosa a che vedere con i beni di sir Eustace, senza dubbio?» chiese maliziosamente.

«No, quello è compito del signor Laytham. È l'erede, sapete,» canzonò.

Come suggeritomi dal signor Kirkby, avevo iniziato a seguire Giffard, che supervisionava le fattorie e i campi, imparando da lui ciò che potevo. Dopotutto, un giorno sarebbero appartenuti a me, come Robert era lieto di ricordarmi.

Prima che potessi rispondere, Colling entrò nel salone blu. «Avete chiamato, signora?»

«Ah, Colling.» Zia Cecily era sollevata dal fatto che la presenza del maggiordomo riducesse il rischio di un litigio di fronte a un ospite. Non era mai riuscita a capire come facessi a essere meno che amichevole con il giovane di cui lei stessa era così orgogliosa. «La signorina Colbourne sta andando via. Per favore, dì agli stallieri di preparare la sua carrozza.»

«Molto bene, signora.» Si fermò accanto alla mia sedia. «Giffard gradirebbe parlarle, signor Ashton.»

«Chiedo scusa, zia Cecily... Signorina Colbourne.» Feci un leggero inchino, ignorando Robert, e mi diressi verso la Sala Grande. «Volevate vedermi, Giffard?»

«Signor Ashton. Quella nuova varietà di fieno sembra promettente. Pensavo che avreste avuto piacere a dare un'occhiata ai campi che abbiamo piantato.»

«Certo.» Accanto alle coltivazioni usuali, Giffard aveva suggerito di piantare del fieno. Se fossimo riusciti a coltivare il nostro, avremmo risparmiato alla tenuta una spesa che poteva a malapena permettersi. «A ogni modo, come vedete, non sono vestito per cavalcare. Ci incontreremo fra poco alle stalle. Potete chiedere a Jem di sellarmi Blue Boy?»

Lui annuì e se ne andò, mentre io salii in camera mia al secondo piano per indossare abiti più adatti.

IL CHIACCHIERICCIO sui gradini ampi e bassi che portavano ai piani superiori attirò la mia attenzione. «Ma devo proprio sposarmi, John. Dobbiamo lasciare questa casa il prima possibile. Non mi piaceva il modo in cui sir Eustace guardava William l'ultima volta che è stato qui,» stava dicendo Robert mentre lui e John scendevano.

«Ma di sicuro non oserebbe...» John suonava sbigottito. Non se n'era mai accorto?

Da molto tempo avevo preso l'abitudine di chiudere a chiave la porta della mia camera da letto quando lo zio era a casa, sin da quanto era venuto a farmi visita una notte. La mia prontezza di spirito mi aveva salvato: mi ero infilato un dito in gola e gli avevo vomitato sulle pantofole. Anche se mi aveva percosso fino a farmi rimbombare le orecchie, la mia azione aveva spento il suo ardore.

«Forse no, ma sarò molto più contento quando non saremo più sotto questo tetto.»

«Potremmo arruolarci, Robin! Zia Cecy ci comprerebbe i colori!»

«No. Il suo borsello è vuoto quanto i nostri. Di certo capirai...» Smise di parlare quando mi vide.

«Vi siete divertiti?» chiesi strascicando la pronuncia. Erano vestiti in abito da sera, come me, perché così voleva zia Cecily.

«C'era un topo dietro il divano nella stanza di Robin.» John si lisciò i capelli. «Abbiamo dovuto ucciderlo.»

«E dunque? Dove sono i resti mortali e pelosi?»

«Non potevo farlo. Era troppo lucente,» mormorò Robert, e quando io lo fulminai con lo sguardo disse, prendendomi in giro, «Mi riferisco al pelo lucente.»

«So benissimo a cosa ti riferisci,» dissi seccamente.

«A pensarci bene, mi ricordava parecchio te, Orribile.» Le parole mordaci di John mi fecero sentire come se mi avesse schiaffeggiato. Non mi aveva chiamato così una sola volta in quattro anni. Perlomeno non di fronte a me. Diede di gomito al fratello maggiore. «Che ne pensi, Robin?»

«Un roditore del medesimo genere!» si disse d'accordo in falsetto Robert. «Gli mancavano solo un paio di occhiali.»

Feci finta di togliere un peletto dalla mia manica, nascondendo il dolore. «Voi Hood siete dei gran motteggiatori. Beh, potresti avere in parte ragione. Giuda,» aggiunsi sottovoce.

«Ah, Orribile, se potessi...» John allungò le mani verso il mio collo come se avesse voluto strangolarmi e io feci un passo avanti, tirando indietro la testa, offrendogli la mia gola. Lui spalancò gli occhi e si fermò all'istante, deglutendo a disagio.

Non avevo mai detto a nessuno di noi due, neppure di sfuggita, non una volta in tutti quegli anni da quando aveva scoperto che, qualunque cosa facesse, non riusciva a impedire a se stesso di venire nel mio letto. Ma si era sempre aspettato che io rivelassi quello che per lui era un segreto vergognoso.

«Ehm... perché ci volevi, Ashton?» Arrossì per il doppio senso involontario.

«Zia Cecily mi ha mandato a cercarvi. La cena è pronta. Vi degnate di unirvi a noi?»

«Allora andiamo, John.»

Seguii i fratelli nel salotto rosa, mi versai il tè e mi sedetti in una poltrona imbottita.

Arabella sedeva al piano, con la gonna blu pallido che si gonfiava sul sedile. Crescendo era diventata una giovane donna adorabile, per chi aveva gusti del genere, e ovviamente William li aveva. Le ronzava intorno, guardandola trasognato mentre le girava le pagine, e lei gli sorrideva. Il loro amore intenso era un segreto che tutti conoscevano e non appena William avesse avuto una posizione, si sarebbero sposati.

Forse quello era un altro dei motivi per cui Robert voleva fare un buon matrimonio, in modo da poter fornire al più giovane degli Hood i mezzi per realizzare il suo più grande desiderio.

John si mise accanto a Robert, senza degnarmi di uno sguardo. Rimuginai, chiedendomi quanto a lungo avrei potuto tollerare quella situazione.

Colling entrò con una certa fretta, portando con sé una sottile busta bianca. «Una lettera dalla città, Vossignoria.»

Zia Cecily diede un'occhiata all'indirizzo. «È di Eustace.»

«Strano.» Durante gli anni della nostra infanzia, vedevamo raramente zio Eustace, il quale diceva sempre che non aveva alcun bisogno di mocciosi che non fossero suoi. Tornava a Laytham Hill solo quando c'erano da riscuotere gli affitti, quando non aveva altro denaro da spendere nelle sue frivolezze o nel suo vizio più grave: il gioco.

Amava giocare d'azzardo, mio zio, e scommetteva su qualunque cosa, dai cavalli ai mulini, a quale goccia avrebbe toccato per prima un dato davanzale. E questo fatto era dimostrato dalle condizioni di Fayerweather. I suoi prelievi costanti esaurivano le risorse della tenuta. I bambini che vivevano in essa morivano di difterite e gli anziani per il freddo dell'inverno che si intrufolava nelle case mal riparate. Anche se, negli ultimi tempi, le cose erano parse andare meglio, per cui ogni tanto mi chiedevo se zia Cecily avesse venduto uno dei suoi gioielli.

L'unica cosa rimasta che avesse un qualche valore era la Fiamma di Diabul. Il rubino era di una tale purezza e profondità di colore da non avere eguali. Una volta avevo udito zio Eustace esclamare con orgoglio che gli avevano offerto diecimila sterline per esso.

Era l'unica cosa che lui amasse davvero e aveva giurato di non separarsene mai. Naturalmente, il fatto che facesse parte dei vincoli dell'eredità poteva avere qualcosa a che fare con ciò.

«Ultimamente non aveva una bella cera.» Bevvi un sorso di tè. «Mi chiedo se gli sia successo qualcosa.»

Zia Cecily aprì la lettera e cominciò a leggerla attentamente.

«Hai espresso un desiderio, Orribile? Beh,

comunque sia, ti prego di non recitare un'altra volta i contenuti del legato!» sfotté Robert, anche se nelle sue parole c'era una certa amarezza – il maggiore di brigata Hood aveva lasciato alla famiglia il minimo risicato per pagare l'istruzione dei suoi figli.

Non feci lo sforzo di guardarlo male. «I contenuti del legato»– divertente. Avrei avuto Fayerweather e Laytham Hall e tutto ciò che vi era racchiuso, il che includeva fattorie che avevano bisogno di riparazioni e nemmeno un soldo per provvedervi. La Fiamma di Diabul sarebbe stata mia. Non ero innamorato di quel gioiello quanto lo era zio Eustace. Quando lo avrei ereditato, avrei rotto il vincolo, lo avrei venduto e avrei usato il ricavato per rimettere in sesto la tenuta, e al diavolo la leggenda.

Zia Cecily serrò le labbra e le rughe sottili intorno alla sua bocca si fecero più pronunciate.

«Cosa c'è che non va, zia Cecy?» Arabella si alzò dal pianoforte e andò da lei, inginocchiandosi con grazia e trasformandosi in un mucchietto di gonne e gonnelle accanto a lei.

«Sir Eustace ci farà visita e desidera che la sua stanza sia preparata.»

«Cosa?» Mi raddrizzai di colpo, dimenticando del tutto le buone maniere. «Perché? Non viene mai a Faywerweather in questo periodo dell'anno!»

Si voltò a guardarci con un sorriso, ma era pallida e non c'era luce nei suoi occhi. «Sembra che sia giunto al punto di non ritorno. Vuole vendere la Fiamma di Diabul.»

«Ma è vincolata!»

«Il suo avvocato ha trovato un modo di aggirare il vincolo, almeno per quanto riguarda la Fiamma.»

«Non ha paura della leggenda?» Robert trasformò la scelta di un biscotto in uno spettacolo.

«A quanto pare no.»

«Non rimarrà più nulla!» dissi a bassa voce. Che l'inferno e il diavolo si prendessero mio zio.

Persino i gioielli di mia madre, che sarebbero dovuti andare a me, erano stati venduti, e io ero stato percosso brutalmente quando l'avevo scoperto e avevo protestato.

«Mantenerti è costato parecchio, ragazzetto.» Raramente zio Eustace mi chiamava per nome. «Era mio diritto avere accesso a quei soldi.»

«Ma le perle di mamma...» Un'unica opéra, una collana di perle nere, così belle. Le indossava solo nelle occasioni speciali, come quando papà la portava a ballare o a teatro, o il giorno del mio compleanno. «Certamente non avranno fruttato molto!»

«Quanto ne abbia ricavano non è affar tuo!» Il manrovescio mi aveva preso di sorpresa, anche se non avrebbe dovuto. Solo zia Cecily conosceva meglio di me il suo carattere irritabile.

«No,» confermò ora, con voce ancora più bassa della mia. «Lui non teme nulla!» Ancora più pallida del solito, si alzò in piedi e fece per lasciare la stanza, abbandonando la lettera sul pavimento accanto alla sua sedia.

La presi e diedi un'occhiata alla scrittura, che mostrava tali e tante correzioni da rendere quasi impossibile decifrare l'orrida grafia dello zio. Strinsi le labbra. «Zia.» Gliela porsi. Non c'era ragione di mettere a parte altri di ciò che aveva scritto lo zio.

«Zia Cecy,» disse Robert in quel momento, e lei si fermò sulla soglia, voltandosi verso di lui. «Potreste lasciarci vedere un'ultima volta la Fiamma di Diabul?»

Lei aveva un'aria sconfitta e potevo capirla. Lo

zio non aveva usato parole gentili. «Certo, Robin. Colling, puoi venire nel buco del prete[6] con me? E porta una candela, per favore.»

«Non c'è bisogno di fare tanta strada, zia. Possiamo accompagnarvi tutti.»

Per un attimo parve insicura, poi sorrise e fece spallucce. «Molto bene. Tutto a posto, Colling. Suonerò se avrò bisogno di qualcosa.»

Quel gran vecchio si inchinò profondamente e lasciò il salotto. Mi infilai la lettera in tasca. L'avrei restituita a zia Cecily prima che si ritirasse per la sera.

La zia prese una candela da quelle posizionate vicino alla porta, da portare in camera per la notte, la accese e ci condusse nella stanza segreta costruita ai tempi di Cromwell. Da allora veniva usata per conservare i tesori di famiglia, anche se con l'ascesa di sir Eustace al titolo, questi erano diminuiti drasticamente.

Ora sembrava che persino quel gioiello, che era il talismano dei Laytham, se ne sarebbe andato.

«Se la Fiamma fosse mia,» meditò Arabella mentre entravamo nel buco del prete, «la venderei e comprerei tutti i vestiti alla moda. E li farei avere anche a zia Cecily.»

«Grazie, cara.» Zia Cecily mise giù la candela. La sua luce proiettò ombre tremolanti sul muro e io non riuscii a trattenere un brivido. Sin da quando zio Eustace mi aveva chiuso in un armadio per qualche trasgressione che non avevo mai compreso, mi sentivo a disagio negli spazi angusti.

La stanza sembrava ancora più piccola, affollata

---

6 I "buchi del prete" erano stanze segrete costruite per nascondere i sacerdoti cattolici nei periodi di persecuzione (ndt).

com'era da sei adulti.

Zia Cecily si avvicinò al piccolo scrigno avvolto da bande metalliche appoggiato su una mensola del sedicesimo secolo a forma di mezzaluna. Lo scrigno era chiuso da un lucchetto in miniatura, arrugginito e dalla superficie bucherellata. Prese una minuscola chiave dalla catenella che portava al collo.

«Se fosse mia, io e Belle potremmo sposarci,» disse William. Arabelle batté le ciglia al suo indirizzo e lui sorrise, le passò un braccio intorno alla vita e la baciò sulla guancia. «Tu cosa ci faresti, Robin?»

Zia Cecily infilò la chiave nella serratura e la girò.

Robert fece spallucce e si appoggio allo stipite. «Non ne ho idea.» Era impossibile non notare la tensione della sua postura, nonostante l'apparente indolenza. «E tu, John?»

«Io comprerei una casa che fosse soltanto nostra. Non che non ti siamo grati per tutto ciò che avete fatto per noi, zia Cecy! Ma là, potremmo stare assieme e fare come ci aggrada...» Arrossì e lanciò uno sguardo a Robert da sotto le ciglia.

Zia Cecily aprì lo scrigno e sollevò il coperchio.

Ci fu un «Aaah!» generale.

La Fiamma di Diabul giaceva su un cuscino di raso che un tempo era stato di un bianco virginale, ma a cui il tempo aveva fatto assumere una sfumatura giallognola. Il rubino, che si diceva essere delle dimensioni del pugno della prima Lady Laytham, era rosso come il sangue e la luce della candela dava l'impressione che davvero una fiamma bruciasse nelle sue profondità.

All'improvviso la porta si chiuse e la candela si spense. Rimanemmo avvolti nell'oscurità e io mi irrigidii. Non avevo mai amato neppure il buio, per lo stesso motivo per cui gli spazi chiusi mi inquietavano.

«Questo posto è sempre stato pieno di spifferi,» fu il commento disinvolto di Robert.

Con la bocca asciutta, reagii bruscamente per nascondere il mio disagio. «Non è stato uno spiffero! Come ben sai, questa stanza non ha finestre!» Odiavo il tremore nella mia voce. Raggiunsi a tentoni il tavolo dove avevo visto per l'ultima volta la candela e cercai goffamente di accendere un fiammifero, riuscendo alla fine a riaccenderla.

Mi voltai verso di loro e vidi che tutti fissavano stupefatti lo scrigno.

Uno scrigno *vuoto* – la Fiamma di Diabul era scomparsa!

E poi quattro paia di occhi accusatori mi fissarono. «Non l'ho presa io!»

«Perché dovremmo crederti, Orribile?»

Già, perché? Se sir Eustace intendeva sul serio vendere il rubino, non ci sarebbe stato nulla con cui salvare la tenuta.

«Avresti potuto averlo fatto anche tu, Robert!»

«No!» John scattò in difesa di suo fratello.

«No!» William lo appoggiò risolutamente

Robert sfoggiò quel suo sorriso pigro e si inchinò leggermente. Mi strinsi fra due dita il dorso del naso, sentendo un'emicrania in arrivo.

Le labbra di zia Cecily erano ridotte a una linea sottile, sbiancata per la rabbia. «È vergognoso! Chiunque abbia preso la Fiamma deve rimetterla subito a posto! Ashton, ti prego di allontanarti dal tavolo e spegnere ancora una volta la candela.»

«Sì, zia.» Trascorsero dei lunghi momenti. Tesi le orecchie per udire il più lieve rumore, nel tentativo di distrarmi dal modo in cui la tenebra pareva schiacciarmi, ma non udii nulla.

«Accendi la candela ora, per favore.»

Nessuna traccia di pentimento: lo scrigno era ancora vuoto.

«Sono... non ho parole per esprimere il mio disappunto verso chi ha concepito questo scherzo di pessimo gusto.» La risposta alle sue parole fu il silenzio. «Molto bene. Lo scrigno rimarrà aperto su questo tavolo e io farò sapere a Colling che il buco del prete dovrà essere accessibile per tutta la notte. Se la Fiamma di Diabul sarà al suo posto domani mattina, non si farà più parola di questo spiacevole incidente. Tuttavia, se non lo sarà – per quanto ciò mi farebbe soffrire – non avrò altra scelta che coinvolgere la polizia. Vieni, Arabella!» Le due donne lasciarono il buco del prete.

«Io... io avrei bisogno di un goccio di sherry.» Abbandonai i tre fratelli e tornai al salotto rosa per versarmene una robusta dose.

«Orribile.» John entrò con passo dinoccolato, le mani nelle tasche dei pantaloni. Svuotai il bicchiere fino all'ultima goccia, ma il vino non fece nulla per alleggerire il gelo che sentivo intorno al mio cuore. Era tornato di nuovo a quel soprannome odioso. «Detesto farlo... ma è necessario!» Tolse le mani dalle tasche e mi si gettò addosso.

Non feci alcun tentativo di difendermi e il bicchiere volò via dalla mia mano per schiantarsi contro il caminetto mentre lui mi faceva cadere sul tappeto e mi si metteva a cavalcioni, passando le mani su tutto il mio corpo. Per una volta, la vicinanza del suo corpo non mi fece drizzare il cazzo.

«Non scordarti il culo, John!» propose Robin. «Non giurerei che non potrebbe usarlo come nascondiglio.»

«Cosa dici, Robin! Sarebbe troppo doloroso! Per

non dire innaturale.» William pareva davvero stupefatto. Forse nessuno aveva preso possesso del suo culo quand'era ad Harrow.

«Parliamo dell'Orribile, William.»

Il più giovane degli Hood si arrese.

Il rossore macchiò le guance di John e il suo sguardo si fece rovente. Allungò le mani e mi infilò un dito nel sedere. Non mi avrebbe toccato se glielo avessi chiesto io, ma se era suo fratello a chiederlo...

Notò l'assenza della mia eccitazione.

«Stanotte!» bisbigliò al mio orecchio, dopodiché mi morse con forza il lobo. Mi lasciò andare e si scostò i capelli dalla fronte. «Non ha la Fiamma.»

Rotolai per appoggiarmi sulle mani e le ginocchia e rimasi fermo per un momento, talmente esausto che avrei potuto piangere. Quattro anni. Lo facevamo da quattro anni e lui non era più vicino ad amarmi di quanto lo fosse stato all'inizio.

Anche se immaginai di dover essere grato per il fatto che non avesse scoperto le mie parti basse, completando la mia umiliazione, com'era certamente intenzione di Robert.

Mi rimisi in piedi e diedi uno strattone alla giacca per raddrizzarne le linee. «Scommetto che, se perquisissi voi tre, troverei la Fiamma di Diabul su uno di voi. E se la colpa è di uno, allora è di tutti, *perché state sempre insieme!*»

Si strinsero gli uni agli altri, Robert, John e William, e mi sorrisero soddisfatti. E poi John guardò di sfuggita il fratello maggiore e sentii il mio cuore spezzarsi. L'amore incondizionato che c'era nei suoi occhi! Non mi aveva mai guardato così.

Del resto, non l'aveva mai fatto nessuno.

Profondamente abbattuto, mi voltai e uscii dalla stanza.

JOHN aveva promesso di venire da me e io fissavo il mio orologio da taschino, attendendo il bussare alla porta. Era tardi, non solo per quanto riguardava l'ora del giorno. Ero fermamente intenzionato a dirgli che non avrei potuto sopportare – che *non avrei tollerato* – questa faccenda ancora a lungo. Misi l'orologio sul cassettone e cominciai a cambiarmi per andare a letto. No, non era una buona idea. Sarebbe stato troppo facile per me sollevare la camicia da notte e infilare il cazzo nel posteriore di John. Mi ripulii le parti intime e infilai di nuovo le bretelle, ma rimasi scalzo, e mi sedetti accanto alla finestra a leggere una vecchia copia del *Corsaro*.

Mi bruciavano gli occhi – erano stanchi, o forse era la pula del fieno nei cambi lungo i quali avevo cavalcato nel pomeriggio, oppure... Mi tolsi gli occhiali e li misi da parte, stropicciandomi gli occhi. Avrei aspettato ancora qualche minuto. Solo qualche...

Labbra tiepide mi accarezzarono la guancia e la mascella, svegliandomi. «Mio caro!» sospirò John.

«Lo sono davvero, John?» sospirai di rimando, poi cominciai a voltare la testa verso quelle labbra. Mai prima di allora mi aveva rivolto parole dolci o cercato di baciarmi.

E poi il suo alito carico di cognac mi riempì le narici e raggelai. «John, sei ubriaco!» dissi bruscamente, colmo di disappunto e del ricordo di ciò che era successo quella sera.

«Al diavolo! Nemmeno un po', per la miseria!»

«Sul serio? Quanti ne hai bevuti?»

«Sholo uno o due. O tre.» Emise un suono descrivibile appena come una risatina. «Mi shervivano per farmi coraggio. Voglio che... voglio che tu faccia l'amore con me.» Si piegò in avanti e mi prese il viso fra le mani, al che ogni mio intento svanì nel nulla. Per la prima volta, non solo mi aveva toccato con tenerezza, ma la parola «amore» era stata pronunciata ed era stato proprio John a farlo!

«Oh, farò l'amore con te, John Hood. Dio mi aiuti, lo farò!» Mi scrollai di dosso le bretelle, sfilai la camicia e lo presi fra le-braccia. In qualche punto del processo aveva perso la sua giacca elegante e il gilet. La camicia era aperta e quei suoi capezzoli piccoli, turgidi, mi pungolarono il torace, ardenti al tocco.

Infilai una mano nei suoi calzoni e sfiorai con le dita la lunghezza turgida del suo cazzo.

«Sì, amore mio! *Sì!*»

«Togliti subito i pantaloni, John!»

Se li levò in fretta e si buttò di schiena sul letto, mentre io stesso mi toglievo i calzoni. «Vieni da me, amore!»

Dodici anni di offese, torti e delusioni furono dimenticati in un batter d'occhio. Mi amava! Era sdraiato sulla schiena, pronto finalmente a fare l'amore con me faccia a faccia!

Nel comodino accanto al mio letto vi era un vasetto contenente la crema che mi aiutava a entrare in lui. Ne presi un po' e la spalmai intorno al suo ano, infilando la punta di un dito e poi qualcosa di più oltre l'anello serrato di muscoli.

Il respiro di John era rotto dal bisogno. «Di più, amore! Dammene di più!»

Invece io tolsi il dito e cominciai ad accarezzare i peli spessi e ispidi che si arricciavano attorno al suo cazzo, la pelle morbida dove si congiungevano coscia e inguine. Spinsi indietro le sue gambe, scoprendolo contro il mio tenero assalto, e lo guardai.

Dal suo cazzo colavano gocce perlacee di un

liquido con il quale avevo molta familiarità e lui diede dei colpi d'anca in aria, cercando qualcosa contro cui sfregarsi per soddisfare il proprio desiderio folle.

«Piano, amore mio, piano,» bisbigliai, dopodiché mi chinai ad adorare per un momento il suo cazzo prima di coprire il mio con l'unguento e appoggiarlo al suo buco, premendo lentamente fino a che non mi fece entrare. Lui rantolò per quella lenta intrusione e sferzò il cuscino con la testa, mentre io fremevo per la stretta di quei muscoli caldi e setosi sulla mia carne indurita.

John si contorse sotto di me e lanciò un grido quando, coi miei affondi, colpii quel punto dentro di lui. Spinsi più forte, più a fondo, sempre più in fretta, mentre il mio amante mi pregava e scongiurava di non fermarmi mai.

Non sapevo perché avesse scelto quella notte su tutte per comportarsi così, ma non avevo intenzione di chiederglielo. Avrei accettato la cosa con gratitudine.

Presi la sua erezione in mano, la strinsi e la menai a tempo con i miei affondi, ed egli venne fin troppo presto sul proprio torace.

Non volevo che finisse. Avrei voluto fare l'amore con John per sempre – ma naturalmente era impossibile. I miei testicoli si contrassero e si ritrassero e, con un gemito profondo, cominciai a svuotarmi nel suo canale.

Giacque sotto di me, con le gambe aperte, ed entrambi cercammo di ritrovare il controllo dei nostri respiri. Mentre iniziavo pigramente a contemplare il nostro futuro insieme, John passò le dita fra i miei capelli, sfregò la guancia contro il mio zigomo e mormorò un nome.

Non era il mio.

Mi staccai e avrei voluto piangere. Non avevo altra scelta che affrontare la verità. John Hood poteva anche gradire le mie attenzioni carnali, ma i suoi sentimenti non erano per me.

«Cosa c'è che non va, amore?»

«Di' il mio nome, John. Apri gli occhi, guardami in faccia e di' il mio nome.»

«Ashton? Cosa diavolo succede? Pensavo fossi...» Il disappunto sul suo viso doveva essere come il mio. Era nel letto sbagliato. «Eri tu.»

«Sì, ero io.» Sedetti sull'orlo del letto e mi presi la testa fra le mani. «Pensavi davvero che avessi preso la Fiamma di Diabul, John?»

«Dovevi essere tu, Orribile.» borbottò. «Se non fosse stato così, il ladro avrebbe dovuto essere uno dei miei fratelli. E non potevano essere loro! Non ruberebbero mai a zia Cecy, non farebbero mai nulla di così vile, di così perfido!»

Ma lui non si era fatto scrupoli a pensare che io avrei potuto.

Rotolò dall'altra parte del letto e si mise in piedi. Usò un angolo del mio lenzuolo per ripulirsi. Poi si infilò i pantaloni e raccattò il resto dei suoi abiti. «Devo tornare in camera mia, Orribile. Non... non dirai nulla?»

«Non dirò nulla.»

«Splendido.» Sorrise con occhi vacui e singhiozzò. «Notte.»

C'era una certa perentorietà nel rumore della porta che si chiudeva dietro di lui.

Ero innamorato di John Hood da quando eravamo bambini e lo amavo dal mio diciassettesimo compleanno. Avevo sperato che lui...

Beh, non importava. John aveva appena distrutto le mie speranze.

Fissai pensieroso la porta chiusa. Quattro anni, meditai, rifiutando di prendere in considerazione i sei che li avevano preceduti. Ero stato fuori di me, per andare avanti tutto quel tempo?

Quando troppo è troppo, pensai. Anche se John non lo immaginava, non era una buonanotte, era la fine.

Accettato l'inevitabile, sentendomi stranamente in pace, aprii le tende in modo che la luna illuminasse la stanza, poi soffiai sulla candela, mi tirai le coperte fino alle spalle e caddi addormentato.

CAPITOLO
CINQUE

COLLING era in fondo alle scale dai gradini bassi che portavano al primo piano di Laytham Hall, sfregandosi le mani e spostando il peso da un piede all'altro.

«Il signor John non è ancora sceso per colazione, Colling?» Ero... non esattamente tranquillo; dopo aver trascorso il tempo dedicato alle mie abluzioni mattutine alla ricerca del modo in cui dire a John che non sarei più stato disponibile con lui, ero deciso ad affrontarlo, ben sapendo che avrei mantenuto il mio proposito.

«No... sì... o meglio...»

«Cosa c'è che non va? Sembra che tu abbia il Ballo di San Vito.»

Il vecchio era pallido. «Si tratta di sir Eustace, signor Ashston!»

Per l'inferno! «Non mi dirai che è già arrivato?»

«Sì, signore! Ha viaggiato di notte ed è di pessimo umore. Chiedo scusa, volevo dire che così pare, signore.» Colling era chiaramente scosso. Sbatteva furiosamente gli occhi e continuava a sfregarsi le mani, e all'improvviso lo vidi per l'uomo anziano che era. Chiaramente, ora temeva il carattere di mio zio quanto ciascuno di noi. Avrebbe potuto essere cacciato senza referenze in qualunque momento e, alla sua età, trovare un altro lavoro sarebbe stato impossibile. «Se il signor Robert o il signor John fossero qui, li chiamerei, ma non sono in casa e il signor Ruston dice che i loro cavalli non sono nelle stalle.»

I due Hood più anziani non erano in giro? Era molto strano. Robert, e per estensione John, si faceva sempre in quattro per stare vicino a zia Cecily quando sir Eustace era in casa, sapendo che mio zio amava ferire chi era più debole di lui.

«E il signor William?» Era pronto a balzare in difesa di zia Cecily quanto i suoi fratelli.

«Credo sia ancora a letto, signor Ashton. O meglio, non ha ancora suonato per farsi portare l'acqua per lavarsi.»

«Beh, forse...» Credetti di udire un grido soffocato. Il mio sguardo incontrò di scatto quello del maggiordomo e lui annuì, infelice.

«Sir Eustace era molto... molto agitato quando ha appreso del furto della Fiamma di Diabul.»

«Vuoi dire che non è stata restituita?»

«No. Quando sono andato da Lady Laytham per farle sapere che il buco del prete è stato aperto tutta la notte, lei mi ha dato la triste notizia.»

Triste davvero. Sapevo di non essere stato io a prenderla, e zia Cecily e Arabella in quel momento erano troppo lontane dal rubino per aver potuto trafugare la preziosa gemma. Rimanevano solo i tre Hood e, nonostante disprezzasse i miei sentimenti, non riuscivo a immaginare John come il colpevole. Per quanto riguardava William, seguiva come un'ombra i suoi fratelli, senza avere il minimo spirito di iniziativa. Doveva essere stato Robert, il più onorevole degli Hood. Provai un crudele senso di soddisfazione, anche se zia Cecily sarebbe stata distrutta da quel tradimento.

«Temo che sir Eustace se la stia prendendo con Sua Signoria!» Gli slavati occhi blu del vecchio erano inumiditi dalle lacrime non versate. «Cosa dovrei fare, signor Ashton?»

«All'inferno!» Le parole mi sfuggirono. Le cose andavano davvero male se Colling guardava a me come a chi avrebbe dovuto prendere il comando, perché nonostante io fossi l'erede, egli preferiva di gran lunga seguire Robert Hood.

Mi vergognavo di pensare a quanto temessi mio zio. Il suo carattere era quantomeno incostante e quando le cose non andavano come voleva lui, diventava esplosivo. Adorava sferzare la vittima più vicina con il suo frustino e spesso, da bambino, esso si era abbattuto sulla mia schiena.

«Dove sono, Colling?»

«Nel salotto della colazione.»

Mi passai una mano sul viso, poi raddrizzai gli occhiali, mi lisciai i capelli e diedi uno strattone al mio soprabito. Avrei voluto girare i tacchi e fuggire nelle stalle più di ogni altra cosa, ma non potevo; ero un Laytham, dopotutto, e nonostante ciò che gli abitanti della casa potevano pensare, avevo un senso dell'onore.

«Mo... molto bene. Me ne oc... occuperò io.»

Avvicinandomi alle porte chiuse del salotto della colazione, udii dei singhiozzi soffocati e le sferzate regolari di quel maledetto frustino, interrotte dalle invettive di zio Eustace.

«Non è bastato che dovessi prendermi in casa il moccioso di Archibald. Mi avete messo in groppa anche i marmocchi della vostra amica,» disse, sputando l'ultima parola. «Che hanno mangiato e vissuto a mie spese, che mi sono costati una fortuna per le rette delle loro scuole...»

«Il loro padre ha lasciato i soldi per la loro istruzione!» osò protestare lei, ma lo zio ignorò del tutto le sue parole.

«E mi hanno ripagato rubando la Fiamma di Diabul!»

«No, sir Eustace, no! Non i miei ragazzi! Non lo avrebbero fatto!»

«No, eh? Ho saputo dal momento in cui li ho visti che erano incapaci e senza valore.» Perché non lo temevano? In ogni caso, era interessante sentire quelle parole riferite a qualcuno che non ero io.

Non mi presi il disturbo di bussare – come avrei potuto fare in un altro momento in cui fossero stati insieme in una stanza chiusa – mi limitai a girare la maniglia e a entrare.

Zia Cecily era rannicchiata sul tappeto ai piedi dello zio, le spalle ingobbite, le mani levate a proteggere il viso. I capelli le ricadevano sciolti sulle spalle e le gonne erano in disordine. Lui l'aveva forse violata? Lo zio mi fulminò con lo sguardo da sopra una spalla.

«E dunque, messere?» chiese. Da quando il suo viso aveva un colorito tanto malsano, delle rughe tanto profonde? «Cosa significa questa interruzione?»

«Ho sentito che eravate a casa, zio. Non mi è consentito venirvi a salutare?»

«Non vi è...» Il suo sguardo non era quello di un uomo del tutto sano di mente e io, senza volerlo, feci un passo indietro. «Sono tornato a casa per scoprire che il talismano dei Laytham è stato rubato e voi, voi miserabile nullità, pensate solo a blaterare idiozie?» Con la bava alla bocca, prese a insultare sua moglie e me con parole sempre più volgari, accusando zia Cecily di averlo tradito con cani e porci e me di atti abominevoli e innaturali. Camminava da una parte all'altra della stanza, fendendo crudelmente l'aria con il frustino.

Buon Dio, pensava davvero che avrei potuto rubare l'argenteria o portarmi a letto la servitù femminile? Ero cresciuto con alcune di quelle cameriere, sarebbe stato quasi incesto. Per quanto riguardava gli animali...

Tremai, scacciando le sue parole dalla mia mente, e andai da zia Cecily. «Vi prego, zia, lasciate che vi aiuti ad alzarvi.» La presi per il gomito e la tirai in piedi, e, nonostante la temibile arringa dello zio, chiamai Colling.

«Sì, signor Ashton?» La sua espressione era del tutto neutra, ma nei suoi occhi c'era l'orrore. Zio Eustace non era mai stato così fuori controllo.

«Colling, ti prego di accompagnare Sua Signoria nella sua camera. Sono certo che Flowers saprà cosa fare, ma potresti chiamare anche il dottor Medford?»

Il vecchio condusse via la sua padrona tremante. Prima che potessi fuggire io stesso, lo zio si voltò e il suo sguardo cadde di nuovo su di me.

«Dov'è mia moglie?» tuonò.

«Non si sente bene, zio. Ho pensato che forse sarebbe stato meglio per lei sdraiarsi...» Mi diressi verso la porta.

«Avete pensato... Quand'è che vi ho dato il permesso di usare quell'aborto che chiamate mente? E dove credete di andare?»

Misi assieme una scusa ragionevole per allontanarmi dalla sua presenza. «Stavo andando a parlare con la cuoca» mormorai fronteggiandolo, col cuore che mi tamburellava nel petto.

«Oh, davvero? A parlare con la cuoca?» Un sorriso crudele distorse i suoi lineamenti, mentre il frustino tamburellava implacabile contro la gamba. «Chiudete la porta!»

Deglutii, mi inumidii le labbra e feci per obbedire. Eravamo più o meno della stessa altezza, ma sebbene fossero passati diversi anni da quando mi aveva battuto, non dubitavo che stesse per farlo di nuovo.

«La trascuratezza di Lady Laytham mi è costata la Fiamma di Diabul!» ringhiò.

«No, zio. Lei non ha nulla a che fare con tutto ciò e non meritava un trattamento del genere. La pietra...» Volendo proteggere John, esitai a dare la colpa a Robert, sapendo che, nel caso uno dei fratelli fosse stato coinvolto, lo sarebbero stati tutti, ma esitai troppo a lungo. Prima che potessi correggere la mia affermazione in «smarrita», lo zio mi saltò addosso.

«Non cercate di addolcire la pillola! È stata rubata! *Devo avere la Fiamma di Diabul!*» ululò. «Deve essere venduta! Sarò rovinato se non potrò riscattare le mie cambiali! Tutti i circoli di cui faccio parte mi chiuderanno le porte in faccia! Il mio onore verrà gettato al vento!» Frustò l'aria e io sobbalzai, attirando nuovamente la sua attenzione. «Togliti il soprabito, marmocchio!»

«Zio...»

Il suo palmo mi colpì allo zigomo e gli occhiali mi caddero, al che barcollai all'indietro di qualche passo. «Obbedisci, ragazzo!»

Non si poteva ragionare con lui quando era così; sapevo per esperienza che non c'era nulla da fare fino a quando non aveva soddisfatto il suo demone interiore. Mi tolsi il soprabito e attesi.

Il frustino schioccò e strappò il tessuto della mia camicia. Mi morsi con forza le labbra per soffocare i gemiti. Le braccia mi tremavano per lo sforzo di reggere il peso del corpo e presto le mie spalle si ingobbirono come quelle di zia Cecily.

Improvvisamente, nel bel mezzo di una frustata, il supplizio ebbe termine. Udii un suono confuso e gorgogliante, poi l'impatto di un corpo che cadeva. Mi mossi con attenzione, cercando di sforzare la schiena il meno possibile.

Lo zio era caduto a terra e si contorceva, le dita strette intorno al fazzoletto, il viso di un'allarmante sfumatura di viola.

Guardai con stolida incredulità mentre un pessimo carattere e anni di bevute pesanti e di gozzoviglie chiedevano il loro pedaggio, dopodiché mi voltai e uscii di filato dalla stanza.

Il medico di famiglia stava scendendo in quel momento le scale che portavano alla camera di zia Cecily e io sbattei le palpebre nel vano tentativo di mettere a fuoco i suoi lineamenti. «Dottor Medford. Siete arrivato molto in fretta.»

«Signor Ashton. La signorina Arabella era... indisposta e mi hanno mandato a chiamare. Sembra che abbiate perso gli occhiali.»

Mi portai una mano al viso, dopodiché la lascia cadere. Ecco perché la mia vista era offuscata. «Sì. Credo di sì.» Il dolore mi colpiva a ondate e mi appoggiai al corrimano per sorreggermi, grato per il fatto che lo zio avesse colpito il lato della mia faccia lontano dal dottor Medford. «Zia Cecily sta bene?»

«La sua donna è con lei.» Strinse le labbra. Era stato chiamato a Laytham Hall in più di un'occasione dopo una visita di mio zio. «L'ho vista in condizioni migliori. Il modo in cui l'ha tratta sir Eustace... indegno di un gentiluomo! Davvero indegno! Dovrebbe essere proibito!»

«Ah, giusto, mio zio. Non sta molto bene, temo. Forse potreste dargli un'occhiata prima di andarvene? È nel salotto della colazione.»

Mi portai sui primi gradini mentre il dottore mi oltrepassava. Lui si voltò, senza dubbio per dire qualcosa, ma invece di parlare sussultò. «Dio dei cieli, signor Ashton! Che avete fatto?»

Ma certo. Era colpa mia. Ero stato *io* a frustarmi. «Nulla, dottor Medford.» Desideravo solo la pace della mia stanza. «Vi prego di andare a vedere mio zio.»

Invece di lasciarmi salire le scale, egli passò un braccio intorno alla mia vita, evitando accuratamente i solchi più profondi sulla mia schiena, e mi portò nella mia stanza.

Colling sbirciò dentro e gemette. «Vi porterò dell'altra acqua, dottor Medford.»

«Aspetta! Non una parola di questo a Sua Signoria, chiaro? La... farebbe agitare.» Come se fossi stato il solo ad assaggiare il frustino di mio zio. Attesi che entrambi acconsentissero prima di togliermi la camicia. Il mio stomaco si contrasse alla sua vista, stracciata e macchiata di rosso com'era. Rabbrividii e mi distesi sul letto. «Ha aperto anche la schiena di zia Cecily, dottor Medford?»

«No. Ha lasciato qualche segno rosso e un po' di lividi, ma il corsetto l'ha protetta quasi del tutto.» Sfiorò con dita gentili le vecchie cicatrici che svanivano sotto la cintura. «Non ne avevo idea, signor Ashton!»

Il dottor Medford mormorò qualcosa sottovoce e tolse i rimasugli della camicia dai tagli che mi ricoprivano la schiena.

La porta si aprì. «L'acqua, dottore.»

«Grazie, Colling. Mettila sul tavolo, per favore. Oh, e ci porteresti del tè?»

«Certo. La cuoca lo sta già preparando per lady Cecily. Lo porterò subito.» La porta si chiuse di nuovo.

«Ora, signor Ashton, pulirò le ferite prima di spargervi sopra la polvere di basilico.»

Gemetti. Perché mi stava raccontando...? Sibilai per il dolore mentre mi toccava la schiena il più delicatamente possibile.

«Mi dispiace. Cercavo solo di prepararvi. Pensavo che, certamente, con le cicatrici che avete, dovevate sapere...»

«Non... non sono mai state curate. No... non importa. Fate ciò che deve essere fatto, per favore.»

«Qualcuno dovrebbe usare la frusta sulla scorza miserabile di Sir Eustace!» ringhiò, senza sorprendermi. Tutto il vicinato amava zia Cecily. Un grido di terrore interruppe le sue cure. «Cosa diavolo... cos'era *quello*?»

Riconobbi la voce della nostra governante. Nonostante il disagio che sperimentavo, non riuscii a trattenere uno sbuffo di risate amare. «Credo che la signorina Walker abbia trovato sir Eustace.»

Colling entrò di corsa, gli occhi sbarrati per il panico. «Dottore, dovete venire subito!»

«Signor Ashton...»

«È meglio che andiate, Dottor Medford. Sto... non c'è altro da fare qui.»

Medford ringhiò ancora, ma seguì il maggiordomo fino al salotto, dove, dopo un esame che secondo i testimoni fu molto rapido, constatò la morte per apoplessia di sir Eustace.

LO ZIO fu inumato nella cripta di famiglia. Per forza di cose, gli uomini e le donne che lavoravano la sua terra presenziarono al funerale, ma il numero di coloro che vennero dalla città per dargli l'ultimo saluto fu quantomeno ridotto.

A chi fece domande mi limitai a dire che zia Cecily era prostrata.

Non vidi la necessità di dire loro che era prostrata dal sollievo e non dal dolore. Quella era una faccenda di famiglia.

Fece scalpore per nove giorni il fatto che neppure gli Hood fossero andati al funerale, ma anche quello non era affare d'altri. Solo in seguito, il giorno della morte di zio Eustace, furono scoperte le lettere che i fratelli avevano lasciato nel buco del prete, impilate con grazia nello scrigno che aveva contenuto la Fiamma di Diabul. Ciascuna lettera si limitava a dire che l'autore era il solo ladro della pietra preziosa ed era l'unico responsabile del furto.

Nonostante il modo in cui mi aveva trattato, l'idea che John avesse potuto fare una cosa del genere mi dava la nausea; zia Cecily rifiutava di prendere in considerazione la colpevolezza di uno *qualsiasi* degli Hood, ma restava il fatto che la Fiamma di Diabul era scomparsa e loro con essa.

Flowers non abbandonò mai il fianco di zia Cecily e Arabella, dimenticando l'indisposizione, fece lo stesso, più che entusiasta di portare alla sua benefattrice qualunque cosa potesse desiderare.

I capelli biondi di zia Cecily erano sbiancati quasi nel giro di una notte e ora lei vestiva di nero, cosa che enfatizzava la sua fragilità al punto che chi la vedeva mormorava del coraggio della povera dama di fronte a un lutto inconsolabile.

E inconsolabile era, anche se nessuno al di fuori della famiglia sapeva che non era dovuto alla perdita del marito, ma a quella di Robert, John e William Hood.

PASSARONO i giorni. Non ebbi un attimo di riposo, dato che c'era da raccogliere il fieno, seguito a breve distanza dal solito luppolo. Negli ultimi anni avevamo avuto un buon raccolto, ma lo zio era così raramente a casa che ero riuscito a mettere da parte un gruzzolo, giustificando gli scarsi ricavi ottenuti raccontandogli di falene fantasma, piralidi, agro batteri e peronospora, e lui non si era mai interessato abbastanza da parlare del problema con uno qualunque dei nostri vicini. Avrei voluto utilizzare ciò che avevo accumulato per riparare le case della nostra gente, ma avevo trovato queste ultime in condizioni sorprendentemente buone e così avevo messo da parte i profitti con la speranza di dare il via a una piccola stazione di monta di qualità.

Ora sembrava che quei quattrini sarebbero dovuti andare a pagare i debiti di gioco di mio zio.

Temevo ogni giorno l'arrivo della posta, aspettandomi dei solleciti di pagamento. Fino ad allora non ne era arrivato nessuno. Non capivo il perché, ma ero grato per il respiro che questo mi lasciava.

Mi venne in mente una cosa. Siccome Robert Hood non era più lì, il fidanzamento con la signorina Colbourne era sciolto a tutti gli effetti; il signor Colbourne avrebbe denunciato gli eredi per la promessa infranta nei confronti di sua figlia? Agitato dalla prospettiva di un peso ancora più grande sulle mie spalle, cominciai ad avere difficoltà nel mangiare, e il mio sonno fu disturbato da visioni di Laytham Hall e delle sue terre che cadevano in disuso e in rovina.

E poi un mattino, sette giorni dopo la scomparsa della Fiamma di Diabul, Colling portò una lettera nel salotto della colazione. «Chiedo scusa, signora. È arrivata con la posta del mattino.»

Mi sollevai sulla sedia. Era l'inizio di tutto? «Per me, Colling?» Deglutii, soddisfatto perché la mia voce non aveva tremato né si era rotta.

«No, signor – chiedo scusa, sir Ashton.» Mi sarei mai abituato a sentirmi chiamare in quel modo? «È per la signorina Arabella.»

«Non riesco a immaginare... chi potrebbe mai

scrivermi?» Prese la lettera dal vassoio e strappò la busta. I suoi occhi si spalancarono nel leggere le parole, dopodiché scoppiò a piangere.

«Arabella! Bambina mia adorata, cosa c'è?»

«È di William!»

«Di William? È ancora in Inghilterra?» Zia Cecily pareva non sapere se avrebbe dovuto essere sollevata o allarmata. Il cuore mi balzò nel petto, perché se William lo era, allora lo stesso valeva per John.

«No. Stava per imbarcarsi per l'America. Mi... oh, zia Cecy! Mi libera dal vincolo del fidanzamento!»

«Posso vederla, per favore?»

Arabella porse la lettera senza guardare, il viso nascosto nel suo braccio, e zia Cecily la prese.

«Zia? Posso... potrei sapere cosa dice?»

«Sì. Sì, certo, Ashton. La leggerò ad alta voce.» Trasse un respiro e cominciò. «Mia adorata Belle, ti scrivo dal Falco Pellegrino, una goletta a tre alberi che salperà da Liverpool all'alta marea...»

«Che mi importa di quale nave mi sta portando via il mio William?» gridò Arabella.

«Immagino che il poveretto fosse distratto quanto te dalle circostanze, Arabella. *Per quando questa lettera vi avrà raggiunti, noi...*» Si fermò e sollevò lo sguardo. «Il «noi» è barrato. Prego che William non sia solo e che i suoi fratelli siano davvero con lui! Non crederò mai che possano aver rubato qualcosa di valore!» Si schiarì la voce e continuò. «*Quando questa lettera vi avrà raggiunti, sarò partito per l'America. Ci sono grandi opportunità laggiù e, con l'aiuto dell'Onnipotente, spero di fare fortuna e ripagare in qualche modo zia Cecy. Ciò che ho fatto è imperdonabile, ma tuttavia devo sperare che, con il suo cuore generoso e la sua natura amabile, un giorno lei potrà perdonarmi.*

Mia cara ragazza, mi si spezza il cuore nel farlo, ma devo sciogliere il nostro fidanzamento. Non so per quanto sarò lontano dalle spiagge che mi hanno visto nascere – né se, a dire il vero, potrò mai fare ritorno – e perciò sarei un vero mascalzone se vi tenessi vincolata a un accordo preso in tempi più felici. Perdonatemi, cara, e dimenticatemi. Vi chiedo solo di non dimenticarmi troppo presto.

Porta a zia Cecy il nostro amore e le nostre rassicurazione che ciò che è stato fatto, lo è stato con le migliori intenzioni del mondo.

Per sempre vostro, William.»

«Mai! Non lo dimenticherò *mai*!» Arabella rovesciò la sedia e, singhiozzando, corse via.

«Ti prego di scusarmi, Ashton.»

«Ma certo, zia.»

Ma zia Cecily si era già alzata e si stava affrettando dietro ad Arabella.

La lettera rimase aperta sul tavolo. La presi, sperando che ci potesse essere un post scriptum con delle parole di John, ma non c'era.

Beh, dunque era la fine, tanto per Arabella quanto per me.

Avendo perso l'appetito, allontanai la sedia dal tavolo e tornai nella mia stanza per vestirmi con abiti più consoni al mio dovere di quel giorno.

«ARABELLA mangerà nella sua stanza,» mi informò zia Cecily mentre ci sedevamo a tavola quella sera.

«Ah.»

«Io...» Si interruppe per bere un sorso di vino. «C'è qualcosa di cui sento il bisogno di parlarti, Ashton.»

«Sì, zia?»

«Ci ho pensato per un po'. Arabella deve sposarsi. Oh, no, no! Non è come stai pensando, ti assicuro!» esclamò quando vide la mia espressione stupefatta. «Ciò che intendo è che... una donna ha bisogno di un uomo per diventare veramente e completamente donna.»

«Non ci ho mai pensato molto, ma immagino che voi ne sappiate più di me.»

«Certo, e dunque spero che tu mi consentirai di farti da guida in questo e acconsentirai a quanto suggerisco.»

«Quanto suggerite?» Non avevo idea di cosa stesse dicendo e mi allungai per prendere il bicchiere.

«Sì. Vedi, credo che dovresti sposare Arabella.»

Il bicchiere sfuggì dalle mie dita intorpidite e fissai inorridito la macchia color rubino espandersi, balzando in piedi prima che il vino potesse macchiarmi le parti intime. Mentre tamponavo la chiazza con il tovagliolo, scossi la testa e sorrisi con impaccio. «Chiedo scusa, zia. Devo aver capito male.»

«Per nulla, Ashton. Sposare Arabella sarebbe la soluzione ideale.»

«Per chi?»

«Ma come... ma come, per tutti e due. Arabella sarebbe molto più felice da sposata, con qualcosa che la distrarrebbe da William, e tu hai bisogno di una moglie per assicurarti che Fayerweather e Laytham Hall rimangano in famiglia.»

«Ma non c'è amore fra noi!» Lei più di tutti sapeva cosa volesse dire un matrimonio senza amore.

«Di certo non ti aspettavi di sposarti per altra ragione che la convenienza?»

A dire il vero, non avevo mai pensato di sposarmi. Avevo immaginato che un giorno, nel futuro remoto, avrei dovuto sposarmi per dare un erede a Fayerweather come suggeriva la zia, ma fino a che la questione dei debiti di sir Eustace non fosse stata risolta, non era qualcosa di cui volevo occuparmi.

«A ogni modo, parlare d'amore è fuorviante. Dove c'è rispetto, l'amore metterà radici.»

Non c'era rispetto fra me e Arabella. Ci sopportavamo a stento! «Non posso!» esclamai, sperando di chiudere la discussione.

«Perché mai? Non sei legato a nessuna.»

«No, ma...» La mia mente lavorava a ritmo frenetico, cercando disperatamente un motivo che lei potesse accettare. «Mi sembrerebbe innaturale!»

La zia si accigliò. «Innaturale? In che senso?»

«Arabella e io siamo cresciuti assieme. Sarebbe. Sarebbe come sposare mia sorella!»

«Ma lei non è tua sorella. Non c'è alcun legame di sangue!» Annuì trionfante.

«Anche stando così le cose, e vi prego di perdonarmi per la mia rozzezza, sarebbe per me impossibile dare un figlio ad Arabella.»

«Ma perché...?» Il rossore colorò le sue guance quando la comprensione del significato delle mie parole si fece strada in lei. «Oh. Capisco. Oh, caro.»

«Mi dispiace molto deludervi, ma abbiate fede in me, zia. Arabella e io non staremmo bene insieme!»

Lei sospirò profondamente. «Ne sei certo?»

«Lo sono.» Non ero mai stato così sicuro di qualcosa.

«Molto bene. Era solo un'idea. Non riferiremo ad Arabella di questa conversazione.»

«No, zia.» Sospirai per il sollievo dovuto allo scampato pericolo. Il valletto entrò con la portata successiva. «David, portami un tovagliolo pulito, per favore.»

«E riempi il bicchiere di sir Ashton.»

«Grazie, David. Asparagi, zia Cecily?»

IL TEMPO continuava a passare e ogni giorno i miei nervi si tendevano sempre di più, in attesa dell'inevitabile.

Quel giorno, a meno di due settimane dalla scomparsa di mio zio, ero rimasto chiuso tutto il pomeriggio nello studio con il signor Kirkby, l'amministratore di zio Eustace, cercando di rendermi conto delle condizioni in cui questi aveva lasciato la tenuta.

«Ho provveduto affinché Fosby fosse pagato fino alla fine del trimestre – molto generoso, se posso, da parte vostra, sir Ashton, e gli ho consegnato quella lettera di referenze che siete stato così gentile da scrivergli.»

«Fosby lavorava per mio zio da quando sono arrivato qui, probabilmente anche da prima.» Il valletto di mio zio era stato così gentile da istruirmi nell'arte di annodare un fazzoletto da collo, anche se non dubitavo che traesse un piacere maggiore nello svolgere di persona quel compito per gli Hood. «Era il minimo che potessi fare, soprattutto considerando quanto lo zio fosse in arretrato con il pagamento del suo salario.»

«Sì.» Il signor Kirkby si schiarì la gola e passò ad altri argomenti. «Come avete ordinato, ho diffuso la voce in città che il cottage a Covent Gardens è in vendita. La danzatrice d'opera di sir Eustace – molto carina, ma piuttosto volgare, temo – non era molto contenta di aver ricevuto il ben servi...»

«Prego? Sir Eustace è morto! Come poteva aspettarsi di rimanere lì?»

«Ehm...» Esaminò lo spazio oltre la mia spalla

sinistra. «Credo che si aspettasse che voi la prendeste sotto la vostra protezione.»

Spalancai la bocca, un gesto poco elegante ma che non riuscii a contenere, e il signor Kirkby mi rivolse un sorriso contrito.

«Proprio così, sir Ashton. Immagino che troverà presto qualcuno che la prenderà sotto la sua protezione. Io... ehm... ho ritenuto che fosse nel miglior interesse della tenuta lasciarle tenere i gioielli che le erano stati donati.» Mi guardò da sopra gli occhiali. «Fasulli, temo.»

Tamburellai una penna senza tregua contro il calamaio su quella che ora era la mia scrivania. «Non era da lui.» Per quanto potesse essere tirchio coi propri beni, non avrebbe mai lasciato che le sue amanti lo vedessero come un avaro.

«No, sir Ashton. A ogni modo, sono propenso a immaginare che un tempo *fossero* autentici.»

«Ah. E pensate che zio Eustace li abbia fatti scambiare?»

«Temo di sì.»

«Siete certo che non sarebbe più saggio pagare alla donna il loro valore?»

Stava già scuotendo la testa. «No, perché altrimenti si incuriosirebbe. E c'è la possibilità che chiederebbe di più.»

«Avete ragione. La cosa mi mette ~~sempre~~ a disagio, ma seguirò i vostri consigli.»

«Vi ringrazio. Non vorrei parlar male dei morti, ma in tutta onestà, sir Eustace ha fatto di peggio. Forse...»

Sapevo cosa stava pensando. Forse, se zio Eustace avesse ascoltato i suggerimenti del suo amministratore, le finanze non sarebbero state in condizioni tanto pessime.

«È vero che delirava di vendere la Fiamma di Diabul?»

«Sì. Non fu molto contento quando apprese della sua scomparsa.» Non volevo parlare di quel giorno. «È solo questione di tempo prima che i suoi creditori bussino alla porta. Sono sorpreso che non ci abbiano ancora sguinzagliato contro la polizia. Avrei usato ciò che mi ha lasciato mio padre...»

«Un pensiero come questo vi fa onore, sir Ashton, ma...» Il signor Kirkby scosse la testa. «Temo proprio che non ci sia nulla. Il signor Dinwiddy, mio predecessore...» Serrò le labbra. «Non fu in grado di fare nulla per impedire a vostro zio di scialacquare la vostra eredità per coprire i suoi debiti di gioco.»

E quella era la verità riguardo la sorte di ciò che mi aveva lasciato mio padre, riguardo la sorte dei gioielli di mamma.

Non mi importava del denaro e degli altri gioielli che papà le aveva regalato, degli opali e degli zaffiri, ma il filo di perle che mamma era solita indossare... Mi tolsi gli occhiali e strinsi fra due dita il dorso del naso.

«Per quanto riguarda i cavalli di mio zio?»

«Ho ricevuto offerte per i bai purosangue e i sauri.»

«Accetta quella migliore.»

«E i cavalli da corsa?»

«No. Non ancora, comunque. Se sono abbastanza buoni, potremmo suscitare un certo interesse per uno stallone. Ma vendete qualunque bestia abbia lasciato nelle stalle delle stazioni di posta sulle strade per Bath e Reading.»

Annuì e prese nota.

Qualcuno bussò alla porta dello studio, poi Colling entrò. «Perdonate l'intrusione, sir Ashton. C'è qualcuno che vi cerca.» Mi porse un biglietto da visita.

Rimisi gli occhiali e presi il cartoncino rettangolare. «*George Stephenson, Esq[7].*»

«Sei certo che non voglia vedere zia Cecily?» Era un vecchio amico dei tempi in cui tutta la città le correva dietro, essendo lei stata una bellissima ragazza, e veniva a far visita a Fayerweather ogni volta in cui era certo che sir Eustace fosse via. Vedovo con un figlio, cercava di convincere zia Cecily a fuggire con lui ogni volta che veniva a trovarla. Diceva sempre che si trattava di uno scherzo, ma essendo io stesso infelice in amore, sapevo riconoscere quell'infelicità negli altri.

«Ha chiesto di voi. L'ho fatto attendere nella serra.»

«Molto bene.» La serra non era la mia stanza preferita, dato che a volte trovavo disgustoso il profumo dei fiori che crescevano con lussureggiante disordine all'interno dei suoi confini, ma zia Cecily la amava molto e spesso sedeva lì assieme al signor Stephenson quando questi veniva in visita. «Grazie, Colling. Ti prego di dire al signor Stephenson che sarò da lui entro breve. Signor Kirkby, potremmo continuare la conversazione in un altro momento?»

«Ma certo. Mi dispiace di non avere notizie migliori per voi, signor Ashton. Tuttavia, devo dire che le fattorie sono in condizioni molto migliori di quanto avessi osato sperare. Almeno c'è questo, per quanto mi lasci perplesso.» Il signor Kirkby raccolse le sue carte e mi strinse la mano. «Continuerò a esaminare le finanze di vostro zio e tornerò la settimana prossima per farvi sapere come stanno le cose.»

«Vi ringrazio, signor Kirkby.» Lo accompagnai

---

7   Abbreviazione di "esquire", letteralmente "scudiero"; titolo che potrebbe essere paragonato al nostro "commendatore" (ndt).

fuori e feci portare in cortile il suo calesse prima di rientrare ancora una volta in casa e affrettarmi verso lo studio per recuperare il mio soprabito. Non mi sarei mai presentato in maniche di camicia.

Perché il signor Stephenson avrebbe voluto vedermi? Ogni volta che era venuto in visita non aveva mai dimostrato simpatia nei miei confronti, preferendo piuttosto la compagnia dei fratelli Hood.

Di certo non poteva essere venuto da me, in quanto capofamiglia, per chiedermi la mano di zia Cecily! Il poco tempo trascorso dalla scomparsa dello zio avrebbe causato uno scandalo a cui nessuno di noi sarebbe sopravvissuto.

Non c'era motivo di procrastinare, pensai con impazienza. Odiavo gli scontri, ma avrei dovuto mostrarmi saldo.

Deglutii, cercando di pensare a un giro di parole infiorettate per non far sembrare che stessi rifiutando la sua proposta, e anche perché sapevo di non piacergli.

La serra era situata vicino al retro della casa e io mi diressi là, aprii la porta ed entrai nella stanza.

Per un attimo pensai che fosse vuota. Il signor Stephenson si era spazientito ed era andato via? L'unico segno della presenza di qualcuno era il Benjamin appeso con disinvoltura, quasi come fosse a casa propria, sullo schienale del sofà.

Un lieve rumore attrasse la mia attenzione sulle porte a vetri. Il sole del pomeriggio si riversava attraverso di esse, trasformando in un bassorilievo l'uomo che vi stava in piedi davanti, fissando i giardini che erano l'orgoglio e la gioia di zia Cecily.

Mi avvicinai a lui con cautela. «Signor Stephenson? Vi prego di scusarmi per il ritardo. Ero col mio amministratore e non volevo presentarmi a voi in maniche di camicia. Avete chiesto di me?»

«Una splendida visuale.» Quella voce inaspettata, un gradevole baritono, mi fece sobbalzare. Lui si voltò e io mi trovai di fronte all'uomo più bello che avessi mai visto.

«Voi non siete George Stephenson!»

«Lo sono, a dire il vero. Tuttavia, il George Stephenson che conoscete è mio padre. Per distinguerci, i miei amici mi chiamano Geo.»

Avvertii una sensazione talmente bizzarra nel torace che prestai a malapena attenzione alla leggera sottolineatura di «amici». Il signor Stephenson senior aveva parlato spesso di suo figlio, intrattenendo zia Cecily con i racconti delle sue avventure, e io ne ero rimasto affascinato. Speravo che un giorno avrebbe portato il figlio con sé, ma il giovane signor Stephenson era spesso fuori dal Paese, avendo seguito suo padre nel Servizio Civile di Sua Maestà.

Ora era lì, appoggiato con disinvoltura al suo bastone da passeggio. Lasciai che i miei occhi si posassero sulla sua sagoma elegante, poi distolsi lo sguardo prima che lui potesse notare il mio interesse. Stephenson era splendido, con lineamenti classici, capelli neri ricci e un corpo che sembrava in forma e sodo nonostante sapessi che era almeno di sei anni più vecchio di me. La redingote nera che indossava assieme ai pantaloni di un color fulvo chiaro contrastava con il bastone da passeggio dalla testa d'avorio.

Mi si asciugò la bocca e deglutii a fatica, sopraffatto dalla mia reazione.

Nei quattro anni trascorsi da quando avevo portato John Hood nel mio letto, non c'era stato nessun altro. Avevo pensato, stupidamente, col senno di poi, che se forse si fosse reso conto di quanto fossi fedele e costante... Naturalmente era stato inutile, perché lui amava i suoi fratelli più di quanto avrebbe mai potuto amare me.

Mi riscossi da quella fantasticheria, preoccupato dal fatto che, sebbene i miei pantaloni non fossero aderenti come richiesto dalla moda del momento, erano comunque abbastanza stretti da rendere in qualche modo difficile tenere celato il mio interesse.

«Posso offrirvi del tè?» Andai al cordone per chiamare Colling. «Magari qualcosa di più forte?»

«Grazie, no. Il vostro maggiordomo me ne ha già offerto e ho preferito rifiutare.»

«Molto bene, allora. Cosa posso fare per voi, signor Stephenson?»

La sua espressione era pensierosa. «Potreste darmi il mio denaro.»

«Il vostro denaro?» ripetei stolidamente, mentre il mio corpo perdeva ogni interesse. «Chiedo scusa?» Non era proprio ciò che mi sarei aspettato dicesse.

Trasse di tasca una manciata di note e cambiali e me le porse.

Così ebbe inizio tutto quanto. Sospirai e le presi. Erano tutte firmate dalla buonanima non compianta di mio zio. Feci una rapida e somma e sentii il sangue defluirmi dal viso. Il totale era poco meno di diecimila sterline. Non c'era da meravigliarsi che zio Eustace avesse voluto disperatamente vendere la Fiamma. La rabbia nei suoi confronti mi agitava lo stomaco.

«L'eredità non comprende tutto questo denaro.» La mia voce era un basso ringhio. «Non dopo la scomparsa della Fiamma di Diabul.»

Che fossi dannato! Avevamo taciuto riguardo la scomparsa del rubino, e io me l'ero lasciato sfuggire come l'ultimo degli imbecilli.

«Forse Lady Laytham…»

«No! Ha sofferto abbastanza per mano di mio zio. Non lascerò che paghi anche per questo.» Feci passarmi una mano sul viso, mi resi conto che era piena di carta e la tenni invece al mio fianco, aprendo le dita e lasciando che i fogli cadessero per terra. «Quanto tempo mi date?»

Sollevai lo sguardo in tempo per cogliere la sua espressione. Era come se non si fosse aspettato quella reazione da me. Scacciai quel pensiero sciocco.

Stephenson si controllò le unghie. «Vostro zio ha consumato tutto il tempo, temo. Vi ho dato due ulteriori settimane per via delle circostanze sfortunate di inizio mese, ma...» Fece spallucce.

Mi lasciai cadere sul divano, rimanendo seduto dritto in modo che la mia schiena non entrasse in contatto con lo schienale. Era guarita quasi del tutto, ma doleva ancora al tocco. Mi tolsi gli occhiali e mi stropicciai gli occhi con le dita.

«Non c'è denaro,» ripetei. «Oh, posso darvi in acconto un pony o due e il raccolto promette bene, ma...»

«Vendete Fayerweather,» suggerì con indifferenza.

«Non posso.» Risi amaramente. «Non sapete che è vincolata?»

«In città si diceva che Sir Eustace fosse riuscito a rompere il vincolo.»

Come l'aveva saputo? «Solo per quanto riguardava la Fiamma. Per quanto riguarda la tenuta in sé...» Scossi la testa.

«Potreste sempre piazzarvi una pallottola in testa.»

Quelle parole crudeli facevano male, ma fossi stato maledetto se avrei lasciato che lui o chiunque altro lo notasse.

«Sembrate avermi confuso con gli Hood, caro ragazzo,» dissi lentamente. Trassi di tasca un fazzoletto e pulii le lenti dei miei occhiali prima di inforcarli nuovamente sul naso. Quando sollevai ancora una volta lo sguardo, lui aveva attraversato la stanza e se ne stava comodamente appoggiato al focolare di marmo italiano, ogni linea del suo corpo a suggerire rilassatezza. «Sono loro quelli dannatamente onorevoli.» O lo erano fino a che uno di loro – *non* John, mi dissi fermamente – era all'apparenza fuggito con la Fiamma di Diabul.

«Davvero. Mio padre mi ha parlato molto degli Hood. E anche di voi. Ashton l'Orribile, non è così che vi chiamano?»

Chiusi gli occhi, cercando di nascondere il dolore che sapevo sarebbe stato evidente in essi. Quando li aprii di nuovo, fu per vedere che aveva preso in mano uno dei cani di ceramica di zia Cecily, uno Spaniel marrone scuro e bianco con lunghe orecchie flosce, che stava sulla mensola.

Sapeva che erano doni di suo padre, che ogni volta che veniva in visita egli ne portava uno nuovo a mia zia?

C'erano tre cani su quella mensola, anche se un tempo ce n'erano stati quattro: sir Eustace ne aveva distrutto uno per ripicca. Avevo visto la sofferenza negli occhi di zia Cecily, ma prima che sir Eustace potesse fare lo stesso, lei l'aveva mascherata in fretta, mettendosi a chiacchierare di frivolezze femminili.

«Potrebbe esserci una soluzione.» Rigirò pigramente il cane fra le mani.

«E quale sarebbe?» Avevo la bocca asciutta. Scoprii di non riuscire a distogliere lo sguardo dalle dita lunghe e affusolate di Stephenson che accarezzavano la figurina.

«Sono alla ricerca di qualcuno che mi intrattenga. Nel mio letto.» Sollevò una mano. «Prima che saltiate all'erronea conclusione che io abbia dei piani su Sua

Signoria o la splendida signorina Arabella, lasciatemi chiarire che preferisco gli uomini.»

«Mi dispiace, signor Stephenson, ma oggi pomeriggio sono leggermente lento di comprendonio. Potreste spiegarvi, per favore, in termini monosillabici?»

«È molto semplice, sir Ashton. Voi, nel mio letto.»

«Io?» Lo fissai, scioccato.

Proseguì come se non lo avessi interrotto. «Mio padre è molto... affascinato... da vostra zia. Sarebbe molto triste se io fossi la causa del trasferimento suo e del suo tutore in una casa della spugna[8].» Rimise il cane sulla mensola e zoppicò fino al divano, al che compresi che il bastone da passeggio non era solo un vezzo. Con cautela, si sedette accanto a me e mi passò un dito lungo la coscia, fermandosi appena prima dell'inguine.

Non riuscivo a distogliere lo sguardo dal suo dito. Tremai e, nonostante tutto, cominciò a tornarmi duro.

«Se mi soddisferete...»

«Ma... cosa vi fa pensare che accetterei una proposta così oltraggiosa?»

«Non credo che abbiate molta scelta.»

«Ma se non condividessi i vostri gusti...»

Fece spallucce, come se non fosse stato un suo

---

8 Sorta di prigione per debitori insolventi. Si trattava di case private, di solito di proprietà del capo della polizia locale, dove il debitore era obbligato a risiedere per un certo periodo al fine di mettersi d'accordo con l'individuo a cui doveva del denaro; i costi del cibo e dell'alloggio – a carico dell'indebitato – erano talmente alti che questi veniva spremuto come una spugna, da cui il nome (ndt).

problema. «Come stavo dicendo, se mi soddisferete, prenderò in considerazione l'idea di ridurre l'ammontare dei vostri debiti nei miei confronti. Compiacetemi a sufficienza e potrei cancellarli del tutto!»

«Pensate che io valga diecimila sterline? Dovrei essere lusingato.» *Che Dio vi maledica, zio! In tutti gli anni che avete vissuto, non siete mai riuscito a fottermi. Ora sì!*

«Forse, o forse no.» Nelle sue parole c'era indifferenza, ma i suoi occhi, di un blu così pallido da sembrare quasi grigi, le smentivano. «Il tempo lo stabilirà, immagino.» Sorrise e per un attimo mi tolse il fiato. Fino a quando non guardai oltre quel sorriso, nei suoi occhi, e non ve lo ritrovai.

«Perché mi vorreste?» domandai. *Per punirmi di un'infanzia sprecata?*

«A onor del vero? Trovo la perfezione noiosa. Ho ascoltato tutti i racconti di mio padre riguardo i vostri screzi con i fratelli Hood e sono rimasto... intrigato. Vi sorprende, vero? Forse un giorno ve lo spiegherò.» Quegli occhi, di un blu totalmente diverso da quelli di John, scavarono nei miei come se stessero scandagliando la mia mente coi suoi segreti, e io mi persi in loro. «Naturalmente, nulla di ciò sarà rivelato alle signore.» Il suo pollice passò sui peli setosi dei miei baffi. «La peluria sul viso non va bene, mio caro ragazzo.»

Non gli dissi che il vero motivo per cui mi ero fatto crescere i baffi era il tentativo di celare un labbro superiore che John aveva preso in giro come troppo effeminato.

«Tuttavia, sono curioso. Credo che mi piacerebbe sentirli contro la mia pelle.»

Il rossore invase le mie guance e ancora una volta

tremai, ma non mi ritrassi.

«Diecimila sterline sono parecchi soldi. Posso chiedervi come vi è capitato di entrare in possesso di una somma del genere?»

«Ho investito saggiamente.»

«Rilevare le cambiali di sir Eustace non è stato molto saggio.»

«Forse sì. Forse no. Comunque, il modo in cui ho raccolto i fondi non è affar vostro.»

«No, immagino che non lo sia.»

«Posso presumere che siamo d'accordo?»

Avevo scelta? C'era di mezzo la mia terra. La mia gente. «Farò del mio meglio per non darvi motivo di pentirvene.» Tesi la mano e fui sorpreso quando Stephenson la prese fra le sue dita forti. Non ero sicuro che avrebbe suggellato con una stretta di mano il nostro patto diabolico.

Voltò la mia mano, inarcando le sopracciglia alla vista della carne callosa del palmo, dopodiché se la portò alla bocca in una carezza sensuale.

Cercai di respirare con regolarità anche quando la sua lingua tracciò la linea che mi attraversava il palmo, la linea della vita, come mi aveva detto una volta una zingara. Tremai di nuovo e lo sentii sorridere sul mio palmo. Sfilò lentamente la mano, soffermandosi coi polpastrelli sul dorso delle mie dita.

Mi alzai, chiudendo le dita sull'umidità nel mio palmo. Lui lasciò che mettessi della distanza fra noi, ma ci volle tutta la mia forza di volontà per compiere quel gesto.

«Aspetto con ansia il nostro primo incontro...»

«Vi prego,» lo interruppi, certo che stesse per chiamarmi «Orribile.» Non gliel'avrei permesso, come non l'avrei permesso a John Hood.

Il suo sguardo si indurì e io dovetti inumidirmi le

labbra. Pensava che stessi per implorare di annullare il patto?

«Farò ciò che vorrete, ma vi prego di non chiamarmi *Orribile*.»

«Non è mai stata mia intenzione.» La mia espressione dovette far trasparire la mia sorpresa; lui sorrise. «E voi mi chiamerete Geo.» Attese un momento, ma quando io non feci altro che annuire, inarcò un sopracciglio. «Desiderate che vi chiami sir Ashton?»

Arrossii. «Perdonatemi. Questo titolo è una novità per me e non sono abituato a essere chiamato in modi diversi da Ashton.» Tranne per coloro che vivevano al di fuori della magione, che mi chiamavano Ash. «Se vi fa piacere, chiamatemi Ashton.»

«Mi fa piacere. A stasera, dunque, Ashton.» La sua voce era carica di promesse oscure e vellutate.

Ma certo. Era troppo tardi perché lui tornasse in città. Quella sera... quella sera mi avrebbe avuto. Non avevo preso un cazzo nel mio passaggio posteriore dai tempi di Eton. Mi avrebbe fatto male? Niente di ciò che il signor Stephenson ci aveva raccontato di suo figlio dava adito a pensare che provasse piacere nel ferire chi si trovava in condizioni di inferiorità.

Il pensiero di stargli sotto mi fece arrossire, ma me lo fece anche venire duro. A dire la verità, preferivo essere cavalcato, ma non avevo avuto scelta con John, che sembrava preferirlo anch'egli. Mi voltai e afferrai il campanello, grato che quell'atto mi aiutasse a nascondere la mia eccitazione.

Colling rispose alla mia chiamata tanto in fretta da farmi capire che era rimasto in attesa nel corridoio. «Colling, il signor Stephenson rimarrà da noi per...»

«Per qualche giorno,» si intromise.

Guardai di sfuggita nei suoi occhi blu e annuii.

«Per qualche giorno. Per favore, fai in modo che la signora Walker gli prepari una stanza e che abbia ogni cosa che desidera.» Gli occhi del signor Stephenson brillarono alle mie parole e io arrossii per il doppio senso involontario.

«Molto bene, sir Ashton. Se volete seguirmi, signor Stephenson?» Colling gli fece strada. «Il vostro bagaglio?»

«Nel mio calessino.»

Le loro voci si fecero sempre più distanti e io chiusi la porta e attraversai la stanza per raggiungere la mensola, dove c'era il cane con cui lui aveva giocherellato. Lo presi e vi passai sopra i polpastrelli.

Non c'era bisogno che inventassi scuse assurde per convincere zia Cecily a lasciare che il signor Stephenson rimanesse da noi. Una volta informata che il figlio del suo vecchio amico era venuto in visita per portare le sue condoglianze, avrebbe insistito affinché rimanesse per quanto desiderava e forse non avrebbe pensato di chiedermi spiegazioni del tempo che avremmo passato assieme.

Appoggiai la figurina e andai in cerca di zia Cecily.

CAPITOLO
SEI

NON sapevo cosa aspettarmi quando scendemmo per la cena.

Il signor Stephenson era abbigliato in modo elegante, ma non in quella maniera formale che zia Cecily prediligeva.

«Chiedo scusa Lady Laytham.» Il suo sorriso era affascinante e mi rincrebbe che non fosse rivolto a me. «Se avessi saputo...»

«Non preoccupatevi, mio caro.»

«Ciò nonostante, manderò un messaggio in città affinché il mio servo ritorni con il mio abito da sera.»

«Oh sì, per favore! Ashton, te ne occuperai tu, vero?»

Il suo servo? Il suo abito da sera? Quanto pensava di restare? «Certo, zia. Manderò qualcuno domani mattina.»

Un sorriso sbocciò sulla bocca del signor Stephenson. Distrattamente, mi scoprii a pensare come sarebbe stato se gli fosse venuto il ghiribizzo di baciarmi. No, dovevo smetterla di pensare a quelle cose. John non aveva mai dimostrato il minimo desiderio di baciarmi. Perché il signor Stephenson avrebbe dovuto?

«Posso accompagnarvi, Lady Laytham?»

Zia Cecily sorrise e gli prese il braccio. Di solito era Robert a svolgere quel piccolo compito, ma naturalmente non c'era.

Offrii il braccio ad Arabella e lei lo accettò con palese riluttanza. Ero così assorto che, dopo averla fatta sedere, commisi un passo falso: sedetti al mio solito posto, che era alla destra di quello di sir Eustace. Zia Cecily si schiarì la voce e io, ricordandomi di essere il capofamiglia, arrossii e mi alzai per prendere mio posto.

Arabella si accigliò vedendomi a capotavola, ma a parte quello, mi ignorò come quando c'era William con noi. Continuava a rimuginare sul fatto di essere stata rinnegata da lui, passando dal giuramento di non dimenticarlo mai a quello di non perdonarlo mai. Avrei potuto dirle che non importava chi fosse l'oggetto dell'affetto di uno dei fratelli, non avrebbe mai amato nessuno quanto gli altri due.

David, il giovane apprendista paggio che avrebbe dovuto coadiuvare Colling, servì la prima portata, e io ascoltai in silenzio gli altri conversare, assaggiando a malapena la zuppa.

«Lady Cecily,» disse il signor Stephenson, «non riesco a esprimere quanto sia grato per il vostro invito così gentile a riposarmi dal viaggio qui a Laytham Hall.»

«Oh, mio caro George, è il meno che posso fare dopo che avete fatto tanta strada per porgere le vostre condoglianze. Oh, cielo. Forse dovrei chiamarvi in altro modo? Potrebbe crearsi confusione.»

«Sarei deliziato se mi chiamaste Geo, Lady Cecily.» Il signor Stephenson bevette un sorso di vino. «Questa magione è adorabile. Mio padre», la sua bocca parve stringersi, «ha parlato spesso della vostra ospitalità.» Sorrise di buon grado e io mi resi conto di essere stato in errore a pensare che potesse essere meno che compiaciuto di menzionare la familiarità del padre con Laytham Hall.

«Spero che voi e Ashton abbiate l'opportunità di diventare amici. Non ci sarebbe gioia più grande per me...»

Davvero? Avrei pensato preferisse vedermi a distanza di sicurezza dal figlio del suo amico. Il signor Stephenson vide la confusione sul mio volto e le sue labbra si incurvarono in un sorriso divertito.

Anche zia Cecily doveva averlo visto, perché si schiarì la voce. «È un tale peccato che vostro padre sia di stanza nelle Americhe. In fede mia, è da un'eternità che non abbiamo il piacere della sua compagnia.»

«Lo immagino.» Ero l'unico a notare il sarcasmo in quelle parole? Lui contemplò le sfumature vermiglie del liquido nel suo bicchiere. «Sfortunatamente, è stato colpito dalla febbre. Oh, sta molto meglio adesso, Lady Cecily,» si affrettò ad aggiungere per rassicurarla dopo il suo gridolino angosciato. «Non lo sapevate? Ero certo... A ogni modo, mi aspetto che torni a casa in Inghilterra prima della fine dell'anno.»

«Che... che notizia magnifica!» Le dita della zia si strinsero intorno allo stelo del bicchiere. No, non fui l'unico a notarlo. «Spero che starà abbastanza bene da farci una visita prolungata.»

«Non ne dubito.»

Le labbra della zia si strinsero fino a ridursi a una linea sottile, ma non si lamentò del tono sarcastico dell'uomo, né si adombrò a causa di esso. «Ho notato che zoppicate, caro Geo. Nulla di serio, spero?» Era determinata a mantenere viva la conversazione.

«I miei uomini e io abbiamo avuto un brutto incontro con una tribù di beduini in Oriente, mia cara.»

«Ah. Capisco.» Forse supponeva che i modi bruschi di lui fossero dovuti alla ferita.

«Come siete coraggioso a scherzarci sopra,

quando certamente un tale scontro dev'essere stato disperatamente disperato!» disse di getto Arabella. «Vi prego, raccontate!»

«Volevano andare entrambi in una certa oasi, vedete.» Raccontò la storia, parlando del sole ardente e delle sabbie roventi del deserto, di avanzate e ritirate, attacchi e contrattacchi, scherzando su quella che chiaramente era stata una situazione difficile, e io stesso mi scoprii perso nel suo racconto.

Proprio come Arabella. Lei volse i suoi meravigliosi occhi blu verso di lui e sbatté le ciglia. Non riuscii a non pensare, con una certa crudeltà, che era guarita in fretta dall'abbandono di William. E poi mi vergognai, perché dopotutto non avevo fatto lo stesso con John? Inoltre, non avevo forse l'intento di lasciare che un altro uomo venisse a letto con me?

Il fatto che ci fosse di mezzo la coercizione era del tutto trascurabile.

«Qual è stato il risultato?»

«*Loro* non l'hanno presa,» la informò il signor Stephenson.

Lei fece un piccolo salto sulla sedia e si sporse in avanti. «Fantastico!»

«Arabella, controllati!» la rimproverò gentilmente zia Cecily. «Sei davvero stata troppo tempo in compagnia di William!»

«Chiedo scusa, zia. È solo che a William sarebbe piaciuta molto questa storia.» Di colpo, il suo entusiasmo svanì. «Tuttavia, non importa. Lui non è più qui e, in fede mia, non me ne importa nulla.»

Zia Cecily sospirò al pensiero che nessuno dei fratelli fosse lì.

Geo passò un polpastrello intorno all'orlo del bicchiere. «Mio padre mi ha parlato molto della Fiamma di Diabul. A quanto ho capito, non è più in vostro possesso. È un vero peccato che non abbia potuto vedere una gemma tanto splendida.»

«Già,» mormorò distrattamente zia Cecily, «che peccato!» I suoi occhi si allontanarono da quelli di lui. David le riempì il bicchiere e lei si allungò di nuovo verso il vino, rovesciandolo quasi nella fretta.

«Ditemi, Ashton. Cosa ne pensate del rubino?»

«Io?» Avevo parlato molto poco durante il pasto e rimasi sorpreso di essere coinvolto nella conversazione.

«Sì, voi. Dopotutto era il talismano dei Laytham e credo che ora voi siate l'ultimo dei Laytham.»

«Certo. Come avete detto, era una splendida pietra.» Il cui valore sarebbe stato meglio sfruttato per il mantenimento delle terre. Allontanai la sedia dal tavolo. «Zia Cecily, mi scusereste?»

«Oh, ma Arabella e io stavamo per andarcene e lasciare voi uomini al vostro porto e ai vostri sigari.»

«Zia!» A quanto pareva Arabella non era dello stesso parere.

Era meglio che mi abituassi al nome del signor Stephenson. «Sono certo che G... Geo,» – Maledizione. Ero incespicato – «preferirebbe di molto essere intrattenuto da voi signore.»

«Di certo non mi privereste della vostra compagnia, Ashton?» Il mio nome non aveva mai avuto un suono simile prima di allora e io arrossii.

«Non sarei di molta compagnia, temo, Geo.» Ecco. Così andava meglio. «È stata una giornata faticosa.» Lui si accigliò e io mi affrettai a spiegare. «Ho avuto da fare con l'amministratore di mio... voglio dire, con il mio amministratore.» Era la scusa migliore che riuscii a inventare sul momento.

«Ma certo, Ashton.» Zia Cecily, pallida quanto io ero rosso, non sembrò accorgersene. Era consapevole fino a un certo punto dello stato delle finanze di mio zio. «Molto bene. Buonasera.»

«Buonasera, zia, Arabella. Geo.»

Lui fece un lieve inchino all'altezza della vita, permettendomi di fuggire, e io chiusi la porta dietro di me e raggiunsi il salone e le scale.

LE CANDELE sul comodino gettavano una luce tenue sulla stanza, mentre i ceppi nel caminetto ardevano scoppiettanti, allontanando il freddo fuori stagione mentre mi spogliavo degli abiti da sera e indossavo una camicia da notte.

La schiena mi faceva ancora troppo male per cercare di stare seduto e leggere a letto, per cui attesi accanto alla finestra che si apriva su ciò che, da giovane, chiamavo il mio balcone, una sporgenza stretta circondata di ferro battuto che non si estendeva per più di mezzo metro. Guardando l'oscurità, non vidi nulla. Anche se non mi fossi tolto gli occhiali, non avrei comunque visto nulla, non gli alberi che circondavano Laytham Hill, non le stelle che trapuntavano il firmamento, non la luna bassa e rigonfia nel cielo notturno.

Pensai con attenzione a ciò che stavo per fare. Alcuni avrebbero potuto vederlo come prostituzione e forse lo era, ma il punto era che si trattava di un uomo davvero affascinante e io non avevo obiezioni a portarmelo a letto.

Tuttavia, non ero tanto innamorato di Geo da credere che a lui importasse di me. Presi il vasetto di unguento che avevo conservato per John dal cassetto del mio tavolino e mi preparai.

Poi attesi.

Un leggero bussare alla mia porta mi strappò dal

mio rimuginare, sorprendendomi. Qualora Geo Stephenson fosse venuto da me, non si sarebbe preso il disturbo di bussare alla porta. Perché avrebbe dovuto, quando sapeva che – volente o nolente – mi avrebbe avuto per sé quella notte e ogni notte avesse voluto?

Tremai al pensiero. Non ero mai stato desiderato tanto.

Non è te che vuole. È solo un modo per recuperare un credito, ricordai a me stesso.

Tuttavia, ci sarebbe voluto molto tempo per recuperare diecimila sterline.

Molto tempo.

Il bussare fu ripetuto con intensità leggermente maggiore, e questa volta suonò quasi frenetico. «Sir Ashton?» chiamò una voce. Era David. «Sir Ashton!»

Cosa diavolo? Attraversai la stanza in silenzio e aprii la porta.

«Cosa c'è, David?»

«Chiedo scusa, sir Ashton. Il signor Ruston ha mandato a chiamare. È ora!»

«Scendo subito!» Ogni pensiero riguardo Geo Stephenson svanì dalla mia mente e io brancolai alla ricerca dei miei occhiali e presi dal cassettone un paio di pantaloni comodi e una vecchia camicia. Stavo andando alla stalla; non c'era bisogno di qualcosa che sarebbe stato più adatto a intrattenere degli ospiti.

Mi vestii in fretta e saltai dentro un paio di stivaletti, poi corsi giù dalle scale mentre mi abbottonavo la camicia. Un giovane stalliere aspettava nella Sala Grande, guardandosi intorno con meraviglia palese.

David lo guardò storto. «Pensavo di averti detto di aspettare n cucina.»

«Sicuro. Mi spiace. Ma nessuno di noi è mai stato nella Sala e volevo solo dare un'occhiatina.» Fissò con gli occhi spalancati l'armatura completa che faceva la guardia in un angolo.

«Jack!» Attirai la sua attenzione. «Come sta Beauty?»

«Se la sta cavando, signore. Il signor Ruston dice che di sicuro lo volevate sapere.» Non riuscì a distogliere lo sguardo dall'armatura mentre mi riferiva il messaggio. «Ma se volete esserci quando nasce, dovete muovere il cu...» Il ragazzo arrossì violentemente e subito dopo impallidì. «Ommamma, scusatemi!»

«Per questa volta passi,» dissi severamente, mentre soffocavo una risatina. Non sarebbe stato un bene prendere troppo in confidenza il ragazzo. Feci da guida attraverso la casa e fuori dalla porta della cucina, notando il modo in cui si guardava indietro, ma attribuendolo alla meraviglia dovuta all'essere dentro Laytham Hall per la prima volta.

Quando arrivai alle stalle, il parto stava entrando nell'ultima fase.

Il signor Ruston annuì. «Lieto che siate arrivato in tempo, Sir Ash. Vi avremmo mandato a chiamare prima, ma ci hanno detto che avevate un ospite.»

«Ehm, certo.» La servitù, rimuginai mentre entravo nella stalla. Spesso sapevano cosa stava succedendo prima ancora dei loro padroni.

«Sir Ash, chi è...» Le parole di Jack furono coperte da un forte sbadiglio.

«A letto ora, giovane Jack.» Il signor Ruston si tolse di bocca l'onnipresente pipa e la puntò verso lo stalliere. La pipa non era mai accesa, dato che avrebbe potuto provocare un incendio nelle stalle, ma era parte di lui quanto la giacca con le pezze di cuoio sui gomiti e il cappello consunto che indossava.

«Sissignore.» mormorò il ragazzo sbadigliando

ancora, poi si stropicciò gli occhi e se ne andò, e il visitatore di Laytham Hall non fu più menzionato.

«Questo parto è più rapido di quanto avessi pensato.»

«Sì, signor Ruston.» Jem Nye, il giovane che una volta mi aveva fatto un meraviglioso regalo di compleanno e da allora aveva raggiunto la posizione di assistente del signor Ruston, si stava alzando da dietro la giumenta. Nudo fino alla vita, il suo torace luccicava per il sudore, con dei fili di paglia appiccicati. «Le prendereste la testa, per favore, Sir Ash?»

Mi inginocchiai e presi la testa della giumenta fra le mani, accarezzandole l'ampia fronte e dandole delle pacchette sul collo sudato.

«Su, su, mia splendida ragazza. Sei bravissima!» Ero preoccupato. Ormai era avanti con gli anni e quello sarebbe stato probabilmente il suo ultimo puledro.

I suoi grandi occhi scuri sembravano concentrati sul parto e sperai che le parole tranquillizzanti che mormoravo nel suo orecchio l'avrebbero tenuta calma.

«Come sta andando, Jemmy?» Lui mi rivolse un sorriso sfrontato e io non riuscii a non rispondere con un altro. Avevamo passato dei bei momenti assieme da giovani, oltre a quella singola volta in cui avevamo fatto l'amore, e anche se le nostre posizioni ora escludevano qualunque cosa andasse oltre una relazione fra servo e padrone, restavano sempre i ricordi, affettuosi e rinfrancanti.

«Ci siamo quasi!» Jem teneva saldamente un paio di lunghe zampe e al termine della contrazione successiva portò nel mondo il puledro fradicio e allampanato.

Aiutai la giumenta a rimettersi in piedi. Si scosse e si voltò di scatto, rompendo il cordone ombelicale, poi allungò la testa verso la sua progenie sdraiata in mezzo alla paglia, scaldandolo col proprio fiato. Le sue narici si spalancarono mentre imparava l'odore del suo piccolo.

Attendemmo col fiato sospeso di vedere cosa avrebbe fatto. Quella stessa settimana, una delle giumente più giovani aveva respinto il suo puledro e Jem era riuscito a malapena a tirar fuori la creaturina dal box in cui era nata in tempo per salvarle la vita.

Per fortuna, Beauty si era sempre dimostrata una madre devota e ora sfregò il muso contro il suo nuovo nato e lo leccò, incoraggiando la cavallina a cercare di mettersi in piedi.

Jem sospirò per la felicità e si alzò, passandosi le braccia sopra la fronte per rimuovere il sudore. «Diventerà bellissima, signore.»

«Nonostante la madre?» Beauty era certamente il cavallo più brutto del Surrey, Zia Cecily aveva insistito per darle quel nome, dicendo che aveva bisogno di ogni incoraggiamento le si potesse dare. Nonostante il pedigree della giumenta fosse impeccabile, i suoi fianchi erano ossuti e irregolari, il collo magro, e la sua andatura così assurda da far battere i denti a chi la cavalcava.

Ma era un animale dal carattere dolcissimo e i suoi puledri avevano fatto registrare tempi velocissimi sulla pista da corsa.

«Ottimo lavoro, Jem.» Il signor Ruston si tolse la pipa di bocca e diede una pacca sulla spalla del ragazzo.

Jem arrossì per la lode. «Vi ringrazio.»

«Ora lascio tutto nelle tue mani. Prima che ce ne accorgiamo sarà mattina. Magari proveremo a dare quel puledro a Beauty. Il latte di mucca con cui l'abbiamo nutrito non è sembrato fargli granché. Sarebbe un peccato doverlo abbattere.» Sospirò e annuì al mio indirizzo. «Buonanotte, signore.»

«Buonanotte, signor Ruston, e grazie per esservi accertato che fossi qui in tempo.»

«Sapevo che non avreste voluto perdervela. Siete un buon padrone, e non capisco perché quelli là in casa non lo capiscano...» Arrossì e disse bruscamente: «Chiedo scusa.» Si infilò la pipa fra i denti, annuì ancora e ci lasciò lì.

«Il signor Ruston ha ragione, Sir Ash. Siete un brav'uomo con cui lavorare e quelli di casa se ne renderanno conto, prima o poi.»

Ero esterrefatto e non sapevo cosa dire. Per fortuna, sembrava che Jem non si aspettasse che dicessi nulla. Uscì dalla stalla e andò alla pompa dell'acqua, dove si lavò.

Mi tolsi la paglia dai calzoni e lasciai il box, dopodiché mi appoggiai al cancelletto e guardai madre e figlio che interagivano. Jem si unì a me, spalla a spalla.

«Qualcosa vi turba, Sir Ash?»

Non potevo dirgli che mio zio aveva lasciato Laytham Hall talmente sepolta dai debiti che dovevo vendermi il culo per tirarci tutti quanti fuori dal guaio. Anche se non dubitavo che la servitù fosse consapevole, fino a un certo punto, dello stato di cose, io ero il padrone e la faccenda riguardava solo me.

Per cui dissi semplicemente: «Mi serviranno dei buoni cavalli, Jem, più di quanti già ne abbiamo.»

«Squire Newbury ne ha di molto veloci,» suggerì.

«Vero.» Agitai con la punta dello stivaletto la paglia per terra. «Sfortunatamente, ha la tendenza a far castrare qualunque animale con un briciolo di spirito.»

«Già. Siamo stati fortunati a salvare quel grosso morello con cui abbiamo fatto accoppiare Beauty prima che lo Squire chiamasse il veterinario. Un animale eccellente, sprecato così!»

«Già, esatto.»

La puledrina beveva il latte, agitando l'abbozzo di coda con vigore quasi comico, e noi continuammo a chiacchierare a nostro agio, delle sue prospettive, della possibilità di comprare un altro stallone, del futuro delle stalle dei Laytham.

QUANDO me ne andai dalle stalle era passata mezzanotte e la luna aveva iniziato da tempo a calare. Erano state ore soddisfacenti e ora agognavo il mio letto.

Geo sarebbe stato lì ad aspettarmi? Entrai in casa e attraversai la Sala Grande, intenzionato a scoprirlo ma senza alcuna intenzione di apparire ansioso.

Rallentai il passo. Si sarebbe arrabbiato perché non l'avevo atteso? Non avevo mai visto suo padre adirato, ma ciò non significava che non potesse accadere e neppure che suo figlio non potesse essere di tale tempra.

«Sir Ashton!» David si fermò sul pianerottolo, poi scese gli ultimi gradini. Reggeva un vassoio contenente una teiera e due tazze con piattini usati. «Lady Cecily ha chiamato per far portare del tè a lei e alla signorina Arabella. Posso portarvene una tazza?»

«Mmm?» Mi chiesi distrattamente che cosa ci facessero sveglie a quell'ora. «Oh, no, grazie, David.»

«Ehm... posso chiedervi com'è andato il parto?»

«Bene.» Nonostante ciò che mi passava per la testa, non potevo non sorridere. «Abbiamo una nuova puledra per la stazione di monta.» Nascosi uno sbadiglio dietro la mano. «Buonanotte, David.»

«Buonanotte, sir Ashton.»

Salii le scale fino al secondo piano. La mia stanza

era la stessa in cui mi aveva trascinato sir Eustace al mio arrivo a Laytham Hall. Diversamente dagli Hood, non avevo mai sentito il bisogno di sceglierne un'altra al primo piano. Quella che avevo mi dava la riservatezza di cui avevo bisogno e nella maggior parte dei casi si era dimostrata un rifugio da mio zio e dagli altri membri della famiglia.

Geo aveva avuto difficoltà nel trovarla? Aprii la porta della mia stanza… con calma, ovviamente, con calma. Quell'uomo voleva usare il mio corpo nel tentativo di recuperare il suo credito. Ma c'era una certa trepidazione.

Essa svanì quando vidi che la stanza era vuota. Sospirai per il disappunto e mi avvicinai al focolare. Il candelabro che avevo lasciato sul cassettone era coperto di cera fusa e il fuoco che bruciava intensamente quando David era venuto a chiamarmi per andare alle stalle ormai era ridotto a poche ceneri scoppiettanti, a segnare il passaggio del tempo trascorso ad aiutare la puledra di Beauty. Aggiunsi altra legna minuta e rigirai le ceneri fino a quando il fuoco non si ravvivò, poi aggiunsi qualche altro ceppo. Non avrebbe illuminato molto la stanza, ma fino a quando non fossi riuscito a mettermi sotto le coperte, avrebbe aggiunto un caloroso benvenuto.

Quando il fuoco tornò ad ardere, mi alzai in piedi e mi tolsi i vestiti. Senza dubbio era meglio che Geo non fosse lì. Avevo aiutato Jem a ripulire la giumenta e la stalla e avevo bisogno di un bagno; odoravo di stalla.

Versai dell'acqua in un catino, poi inumidii e insaponai un asciugamano e cominciai a passarmelo sul petto, le ascelle e le parti basse. Il mio posteriore era ancora unto della crema che avevo usato per preparare il mio passaggio. Era molto tardi e dubitavo che Geo sarebbe venuto da me. Misi il braccio dietro la schiena;

potevo anche toglierla.

«Vi chiamano spesso di notte?»

Sobbalzai e mi voltai di scatto, cercando stupidamente di nascondere le mie parti intime con l'asciugamano. «G... Geo?»

«Attendevate qualcun altro?» Era adagiato sulla sedia accanto alla finestra, in ombra, il motivo per cui non l'avevo visto.

«No. No, certo che no. Ah...»

«Non avete risposto alla mia domanda. Vi chiamano...?»

«Succede. Come facevate a saperlo?»

«Vi ho seguito. Ero curioso di sapere dove stavate andando a quell'ora della notte,» spiegò.

«Pensavate che avessi un appuntamento?»

«Se anche quel pensiero mi fosse passato per la testa, sono stato subito disilluso.» Lo sguardo di Geo era calmo, attento e forse leggermente sorpreso. «Vi siete messo in ginocchio per quella giumenta.»

«Certo. Non mi costava nulla darle un po' di sollievo e, se poteva aiutare il parto... Sarei un pessimo padrone se lasciassi che un po' di paglia mi ostacoli.»

«Capisco.» Di colpo cambiò argomento. «Mi aspettavo di vedervi nelle stanze padronali.»

Il solo pensiero di dormire nello stesso letto usato da mio zio mi fece venire la nausea. Tuttavia, non lo dissi a Geo. Feci spallucce. «Non potrei cacciare zia Cecily. Quelle stanza sono state sue dal giorno in cui è arrivata qui come sposa.»

«Capisco. Beh, è una fortuna che Lady Laytham mi abbia dato una stanza su questo piano. È molto comoda e ci sono delle tende di broccato color avorio davvero interessanti.»

«Oh... ehm... sì. Quella è la Stanza del Re. Secondo la leggenda, lo stesso re Giacomo vi ha dormito.» La leggenda diceva anche che lui avesse usato il passaggio segreto che conduceva nelle stanze di Sir Osburt, che erano separate da quelle della sua signora. «Di solito è riservata a vostro padre.» Stavo blaterando. Trassi un respiro profondo e mi riscossi. «Avete aspettato a lungo? Chiedo scusa... a ogni modo, vi assicuro che non intendo tirarmi indietro.»

Annuì lievemente. «Dato che sono riuscito a trovarvi, credo che dovremmo darci da fare, non siete d'accordo?» Si alzò dalla sedia e zoppicò verso di me. La lussuosa vestaglia di velluto blu che indossava metteva in evidenza il colore dei suoi occhi. Mise da parte il bastone da passeggio e si sfilò la vestaglia, rivelando il suo nudo splendore.

Fui contento di non essermi tolto gli occhiali. Dai capezzoli marrone scuro spuntavano dai peli neri che ricoprivano di un velo leggero il suo petto e scendevano oltre l'ombelico a formare un cespuglio intorno ai suoi lombi. Il suo cazzo svettava grosso e orgoglioso e il respiro mi si mozzò in gola.

«Ashton?»

Mi costrinsi a incontrare il suo sguardo divertito, arrossii e mi schiarii la voce. «Come... come avete scoperto qual era la mia stanza?»

«È stato molto semplice. Anche se Lady Laytham l'ha rimproverata per quelle parole, la signorina Arabella ha menzionato il fatto che mentre gli alloggi della famiglia sono al primo piano, i vostri sono qui, come lo sono sempre stati da quando siete arrivato a Laytham Hall. Le piace chiacchierare, non è vero?»

Sì, dire cose del genere era tipico di Arabella. Se Laytham Hall avesse posseduto una casa vedovile[9], ce

---

9   Si tratta di un edificio tipico delle tenute inglesi, dove la moglie del proprietario si ritirava dopo la morte del

l'avrei spedita molto volentieri.

«È una sfacciatella assillante,» mormorò, «e noi abbiamo cose più importanti a cui pensare.»

«Naturalmente. Sono al vostro servizio.»

«Sì, lo siete. Tuttavia, mi sembrate leggermente troppo vestito per l'occasione, caro mio.» Accennò con il capo all'asciugamano che non nascondeva molto bene il mio cazzo eccitato.

Sorrisi nonostante tutto. Che parole bizzarre!

Geo venne da me e mi tolse l'asciugamano. «Non era necessario, sapete. Non mi farò sconfiggere dall'aroma di stalla.» Lo sguardo che incontrò il mio era rovente. «Specialmente quando si combina con l'aroma di un uomo. Tuttavia, dato che avete già iniziato...» Immerse l'asciugamano nel catino diverse volte prima di strizzarlo.

«Geo?»

«Il sapone che si asciuga sulla pelle dà un prurito del diavolo.» C'era un accenno di seduzione nel modo in cui passò l'asciugamano sulla mia pelle. Stava per gettarlo da parte, ma poi si fermò e inalò a fondo. «Un profumo intrigante.»

«Lady Asmara portò la ricetta per il sapone con sé dalla sua terra natia nelle Indie. Il compito di farlo preparare passò alle lady Laytham che vennero dopo di lei.»

«E Lady Cecily ha continuato la tradizione? Affascinante.»

«Sì, anche se a volte è stato difficile trovare gli ingredienti.» Soprattutto, secondo zia Cecily, quando eravamo in guerra con il Mostro dall'altra parte della Manica, Napoleone, ma lei aveva seguito diligentemente la ricetta. Naturalmente lo zio si era

---

marito e il matrimonio dell'erede (ndt).

irritato per i costi, ma non fino al punto di ordinarle di usare ingredienti più comuni.

L'aroma di quel sapone era unico e persisteva sulla pelle, speziato e con una traccia dell'Oriente misterioso. Gli ingredienti esotici avevano la reputazione di garantire l'amore eterno, anche se quella diceria non si era mai dimostrata vera, almeno non per me, ed ero piuttosto sicuro che lo stesso valesse per la lady, soprattutto se i racconti riguardo re Giacomo avevano un fondo di verità.

«Mmm.» Geo, con uno sguardo sempre più intenso, lasciò cadere l'asciugamano nel catino, mettendo da parte tutto tranne le proprie intenzioni per la nottata. «In ginocchio, Ashton.»

Felice di non udire l'odiato «Orribile,» mi inginocchiai sul tappeto e attesi mentre lui mi guardava. Senza occhiali, il mondo era tutto sfocato, per questo ero felice che lui non mi avesse chiesto di rimuoverli.

Le sue dita mi accarezzarono i baffi. «Dei peli così adorabili, così morbidi. Ci ho pensato per tutta la serata – come sarebbe sentirli sulla mia pelle.»

Forse avrebbe voluto dire qualcosa d'altro, ma io smisi di ascoltare. Mi sporsi e leccai la punta del suo cazzo che emergeva dal prepuzio, un lungo passaggio che inumidì la fessura. Poi presi la punta fra le labbra e succhiai gentilmente mentre facevo passare fra le dita la pesante sacca che conteneva i suoi testicoli. Lui mi infilò le mani nei capelli e mi spinse a prenderlo ancora più a fondo. Rilassai la gola e ingoiai tutta la sua lunghezza, e lui gemette e cominciò a scoparmi in bocca.

Mi aggrappai con una mano alla sua coscia, massaggiando i muscoli sodi e sfiorando con le unghie i peli sottili che la ricoprivano, percorrendo la lunga cicatrice che sentivo sotto di esse. Un souvenir di quella tribù di beduini?

L'altra mano abbandonò i suoi testicoli e si avvolse intorno a una natica muscolosa, esplorando la fessura del suo culo, stuzzicando l'apertura grinzosa.

Le sue labbra si contrassero involontariamente e per un momento mi chiesi se mi sarebbe venuto in bocca. Scoprii di sperarlo. Le mie labbra e la mia lingua lavorarono avidamente sul suo cazzo, mentre il mio tremava nell'aria tiepida della stanza e colava gocce di liquido perlaceo. Aveva un sapore salato e leggermente amaro, simile a quello di John, eppure diverso.

Il suo palmo sulla mia guancia mi fermò. Geo si ritrasse. «Sul letto, per favore.»

Mi alzai in piedi. Le coperte erano già state piegate ai piedi del letto e io ci salii sopra, tenendomi in equilibrio sulle mani e sulle ginocchia.

«Sulla schiena.»

«Mi... mi volete così?» Non era la posizione preferita di John e dato che sapevo di non piacere davvero a Geo, che per lui quell'atto era un semplice modo di recuperare il debito di mio zio, avevo pensato che avrebbe preferito sodomizzarmi senza guardarmi in viso. «Per questa volta, sì. Forse...» Si fermò, poi proseguì senza esitazione. «Ora vi voglio così.»

Mi voltai sulla schiena, soffocando un sibilo di disagio. Avrei dovuto evitare il più possibile di appoggiarvi il peso, senza darlo a vedere. Chiusi gli occhi e mi concentrai sul mantenere una respirazione regolare. Il mio cazzo, gloriosamente eretto mentre succhiavo quello di Geo, si era del tutto inflaccidito.

«L'idea di essere preso da me vi eccita così poco? Non va bene!» commentò Geo. Si mise comodo sul letto in mezzo alle mie gambe e si abbassò per prendere la mia asta fra le sue labbra.

Lanciai un grido di stupore e mi indurii subito. Era passato molto tempo da quando qualcuno aveva fatto quella cosa per me – John si era rifiutato seccamente. Me lo tolsi di testa e lottai per non venire troppo presto.

I denti di Geo grattarono leggermente lungo la mia lunghezza e la sua lingua sondò la fessura. Prese i miei testicoli fra le lunghe dita e manipolò con delicatezza. Affondai le dita nei suoi capelli, ma mi sforzai di non affondare troppo nella sua bocca; avevo imparato a essere gentile coi pochi amanti disposti a farmi quel servizio.

Geo mi lasciò andare con un 'pop'. «Molto meglio! Avete una crema o unguento?»

«Sul... sul tavolino,» ansimai, dimenticandomi del tutto che ci avevo già pensato.

«Ah.» Prese il vasetto che avevo lasciato lì e lo sentii ridacchiare quando lo aprii e notò che era quasi vuoto. «A qualcuno piace prenderlo nel culo!»

Distolsi lo sguardo, deglutendo a fatica. Avrei permesso a John di fottermi se me lo avesse chiesto, ma non si era mai preoccupato di farlo. Sollevai una mano per togliermi gli occhiali, ma Geo mi fermò.

«No. Voglio che mi vediate, che vediate chi vi sta prendendo.» Si girò di scatto e si mise a cavalcioni del mio torace, il viso rivolto verso i piedi del letto, e mi fece aprire le gambe. Separò le mie natiche e si preparò a cospargere il mio ano di crema, poi si fermò e ridacchiò fra sé, avendo scoperto che mi ero preparato da solo. «Sembra che a qualcuno piaccia davvero prenderlo nel culo.»

Arrossii. «Non potevo essere certo che vi sareste preso il disturbo.»

Le sue dita avevano stuzzicato la pelle sensibile che portava al mio ingresso, ma si fermò. «Vi assicuro che non sono il genere di persona che trae piacere dal dolore del partner.»

Sollevai i fianchi, cercando di spingerlo a continuare con quel lieve incoraggiamento. Invece mi si tolse di dosso e io sospirai. «Chiedo scusa.»

Si accigliò e mi prese il mento in mano, ignorando le mie scuse. «Chi vi ha insegnato ad aspettarvi il dolore?»

«Nessuno.» Esitavo ad ammettere di essere più famigliare con il dolore emotivo che con quello fisico.

«Eppure vi aspettate che io ve ne infligga.»

«Assolutamente no. È solo che... che non volevo che nulla interferisse con il piacere.»

«Ah. In tal caso...» Tornò a posizionarsi sopra di me e riprese a spalmarmi la lozione addosso.

Sospirai di nuovo, questa volta sollevato dal fatto che non avesse insistito. Il sospiro divenne voluttuoso quando lui cominciò a penetrare più a fondo a ogni passaggio, fermandosi solo per prendere altra lozione prima di infilare dentro due dita.

Passai il palmo sulle curve del suo sedere muscoloso, percorsi la fessura e solleticai il suo scroto. Lui sollevò un poco i fianchi e io riuscii a mettere la mano sul suo cazzo.

Era duro come la roccia e umido per il nettare che da esso era colato. Mi leccai le labbra, dopodiché scivolai un po' più in avanti per leccare la punta arrossata, raccogliendo le gocce con la lingua. Deglutii più che potevo, considerata l'angolazione scomoda.

«Ashton, cosa...?» Suonava sorpreso. Pensava che me ne sarei stato fermo senza ricambiare? Cercai di incoraggiarlo ad affondare le dita più a fondo nel mio culo, il cazzo più a fondo nella mia bocca.

Tolse le dita e io gemetti in segno di protesta, e il suono vibrò intorno a ciò che avevo in bocca.

«Lasciatemi andare!» mormorò lui, e io obbedii con riluttanza. In un battito di ciglia, lui era sopra di me, le mie gambe sollevate dai suoi avambracci muscolosi, e il suo cazzo lubrificato dalla saliva mi penetrò facilmente.

Era passato *molto* tempo dall'ultima volta in cui ero stato montato, ma lui mi aveva preparato bene e la sensazione di pienezza, di essere invaso, la scintilla che scoccò quando il mio amante sfiorò quel punto dentro di me mi spinse verso l'acme del piacere.

E poi il suo peso costrinse la mia schiena a toccare il materasso. Con un grido che lui fraintese come passionale, inarcai la schiena, cercando di risparmiare la mia schiena ancora dolorante.

Era impossibile mantenere a lungo quella posizione, però, e ancora una volta ricaddi all'indietro, sopraffatto dall'eco del dolore al punto da non essere neppure lontanamente interessato da ciò che mi stava facendo Geo. Mi morsi le labbra a sangue nel tentativo di soffocare i gemiti.

Lui mi mordicchiò un lato del collo, intrecciò le dita con le mie e mi sollevò le braccia sopra la testa, premendomi ancora di più contro il letto. Era più di quanto potessi sopportare.

«Vi prego,» ansimai, riuscendo a liberare una mano e a spingere contro la sua spalla.

«Che diavolo c'è che non va?» Mi fissò dall'alto in basso.

In qualunque altro momento avrei tratto un grande piacere dall'averlo sopra di me, ma non allora. «Siete troppo pesante,» mentii. Non potevo dirgli che ero stato frustato come uno scolaro disobbediente; era troppo umiliante. «Non riesco a...»

Grugnì, uscì da me e rotolò sulla schiena, a braccia e gambe spalancate, e fissò il soffitto. «Avevo torto riguardo a voi?»

«Io non... non mi sto negando, Geo. Vi prego di credermi.» Mi appoggiai al fianco rivolto nella sua direzione, allungando con esitazione le dita verso la pelle pallida del suo torace. Volevo disperatamente toccarlo, ma a John non piaceva mai essere toccato dopo che l'atto della copulazione si era concluso. Le ritrassi. «Non mi rimangerò la parola data.»

«Allora cosa c'è?»

«Se... se si potesse fare in un altro modo?»

«Non vi prenderò col viso rivolto altrove!» Voltò la testa e vidi che la sua bocca era ridotta a una linea sottile. «Non vi lascerò fingere che io sia qualcun altro!»

Era importante per lui? «Ora non sto distogliendo lo sguardo da voi.»

«No. Non lo state facendo.» Si girò su un fianco e mi attirò a sé, e, come se avesse avuto una volontà propria, la mia gamba destra si sollevò per avvolgersi attorno al suo fianco, aprendogli la strada per il mio corpo. Ancora una volta le sue dita stuzzicarono il mio posteriore, lo massaggiarono, lo penetrarono, e i miei fianchi si mossero, facendole scivolare oltre il muscolo rilassato. «Vi piace, non è vero? Ditelo!»

«Sì!» Gemetti.

Geo mi sollevò il mento e io fissai degli occhi che sembravano bruciare di passione. Per me? La testa ampia e tozza del suo cazzo sostituì le dita e io gemetti quando mi penetrò ancora, solo che questa volta non c'era nulla a distrarmi dal piacere.

Cercai di angolare la parte inferiore del mio corpo verso di lui, cercai di prenderlo più a fondo dentro di me, ma il suo palmo sul mio fianco mi impediva di farlo.

«Geo, vi prego!»

«Silenzio, Ash. Lasciate che mi occupi io di voi.»

Rimasi senza fiato. Nessuno mi aveva chiamato con la forma contratta del nome, tranne che i lavoranti delle stalle – gli stallieri e il signor Ruston. Di sicuro John non l'aveva mai fatto.

All'improvviso l'importanza delle ultime parole di Geo mi colpì e io persi ancora una volta il fiato. Voleva forse dire... non osavo leggervi troppo.

E poi quello che stava facendo attirò tutta la mia attenzione. Il suo palmo carezzò il punto dove coscia e anca si univano prima di trovare e accarezzare il mio cazzo. Sparse qualche goccia del liquido che colava da esso sulla punta e lungo l'asta, giocherellando con il prepuzio, il tutto mentre mi trapanava con ritmo costante. Tremai per la combinazione di sensazioni che tormentava e avvolgeva i miei sensi.

Per la prima volta da più tempo di quanto riuscissi a ricordare, venivo riempito, scopato, goduto. Geo mi bisbigliò all'orecchio, prima in inglese, poi in una lingua che non riconobbi. Le sue parole, le sue azioni, il calore del suo alito nel mio orecchio mi spinsero oltre il limite. Strinsi le sue spalle, sapendo che, nel momento di massimo piacere, ci sarebbe stato qualcuno a prendermi.

Geo colpì quel punto dentro di me mentre mi menava il cazzo e io venni, riempiendogli la mano, svuotandomi contro di lui. Pochi altri affondi e lo sentii fremere nel mio passaggio mentre il suo calore ardente mi riempiva.

Il silenzio della stanza fu rotto solo dal nostro ansimare e dallo scoppiettare del fuoco.

Quanto era meraviglioso giacere fra le braccia di qualcuno! Mi rilassai contro di lui, sospirando soddisfatto, e sfregai la guancia contro la base della sua gola. «Grazie, Geo.»

Lui si ammosciò e io strinsi i muscoli dentro di me, ma ciò nonostante lui mi sfuggì e io mi tesi, aspettandomi che se ne andasse. Invece depose un bacio lieve sulla mia spalla e mi attirò a sé, accarezzandomi con dolcezza la schiena.

Mi strinsi a lui. Sarebbe forse rimasto con me quella notte? Ma non appena quel pensiero mi attraversò la mente lui si irrigidì e mi lasciò. Il materasso si mosse e si riassestò quando si alzò e lasciò il letto, e io rimasi lì da solo.

Quanto ero stato sciocco a desiderare la luna. Mi si oscurò la vista; non avrei guardato mentre se ne andava. Rotolai lontano da lui, mi tolsi gli occhiali e li misi a tentoni sul tavolo accanto al mio letto, e tuffai il viso nel cuscino, facendo a malapena attenzione al rumore secco e raschiante di un fiammifero che veniva acceso.

Udii un sussulto. «*Per tutti i diavoli!* Ashton, cos'è successo alla vostra schiena?» Geo aveva acceso una candela.

La mia testa scattò verso l'alto e sbirciai miope al di là della mia spalla, ma non riuscii a discernere l'aspetto della mia schiena. Lui passò le dita, leggere come una piuma, lungo le spalle, la spina dorsale e i lombi, e io tremai e aprii la bocca per tergiversare.

«Non ditemi che si è trattato di uno stupido incidente di caccia, che siete caduto da cavallo e siete stato trascinato. Mio padre diceva che la vostra unica virtù era quella di essere un ottimo cavallerizzo! Questi segni e tagli sono stati causati da una frusta!»

«Un frustino, a dire il vero.» Feci una risatina. «Mi sorprende scoprire che vostro padre pensa ch'io abbia anche solo una singola virtù.»

«Ashton.»

Distolsi lo sguardo. «Vi ha raccontato molto di

ciò che accadeva qui a Laytham Hall, ma non c'era mai quando c'era mio zio e sono certo che zia Cecily non avrebbe mai menzionato il fatto che sir Eustace era di natura molto incostante.»

«È stato lui?»

«Vi sorprende? Pensate che il fatto di essere l'erede mi proteggesse dalla sua collera? Oh, andate via, Geo!» Mi allungai per spegnere la candela, ma lui la allontanò dalla mia portata.

«Non credo proprio, Ashton. Passerò qui le mie notti. Abituatevici.»

I miei occhi si spalancarono e le mie labbra si aprirono. Lui si chinò in avanti e mi baciò la bocca, poi mise giù la candela e io lo fissai stordito dalla sorpresa. Nessuno, mai prima di allora, si era comportato così con me.

«Ora,» proseguì, mentre era intento a svuotare il catino nel vaso da notte, riempirlo con acqua fresca e immergervi l'asciugamano, «il seme che si asciuga sulla pelle dà un prurito del diavolo.»

«Come il sapone?»

Ridacchiò e mi fece voltare sul fianco, dopodiché passò l'asciugamano prima sul mio petto e l'addome e poi sui suoi, pulendo i nostri corpi dai residui della passione. L'acqua era fredda, ma rinfrancante.

Mi toccai il labbro con la punta della lingua. «Perché l'avete fatto?»

«L'ho detto. Il seme...»

«Non quello,» dissi con una certa impazienza. «Perché mi avete baciato?»

«Mi ha fatto piacere farlo. È meglio che vi rendiate conto, Ashton, che io faccio quello che voglio.» Tornò nel letto con me. «Spero che non vi prenderete tutte le coperte.»

Non ne avevo idea. Nessuno aveva mai passato la

notte con me.

Il suo sguardo si fissò sulla mia bocca, all'apparenza attratto da essa, e lui mi prese il mento fra le dita lunghe. Mi immobilizzai quando mi attirò a sé e mormorò qualcosa contro le mie labbra e mi baciò di nuovo.

Inalai, un atto improvviso, sbigottito, e il suo aroma – un aroma di muschio e uomo e qualcosa che era l'essenza di Geo – invase le mie narici fino a che per poco non vi affogai.

Che bocca intelligente che aveva! Le sue labbra mi stuzzicarono, dapprima dolcemente, poi con più intensità, fino a che le mie labbra non formicolarono e si aprirono per lasciarlo entrare con gioia. Leccò la levigatezza sotto il mio labbro superiore e la mia lingua accarezzò timidamente la parte inferiore della sua, mentre questa esplorava la mia bocca. Tremai per il bisogno impellente.

Buon Dio, perché nessuno mi aveva mai parlato della magia, dello splendore, della meraviglia contenute in un incontro di labbra?

Con un debole gemito, mi strinsi a lui e mi arresi, e lui prese la mia bocca coi denti e con la lingua. Lo lasciai fare, perdendomi nella sensualità.

Prima di quanto avrei voluto, Geo si ritrasse leggermente. Le mie labbra erano piene e gonfie. E abbandonate.

«È troppo presto per ricominciare. Andate a dormire.» Passò il pollice sui miei baffi, poi accarezzò i miei capelli con la mano e appoggiò il palmo contro la mia nuca, le dita che accarezzavano l'incavo, facendomi tremare per la sensazione voluttuosa. «Vi voglio almeno un'altra volta prima di tornare nella mia stanza.»

«Dovete proprio andare?» chiesi con una punta di

sofferenza.

«Non vorrei spaventare la domestica.»

«Certo. Naturalmente.»

«Certo.»

Mi voltai sull'altro fianco, volgendogli la schiena. «Buona... buonanotte, Geo.»

Lui spense la candela, poi si avvolse intorno a me, il braccio saldamente ancorato alla mia vita. Fece attenzione a non premere contro la mia schiena, ma il suo cazzo se ne stava comodo contro il mio culo e la sua mano si avvolse, senza stringere, intorno al mio cazzo. «Buonanotte, Ash.»

CAPITOLO
SETTE

LA MIA stanza si affacciava a est e, dal momento che avevo dimenticato di tirare le tende, la luce del sole mi si riversò negli occhi, svegliandomi.

Era più tardi dell'ora in cui mi svegliavo di solito e, nonostante l'indolenzimento, mi sentivo molto riposato. Mi godetti quella sensazione.

Geo non era solo un amante delicato e attento, ma anche molto abile; mi aveva soddisfatto più e più volte e il ricordo di ciò che mi aveva fatto mi fece drizzare il cazzo.

Mi aveva detto, dopo avermi preso per l'ultima volta prima che venisse per lui l'ora di tornare al suo letto: «Non vi darete piacere da solo, è chiaro, Ashton? Ora siete mio.» Aveva passato una mano fra i peli che mi coprivano il petto, sui miei capezzoli e giù fino a i lombi, dandomi una strizzatina al cazzo, dopodiché mi aveva baciato di nuovo.

Oh, sapevo che intendeva solo fino a quando il debito non fosse stato ripagato, ma mi ero eccitato. John non si era mai preoccupato di chiedermi se mi masturbavo quando non era nel mio letto, non gli sarebbe potuto importare di meno di ciò che facevo o con chi. Le parole di Geo avevano reso chiaro che appartenevo a lui. Un'altra cosa che apprezzavo.

Il mio stomaco brontolò rumorosamente e ridacchiai; avevo anche fame.

Mi alzai, mi lavai e mi cambiai negli abiti da casa. Avrei dovuto controllare il raccolto quel giorno e il fazzoletto da collo non sarebbe andato bene, così optai per un fazzolettino di seta che avevo ricevuto per il mio ultimo compleanno. Mettendomi di fronte allo specchio per annodarlo intorno al collo, vidi un giovane uomo che sembrava, per la prima volta, in pace col mondo.

Diedi un ultimo strattone ai lembi del fazzoletto e feci l'occhiolino al mio riflesso. Avevo proprio un'aria elegante. Geo avrebbe pensato lo stesso?

Fischiettando, scesi le scale.

Tutti erano già radunati nel salotto della colazione quando arrivai e caddero in silenzio nel momento in cui varcai la soglia, facendomi pensare di essere stato l'oggetto della discussione.

«Buongiorno! Chiedo scusa per il ritardo, zia.» Ma il mio sguardo era fisso su Geo. Gli rivolsi un sorriso.

Non disse nulla, lanciandomi solo una breve occhiata prima di tornare alla sua colazione e io vacillai.

Si era pentito del tempo che avevamo trascorso a letto insieme? Era colpa mia? Lo avevo deluso?

David entrò reggendo piatti di uova strapazzate e salsicce grasse cotte a puntino. «Vi servo, signore?»

«No.» Irrigidii il labbro superiore. «No, grazie, David. Lasciale sul tavolo; mi servirò da me.»

«Sì, sir Ashton.» Fece come gli avevo ordinato, poi mi versò una tazza di cioccolata e tornò in cucina.

Zoppicai fino al mio posto. Zia Cecily se ne accorse e io evitai in fretta il suo sguardo. Con mio zio nella tomba da quasi due settimane, mi chiesi a cosa avrebbe attribuito il mio zoppicare. La prima e unica volta che l'argomento era stato sollevato fu poco dopo che ero venuto a stare a Laytham Hall. Aveva notato la mia camminata incerta e me ne aveva chiesto il motivo, chiedendomi se fossi caduto dal mio cavallino, e le dissi francamente che sir Eustace aveva usato il bastone su di me. Lei si era portata il fazzoletto alla bocca, disgustata e impallidita, ed era barcollata fuori dalla stanza; non mi aveva più chiesto nulla al riguardo.

«Stavate parlando di qualcosa prima che entrassi.» Misi giù il mio piatto carico, presi posto e affettai le salsicce con la massima concentrazione e precisione. «Per favore, non interrompete la vostra conversazione.»

«Stavo dicendo al caro Geo che di solito sei così puntuale, Ashton,» sottolineò zia Cecily, al che io sollevai lo sguardo. Dunque avevano parlato di me. Il sorriso non le arrivava agli occhi.

«Sì,» si intromise Arabella. «Questa mattina sei stato molto pigro, Ashton.» Si portò la tazza alle labbra e bevette un sorsetto, poi si rivolse a Geo. «Cielo, più spesso che no sta finendo la sua colazione mentre zia Cecily e io, povere femmine, stiamo scendendo. Ci umilia sempre!»

Geo inarcò un sopracciglio, ma ancora una volta non disse nulla.

Ignorai il suo tono di disprezzo. A onor del vero, ignorai tutto il suo discorsetto e risposi invece a zia Cecily. «Il signor Ruston mi ha mandato a chiamare. Beauty ha scelto la notte scorsa per avere il puledro, zia.»

«Ah. Un parto soddisfacente, Ashton?»

«Molto. Una puledrina, e sembra che abbia preso dal padre. Nera con il carbone, con le zampe bianche. Un gioiello, per così dire.»

Zia Cecily ridacchiò, la qual cosa mi sorprese. Di solito non trovava divertenti i miei accenni d'umorismo.

Arabella, d'altro canto, aveva un colorito leggermente verdastro. Era incappata in un parto andato male quand'era bambina. I risultati erano stati infelici per tutti: la giumenta e il puledro erano morti e Arabella aveva avuto una crisi isterica.

Tirò su col naso, arricciandolo alle mie parole. «Stavo per raccontare al signor Stephenson di quando... di quando uno dei miei spasimanti promise di cavalcare *ventre à terre* per salvarmi da un destino peggiore della morte!»

«*Arabella!*» Per una volta, zia Cecily suonò scioccata della parole della sua pupilla.

«Sì, zia Cecy?» rispose la signorina Innocenza.

Aveva almeno idea di cosa fosse un destino peggiore della morte? Da sopra gli occhiali la guardai con un certo divertimento, ma trattenni la lingua, imburrando invece una fetta di pane tostato.

Lei notò la mia occhiata, tuttavia, e si adirò. «Non credi che William avrebbe galoppato come il vento per venirmi a salvare se fossi stata in pericolo?» disse beffarda, così arrabbiata con me da dimenticare di esserlo con il suo innamorato assente. «Tu lo faresti per qualcuno? Qualcuno lo farebbe per te?»

Mi portai il tovagliolo alle labbra. «No,» dissi, rispondendo all'ultima domanda. «Non riesco a immaginarlo.»

Lei chiese maliziosamente a Geo, «Voi cavalchereste come il vento se qualcuno a cui tenete fosse in pericolo, vero, signor Stephenson?»

Era il 1834. In quale pericolo avrebbe mai potuto trovarsi? Non riuscivo a non chiedermi come avrebbe reagito lui a tutte quelle assurdità. Dopotutto, solo qualche ora prima l'aveva definita una sfacciatella assillante.

«Ma certo, signorina Arabella. Soprattutto se fosse qualcuno di affascinante come voi!» Le sorrise, all'apparenza non trovandola tanto assillante né sciocca.

Persi l'appetito; stropicciai il tovagliolo e feci per alzarmi dalla sedia. «Volete scusarmi? Il raccolto…»

«Mi stavo proprio chiedendo quali fossero i piani per oggi.» Le parole di Geo mi immobilizzarono e mi sedetti nuovamente.

«Piani?» Non avevo pensato proprio a intrattenerlo. Non di giorno, comunque.

«È proprio da te, Orribile!» Arabella non parve accorgersi del modo in cui Geo corrugò la fronte, anche se la cosa mi diede un briciolo di speranza. Se a lui non piaceva che mi chiamasse così, forse il gelo fra di noi era un semplice frutto della mia immaginazione. «Bisogna intrattenere gli ospiti, sai!»

Non avevo amici nelle vicinanze e nessuno dai tempi di Eton era mai venuto a far visita a Laytham Hall. Non mi era mai stato concesso di andare in visita perché ci sarebbe potuta essere la necessità di ospitare qualcuno a mia volta e sir Eustace si rifiutava di rimetterci dei soldi.

In qualche modo, tuttavia, gli Hood avevano avuto i mezzi per fare quelle visite e zia Cecily si era organizzata per far venire in visita i loro amici per qualche tempo, mentre suo marito era a Londra o a una di quelle battute di caccia a cui qualche raro amico lo invitava.

«Ma... ma certo che bisogna.» Avrei mandato un messaggio a Giffard per fargli sapere che avrebbe dovuto controllare il raccolto da solo quel giorno. «Sono al vostro servizio, Geo.» Arrossii fino all'attaccatura dei capelli e mi schiarii la voce. «Forse...» La stagione della caccia sarebbe iniziata solo qualche mese dopo e non avevo idea se la sua ferita alla gamba gli consentisse di cavalcare, ma... «Forse vi piacerebbe mettervi alla prova pescando nel nostro torrente? Abbiamo delle ottime trote e sono certo che la cuoca non avrebbe obiezioni nel preparare le vostre prede per cena.»

«Io non vado a pesca.»

«Oh! Vi...» Mi sentii come se mi avesse schiaffeggiato. «Chiedo scusa.» Dunque non mi ero immaginato quel gelo. Ma cosa avevo fatto per dargli un dispiacere?

«La chiesa di Sant'Andrea a Farnham è molto interessante,» suggerì zia Cecily, inconsapevole della mia agitazione. «Risale alla Conquista[10], credo, e ci si può arrivare in meno di un'ora senza affaticare i cavalli. Credo che potrebbe piacervi vederla, Geo.»

«Voglio venire anch'io!» annunciò Arabella, battendo le ciglia verso Geo. «Datemi il permesso, zia Cecy!»

Avrei voluto prenderla a schiaffi, ma zia Cecily sorrise benevolmente.

«Ma certo, mia cara. Io non me la sento di andare fin là e Ashton, sono sicura che tu hai altro da fare, per cui naturalmente non insisterò perché vada anche tu...»

«Molto bene, zia.»

«Tuttavia, nonostante sia certa che il caro Geo si prenderebbe cura di te in modo eccellente, prenderete l'apprendista di Flowers come vostra dama.» Stava facendo da sensale?

«Ma certo. Sarebbe un piacere.» Il «caro Geo» sorrise cortese e io strinsi i denti. Avrei voluto prendere a schiaffi anche lui. Sembrava attratto dai capelli d'oro

---

10 L'arrivo dei Normanni in Inghilterra, culminato con la battaglia di Hastings del 1066 (ndt).

e dagli occhi blu di Arabella come John lo era stato da... qualcun altro.

Nessuno sarebbe stato mai attratto da *me*?

«Volete scusarmi?» Appoggiai il tovagliolo sul piatto, mi alzai, e uscii dalla stanza camminando rigidamente, inorridito per il mio essere preda di pensieri tanto malinconici.

La situazione non era davvero molto diversa da quanto mi era capitato in passato: un uomo che mi voleva per il piacere che ero in grado di dargli, ma non voleva me – Ashton Laytham – non davvero. Non mi sarei permesso di dimenticarlo un'altra volta.

La porta si era chiusa a malapena dietro di me prima di riaprirsi un'altra volta. «Un momento, Ashton. Vorrei parlarvi.»

Misi da parte l'ondata di speranza improvvisa. Dovevo ricordarmi, prima di fare qualcosa di stupido come il dare via un'altra volta il mio cuore, che per lui ero semplicemente un modo per incassare un credito di diecimila sterline.

«È meglio in privato.» Feci strada fino alla studio di sir Eustace – al *mio* studio. Era il modo migliore per farla finita in fretta, di qualunque cosa si trattasse.

«Zoppicate.»

«Sto bene, ve lo assicuro.» Mi feci da parte per lasciarlo entrare per primo.

«Davvero? Eravate molto stretto.»

«Vero. Solo perché è passato molto tempo.»

«Ma il vasetto...»

«Non era per me.» Mi strinsi con indifferenza nelle spalle. «Spero di non avervi deluso troppo, mio caro. Prometto di fare di meglio in futuro, se siete ancora interessato.»

«Cosa vi ha dato l'idea che stessi perdendo interesse, Ahston?»

Forse il fatto che non mi chiamasse più «Ash.» Forse il fatto che d'un tratto si mostrasse più interessato ad Arabella che a me.

Sollevai una spalla e rifiutai di dar voce a quei pensieri. Invece, avvertendo il bisogno di frapporre della distanza fra di noi, mi sedetti alla mia scrivania, rispolverai gli anni passati a fare la *bête noire* degli Hood e resi il mio tono di voce il più altezzoso e sgradevole possibile. «In tal caso, credo che dovremmo stabilire un tariffario in modo da conoscere il prezzo di ciascun atto.»

«Chiedo scusa?»

«Non sono stato chiaro? È molto semplice. Faccio questo nel tentativo di ridurre il debito di mio zio nei vostri confronti. Dunque, ciascun atto...»

«Basta così. Vi capisco.»

«Sono certo che l'avreste fatto, perché non mi siete mai sembrato tardo di comprendonio.»

«Cosa suggerite?»

«Io? Non saprei proprio, mio caro. Dopotutto, potrei valutare le attività della notte scorsa a diecimila sterline, e a quel punto cosa faremmo?» La condiscendenza nella mia voce aveva spinto diverse volte Robert Hood a minacciarmi con la mano levata e io attesi per vedere come avrebbe reagito Geo.

«Ciò che vi ho fatto l'altra notte vi è piaciuto.» Mi guardò accigliato.

«Certo, non lo nego, e vi ringrazio in tutta sincerità. Non dubito che avreste potuto rendere la cosa piuttosto sgradevole per me. Tuttavia,» proseguii con tutto il disprezzo di cui ero capace, «non intendo passare il resto della mia vita come vostro servo.»

Rimase in silenzio per un lungo momento, la bocca ridotta a una linea pallida. Poi disse: «Molto bene, dato che sembra vostro desiderio contrattare come un pescivendolo, ecco le mie condizioni. Verrò a Laytham Hall ogni fine settimana e passerò tre notti qui. Non accoglierete nessun altro nel vostro letto.»

«Ovviamente la cosa non si applica a voi.»

Strinse gli occhi, vagamente incupiti, e proseguì come se io non avessi parlato. «Stabilisco un prezzo di due sterline a notte.»

«A *notte*?» Mi si asciugò la bocca.

«Credo di aver detto così.»

«Ma è... significa...» La mia mente lottò per fare la somma.

Lui si esaminò le unghie, l'epitome dell'indifferenza. «Poco più di trentun anni.»

Buon Dio, sarebbe stato come essere incatenati per le caviglie! Lo fissai perplesso. «Ma... e se non accadesse nulla la notte?»

«Non credo ci sia da preoccuparsi.»

Continuai a fissarlo, sbalordito.

«Vi credete davvero così poco attraente?»

«Sarebbe poco decoroso rispondervi, signore.»

«E voi siete molto decoroso.»

«Geo?»

Distolse lo sguardo, tutto affari. «Temo che non abbiate scelta, *mio caro*. Fra una cosa e l'altra, ho scritto a Kincaid, il mio uomo, dicendogli di impacchettare delle cose per entrambi.» Mise un foglio di carta piegato di fronte a me sulla scrivania. «Mi farete la cortesia di occuparvene, per favore?»

«Ma certo.» La mia voce suonava vuota a lui quanto a me?

«Magnifico.» Trasse un orologio dal taschino del suo gilet. «Devo andare. Non desidero far aspettare la signorina Arabella.»

«Un'ultima domanda.» Si fermò accanto alla porta, le sopracciglia inarcate. Non riuscii a guardarlo più a lungo negli occhi e abbassai lo sguardo sulle mie dita intrecciate sulla scrivania. «Avete intenzione di corteggiarla?»

«Mmm. Potrebbe essere la scusa perfetta per venire in visita...» Mi sentii raggelare. «Ma no, mio caro. Credo di avervi detto che non prediligo le ragazze, giovani o meno che siano.»

Odiava essere chiamato «caro» quanto lo odiavo io? «Allora con che motivo giustificherete a zia Ceciliy il vostro ritornare ogni settimana?»

«Ma come, mi limiterò a dirle che porto notizie dal mio caro padre. Credo che ciò darebbe a entrambi un grande piacere.» Un sorriso sarcastico e la porta si chiuse dietro di lui.

Con un debole gemito, mi coprii il volto con le mani. Mentre usciva dalla porta, non ero riuscito a distogliere lo sguardo dal suo culo. Buon Dio, in cosa mi stavo andando a cacciare?

«ASHTON.»

«Zia Cecily.» Mi stavo dirigendo verso la mia stanza quando ci incrociammo nella Sala Grande. «Non stavi cercando Geo per caso, vero?»

«No, stavo...»

«È uscito per aspettare Arabella,» proseguì lei come se non avessi parlato. «Le ho detto di non farlo aspettare troppo, perché anche se un gentiluomo può portare pazienza per breve tempo, non apprezza che gli si faccia tenere fermo il cavallo. Non è stato gentile a offrirsi di portarla a Sant'Andrea? La poverina era in uno stato penoso. Questa uscita dovrebbe essere la cosa giusta per sollevarle il morale.» Giocherellò con la pezza di lino infilata nella sua manica. «Sapevo che non ti saresti crucciato l'essere stato escluso.

Dopotutto, in due ci si fa compagnia, come certo sai.»
E mi rivolse un ampio sorriso.

«Zia, non ditemi che combinate ancora incontri!»

Il suo sorriso svanì. «Non essere volgare.» Tirò su col naso. «Come se potessi fare una cosa del genere! Sai bene che il matrimonio di Arabella e William era una mia grande speranza.»

«Beh, sì.»

«Tuttavia, devi ammettere che con i cari ragazzi di Marian... lontano, dobbiamo accettare il fatto che Arabella non può aspettare William per sempre. Preferire che Geo e Arabella cementassero un'alleanza, unendo le nostre due famiglie.»

Si aspettava che Geo divenisse il rimpiazzo di William? «Non è presto, zia?» Lei gesticolò per allontanare quell'idea sciocca e io ritentai. «Dopotutto, si sono appena incontrati.»

«Non conta nulla, Ashton.»

Strinsi i denti e pensai ai gentiluomini nostri vicini. C'era qualcuno a cui avrei potuto far sposare Arabella, preferibilmente un vecchio e sdentato, o meglio ancora qualcuno che l'avrebbe, che ne so, battuta due volte al giorno?

Le parole successive di zia Cecily mi strapparono ai miei pensieri.

«Peccato che Geo zoppichi. Immagino che questo gli impedirà di danzare, e ad Arabella piace tanto danzare.» Batté un ditino aggraziato contro il labbro inferiore. «Tuttavia, si tratta pur sempre del figlio di George. Sì, credo che starebbero bene insieme.»

Non potevo sopportare oltre. «Volete scusarmi, zia? Devo mandare qualcuno in città per accompagnare il servo di Geo.»

«Ma certo. Non ti trattengo, Ashton. Ah, signora Walker.» Accennò alla domestica appena arrivata, che attendeva con pazienza.

Dopo un breve inchino, corsi su per le scale fino alla mia stanza. Dopo essermi tolto gli stivaletti Blucher e infilato quelli per cavalcare, tolsi il fazzolettino di seta – uno di cotone sarebbe stato più adatto per sorvegliare il raccolto, mi dissi; cosa mi era preso per scegliere l'altro – e poi corsi nuovamente di sotto.

Non mi attardai a guardare il calessino di Geo, tirato da una coppia di bai dal passo lungo, che entrava in cortile. Non guardai mentre lui faceva salire Arabella, con grande sollecitudine, mentre David aiutava Mollie, la sua damigella, a salire dietro di loro. Non li seguii malinconicamente con lo sguardo mentre partivano per Sant'Andrea.

Fermamente, mi tolsi quel pensiero di testa.

Giunto alle stalle, chiesi a Jem di sellarmi Blue Boy e andai a cercare il capo stalliere. «Signor Ruston, il servo del signor Stephenson ha bisogno di essere accompagnato qui dalla città. Mandate un calesse, per favore.»

«Certo, signore. L'indirizzo?»

«È su questo messaggio che deve essergli consegnato.»

Prese la missiva. «Gilly Hammel sa leggere; lo manderò lì a prendere quel tizio. Metto Pacer al tiro?»

«Sì.» Il castrone era di un appariscente color nocciola, con la criniera e la coda più chiare. Sarebbe stato perfetto per una signora e, con l'aiuto di un po' di pubblicità, speravamo di venderlo a buon prezzo. «A proposito, come sta Beauty?»

Un ampio sorriso comparve sul volto del capo stalliere. «Lei e la puledra stano bene, così come il puledro di Jezebel. Beauty lo ha accolto.»

«Ah. Sono molto felice di saperlo.» Dover

abbattere l'animale avrebbe turbato entrambi. Proprio in quel momento, Jem condusse Blue Boy. «Grazie, Jem. Sarò a Three-Penny Field se dovesse esserci bisogno di me.»

Sorrise e si toccò la frangia, e io montai in sella e trottai verso il campo dove sarebbe stato fatto il raccolto.

IL SOLE aveva raggiunto lo zenith e stava cominciando il suo percorso discendente quando Jem mi raggiunse al galoppo.

«Sir Ash! Sir Ash!»

«Cosa c'è?»

«Il signor Stephenson…»

Raggelai. Arabella si credeva un fenomeno nel condurre un calesse. L'aveva convinto a lasciarle prendere le redini? Immaginai il calessino ribaltato e lui che giaceva in un fosso, o i cavalli terrorizzati che fuggivano, schiantando il veicolo contro un albero o un muro di pietra, e lui che giaceva insanguinato in mezza alla strada.

Senza attendere ulteriori informazioni e piuttosto che imboccare la strada che girava intorno a Laytham Hall, feci voltare su se stesso Blue Boy, toccai i suoi fianchi coi talloni e lo diressi dritto verso la siepe che circondata Three-Penny Field. Lui la saltò, atterrando in modo impeccabile, e corse verso casa.

Fu una corsa di sei chilometri e mezzo saltando siepi, attraverso campi incolti e il torrente, che era troppo largo per saltarlo, anche se abbastanza basso da attraversarlo nel punto che scelsi, sollevando ondate d'acqua. In un tempo inferiore a quello che avrebbe realizzato un uomo prudente andando a una velocità più moderata, Laytham Hall apparve in vista, ma ci volle comunque troppo. Feci fermare di colpo Blue Boy e scesi d'un balzo di sella, lasciandolo in mezzo al cortile, schiumante ed esausto.

Io non avevo un aspetto molto migliore. Avevo perso il cappello durante un salto, una striscia di fango mi attraversava una guancia e l'acqua mi gocciolava dai capelli e inzuppava i miei pantaloni da quando avevo attraversato il torrente, ma non poteva importarmene di meno dell'apparenza.

David era nella Sala Grande quanto corsi per raggiungere le scale e la sua bocca si spalancò. «Sir Ashton?»

«Dov'è il signor Stephenson?» chiesi da sopra una spalla.

«Nella sua stanza, signore.»

«Il dottor Medford è stato chiamato?»

«Il dottor Medford?» C'era della confusione nella sua voce. «No, signore.»

Mi fermai nel bel mezzo di una falcata. «Maledizione, sei stupido?» Buon Dio, Geo poteva essere moribondo e nessuno aveva pensato di avvisare il dottore? «Fa' in modo che sia chiamato immediatamente!»

«Mo... molto bene.»

Ripresi a salire le scale a rotta di collo, ormai senza fiato io stesso e con il sudore che mi colava negli occhi. Forse fu quello il motivo per cui, sul pianerottolo del primo piano, urtai l'uomo che stava scendendo e rimbalzai contro il muro.

Non lo riconobbi, ma era vestito con la livrea scura dei servi. Portava un bauletto. «Perché non guardi dove vai?» abbaiò.

«Cosa?»

Si accigliò. «Cosa ci fai qui? Le cose stanno andando veramente all'aria se uno stalliere può salire di sopra!»

Ero leggermente in disordine, ma certo non al punto da poter essere preso per un servo!

«Non dovrei essere sorpreso, immagino.» borbottò più a se stesso che a me. «Considerando chi è il padrone di casa...»

Raddrizzai la schiena. «Sono sir Ashton Laytham e questa è la *mia* casa. Non vi rivolgerete a me in questo modo in casa mia.» L'unica ragione per cui non lo colpii era il fatto che fosse un servo.

«Voi siete...» Parve inorridito. «Mi... mi... mi avevano detto che non eravate a casa. Non mi aspettavo... e sembrate proprio... imploro il vostro perdono, signore. Sono Kincaid, l'uomo del signor Stephenson.»

«Cosa fate già qui? Non è passato abbastanza tempo perché il calesse che ho mandato in città possa aver raggiunto Londra e aver fatto il viaggio di ritorno.»

«Dobbiamo esserci incrociati senza saperlo. Un... messaggio è arrivato per il signor Stephenson e io l'ho preso con me nel venire qui.»

«Un messaggio? Ed era così urgente che siete venuto voi stesso a portarlo?»

I suoi occhi si allontanarono dai miei.

«Kincaid, hai...» Geo scese le scale zoppicando, sano e salvo, col Benjamin drappeggiato sulle spalle. «Ah, eccovi, Ashton.»

«Sì,» dissi a denti stretti, con la tentazione di colpirlo. Lui non era un servo, dopotutto, e mi aveva fatto spaventare. «Eccomi.»

«Jem vi ha trovato in tempo, dunque. Speravo di scambiare due parole con voi prima di partire. Sono stato richiamato in città.» Osservò con interesse il mio aspetto disordinato.

«Vedo.» Finsi di togliermi del fango dalla manica del cappotto.

«Avete attraversato del terreno difficile, mio caro?»

Strinsi i denti e ignorai la provocazione.

«Signore, io...»

Ignorai anche Kincaid. «Presumo che vorrete partire subito, dunque. Non lasciate che vi trattenga.»

«Temo che i miei bai non siano abbastanza freschi per arrivare fino in città.»

La strada per Sant'Andrea era tenuta in buone condizioni e non ci sarebbe dovuto essere bisogno di affaticare il suo tiro. «Siete così incapace da averli stancati per una breve uscita? Davvero, signore, voi mi deludete.»

Kincaid grugnì una risata, mascherandola subito da colpo di tosse, e lo stesso Geo sfoggiò un sorrisetto.

«Devo tornare il prima possibile...» Non badò all'espressione stupefatta di Kincaid. «E sebbene i miei bai non siano in alcun modo provati, preferirei un tiro fresco. Un tiro veloce.»

Sbattei le palpebre, ma non feci domande. «Molto bene. I bigi di sir Eustace hanno uno splendido incedere.» Non erano una coppia perfetta come i bai purosangue o i sauri, il che era il motivo per cui nessuno aveva ancora mostrato intenzione di comprarli. «Manderò a dire alle stalle di... ah, Colling.»

Il maggiordomo stava salendo le scale di corsa. «Sir Ashton, vi chiedo scusa. David è rimasto un po' confuso dal vostro ordine, così è venuto da me. Siete sicuro che bisognerebbe...»

Mi sentii arrossire. «No, non sarà necessario, Colling. A ogni modo, dato che il signor Stephenson sta per partire e ha bisogno di cavalli freschi, fai sapere al signor Ruston che dovrà usare i bigi di sir Eustace.»

Aprì la bocca come per dire qualcosa. «Subito, per favore.»

«Ma certo. Manderò David.» Si voltò e scese al piano terra.

«Così farete più in fretta, signore,» dissi distrattamente a Geo. «Se mi consentite, devo cambiarmi d'abito. Buon viaggio.» Salii un gradino.

«Ashton, devo parlarvi.»

«Che peccato, temo di non averne il tempo. Ho lasciato gli uomini nel bel mezzo della raccolta del luppolo e devo tornare indietro subito.»

«Ciò nonostante, mi concederete qualche momento.» Le sue dita si chiusero intorno al mio braccio, poi lui si voltò e ripercorse i suoi passi lungo le scale, trascinandomi dietro di sé volente o nolente, muovendosi molto agilmente per un uomo che aveva bisogno del bastone da passeggio. «Kincaid, fa in modo che tutto sia pronto per la partenza e prendi provvedimenti per far ricondurre a Londra il ronzino che hai preso in affitto.»

«Sì, signore. Le mie più umili scuse, sir Ashton.»

«Sì, sì!» dissi bruscamente da sopra una spalla. «Per favore, lasciatemi il braccio, signore!» ringhiai a Geo. «Non c'è motivo di maltrattarmi.»

«Vi chiedo scusa.» Geo non suonava pentito, a ogni modo, e non accennò a lasciarmi. La porta della sua camera era aperta e lui mi spinse dentro e sbatté l'uscio.

Mi aspettavo che mi facesse girare e mi sbattesse contro la porta, un atto che la mia schiena ancora dolorante avrebbe sofferto, ma prima che potessi aprire bocca al riguardo, Geo mi attirò a sé con noncuranza.

Stranamente, non mi sentii in alcun modo sopraffatto, ma ciò nonostante, avvertii il bisogno di protestare per quel modo di trattarmi. «Signore, io...»

Fui zittito dalla sua bocca.

La voglia di protestare mi abbandonò immediatamente. Avevo pensato che, essendo stato lui il primo uomo a baciarmi, forse ci avevo ricamato sopra troppo, ma fu ancora meglio di come ricordavo. Risposi al bacio con tutto me stesso, massaggiando con le dita i muscoli della sua spalla mentre si contraevano e si rilassavano, trascurando il fatto che avrei potuto svelare troppo.

Alla fine liberò le mie labbra.

«Sul serio. Non c'era motivo di trascinarmi,» mormorai mentre mi premevo contro di lui e sfregavo la guancia contro il lato della sua gola.

«Chiedo scusa, Ashton. Non mi aspettavo di dover partire così presto, almeno non prima che trascorressimo più di una notte...»

Indietreggiai, aprii gli occhi e rimasi senza fiato. Il suo volto era una massa sfocata. Buon Dio, c'era qualcosa che non andava nella mia vista? Geo ridacchiò e mi aggiustò gli occhiali, che in qualche modo erano scivolati via, sul viso, e il suo volto ritornò definito. Passò il polpastrello del pollice sul mio labbro inferiore, che sentii carnoso e gonfio. Prese un fazzoletto di tasca e lo passò sopra la mia guancia.

«Siete affascinante, mio caro.» Poi grugnì e si strinse di nuovo a me, questa volta per deporre una scia di baci lungo la mia gola e la mascella.

Affondai le dita nei suoi capelli, tremai e buttai indietro la testa. Non avevo mai... nessuno aveva mai... Volevo che quella delizia durasse per sempre! Alla fine, però, lui si ritrasse, e ancora una volta dovette riaggiustarmi gli occhiali. «A volte siete proprio bilioso, vero? Come mai eravate così agitato?»

«State bene.»

«Certo che sì.» Inarcò un sopracciglio. «Perché

non dovrei?»

«Jem mi ha raggiunto al galoppo a Three-Penny Field. Ha detto…» Mi venne in mente che non aveva detto nulla: ogni cosa era stata frutto della mia immaginazione. Arrossi e distolsi lo sguardo. «Pensavo che vi fosse capitato un incidente,» borbottai.

«E siete corso al mio fianco *ventre à terre*? Oh, Ash.» Depose un ultimo bacio sulle mie labbra e fece un passo indietro.

Le mie guance, che erano andate raffreddandosi, si scaldarono nuovamente quando il rossore si diffuse di nuovo e io fui sul punto di insistere che non avevo fatto nulla del genere quando la sua ultima parola mi distrasse. «Mi... mi avete chiamato di nuovo Ash.»

«Sul serio?» Si acciglió. «È importante?»

Lo era più di quanto pensasse, ma come dirglielo? «Certo che no.»

La sua espressione si incupì. «Temo di dover andare ora. Questo è ciò che volevo dirvi prima di distrarmi. Kincaid mi ha reso noto che c'è bisogno di me in città.»

Con voce carica di esitazione, nonostante tutto, chiesi: «Voi... tornerete, Geo?»

«Certamente. Non ve l'avevo detto? Entro una settimana, se possibile, ma in ogni caso prima della fine della prossima settimana. Dopotutto…» Mi scostò e aprì la porta, e all'improvviso la distanza fra noi sembrò diventare non soltanto fisica, ma anche emotiva. «Ci vorrà più che una sola notte per pagare il vostro debito.»

«Il debito di mio zio, volete dire.»

«È più o meno lo stesso, giusto?»

Purtroppo, temevo che avesse ragione. Abbandonai l'argomento. «Geo, io... potrei portare i vostri bai in città entro un giorno o due, quando saranno più freschi,» mi offrii.

«Non serve. Restituirò i bigi la settimana prossima.»

«Beh, se dovete andare...» Distolsi lo sguardo e finsi indifferenza. Dopotutto ciò che avevo svelato – perché avrebbe dovuto essere cieco quanto lo ero io senza occhiali per non rendersi conto che mi importava tanto di lui da farmi accorrere davvero *ventre à terre* – non intendevo rivelargli altro. «Ci vediamo la settimana prossima.»

«Esatto.» Attraversò il corridoio verso le scale e io lo fissai, chiedendomi se si sarebbe voltato per un ultimo saluto, un ultimo sorriso...

Nessuna delle due cose. Per un attimo avevo sperato... beh, era stata una speranza quantomeno sciocca. A parte il debito, era chiaro che per lui non ero altro che uno sfogo fisico. Per via della situazione, ero già stato vinto; non c'era bisogno di farmi la corte.

Sospirai e mi avviai verso la mia stanza. Dovevo levarmi quegli abiti e tornare a Three-Penny Field. Ricordai le condizioni in cui avevo lasciato Blue Boy e mi fermai.

Non era da me trascurare la mia cavalcatura. C'era da sperare che il signor Ruston non mi facesse camminare sui carboni ardenti per aver abbandonato Blue Boy senza occuparmene.

Geo avrebbe visto senza dubbio il castrone e dato che non mi conosceva per nulla bene, sarebbe stato facile per lui credere che ero talmente ignorante da lasciare le mie bestie in condizioni simili.

Se non fosse stato per il fatto che non avevo mai pianto, lo avrei fatto in quel momento e con gioia. Avrei avuto un motivo in più per disprezzare me stesso.

Raddrizzai le spalle. Mi ero già reso abbastanza ridicolo quel giorno. Mi voltai e seguii le orme di Geo, pregando che fosse già partito quando fossi arrivato in cortile.

Per una volta le mie preghiere furono ascoltate. Il suo calessino stava giusto scomparendo lungo il vialetto d'ingresso a passo sostenuto. Blue Boy, tuttavia, non era da nessuna parte.

«Per tutti i diavoli!» grugnii sottovoce. Non era tipico del puledro fuggire in quel modo. Andai alle stalle a prendere un altro cavallo per poterlo andare a cercare.

Il signor Ruston era lì, accigliato, con le braccia incrociate.

«A quanto pare ho perso Blue Boy, signor Ruston. Se voleste sellarmi...»

Si accigliò ancora di più quando vide i miei abiti sporchi di fango. «È qui, sir Ash. David lo ha portato quando è venuto con l'ordine di imbrigliare i bigi per il calessino del signor Stephenson.»

«Dov'è?» Ero sollevato per più di una ragione. Il castrone doveva aver vagabondato fino al retro della casa, altrimenti David non l'avrebbe visto. Ciò voleva dire che Geo non aveva potuto vedere le condizioni in cui avevo abbandonato la mia cavalcatura.

«Jem lo sta defaticando. È una fortuna che non gli sia partito un tendine.»

«Lo è e ne sono grato.» Non potevo dire al signor Ruston che avevo cavalcato a rotta di collo per una follia, mettendo a rischio il mio cavallo per niente. «Voglio vederlo.»

«Eccolo là.» Il signor Ruston puntò col dito e io vidi il castrone condotto in cerchio all'estremità del cortile della stalla, con una coperta drappeggiata sulla schiena per proteggerlo dalle correnti d'aria. «Ho fatto portare i cavalli del signor Stephenson nel pascolo più lontano. Non hanno avuto bisogno di molto defaticamento.»

Ero lieto di sentirlo. Ciò dimostrava che Geo era attento alle sue bestie. E anche, a meno che non avesse mandato qualcuno a prenderli, che aveva tutta l'intenzione di ritornare a Laytham Hall lui stesso.

«Fra l'altro, il signor Stephenson ci ha chiesto di provvedere a restituire il ronzino del suo servo.»

«Certo.»

«Credo sia meglio che lo faccia io stesso. Nessuno dei ragazzi è mai stato a Londra e l'ultima cosa che vogliamo è che uno di loro si faccia abbindolare.»

Annuii. «Prima di fare questo, sellatemi Avalanche, per favore, e portatelo di fronte alla casa. Devo cambiarmi d'abito, ma poi tornerò a Three-Penny Field.»

«Molto bene, sir Ash.»

Sentii i sui occhi puntati sulla mia schiena mentre mi allontanavo da lui.

Jem fece un cenno col capo quando mi vide, ma non smise di far camminare Blue Boy e io mi misi alle sue calcagna. «Come sta, Jem?»

«Non ne ha sofferto, signore.»

«Fermati un attimo.» Nonostante ciò che avevano detto il signor Ruston e Jem, passai le mani sopra le gambe del cavallo. Non c'era calore in esse e il suo respiro non era affannoso. Sospirai di sollievo e diedi una pacca sul suo petto. «Mi dispiace,» gli mormorai all'orecchio.

«Se mi date licenza, signore, questo non è da voi.»

«No.» Non potevo dire a Jem più che al signor Ruston cosa mi era preso per lasciare un cavallo in quelle condizioni. Sapevo quanto ero stato sciocco e quello era più che abbastanza. «Dopo che si sarà rinfrancato, dategli una doppia razione di avena.» Diedi una pacca sul collo di Blue Boy, lanciai un'occhiata rapida agli occhi preoccupati di Jem, poi mi voltai per tornare alla casa. La giornata non era ancora finita e rimaneva molto da fare.

CAPITOLO
OTTO

QUELLA sera, in ossequio all'abitudine nata dopo la morte di sir Eustace e la partenza degli Hood, noi tre ci sedemmo a tavola. Arabella, eccezionalmente allegra, tutta eccitata per il tempo trascorso con il suo caro signor Stephenson.

«È un conduttore così abile e mai una volta ho pensato che ci avrebbe fatti rovesciare, zia Cecy!» Mi guardò storto, come se fosse mai stata in pericolo quando ero io a tenere le redini, ma quella calunnia riguardo le mie capacità di conduttore non mi toccò, dato che per lei e zia Cecily di solito guidava Thomas il cocchiere o uno dei fratelli Hood. Bevette un sorso della sua limonata, poi continuò. «Mi ha mostrato ogni cortesia e mi ha fatto scendere con tanta galanteria dal suo calessino, ma avrei voluto davvero che aveste suggerito un altro luogo rispetto a Sant'Andrea. Il cimitero è così gotico; giuro che non appena vi siamo entrati, sono apparse delle nuvole e il cielo si è oscurato.»

«Sarà infestato,» mormorai.

Tremò delicatamente, mettendo il broncio. «Mi ha ricordato il romanzo della signora Shelley.»

«Non avrei mai dovuto lasciare che quell'orrido libro entrasse in questa casa e William non avrebbe mai dovuto dartelo da leggere. Hai avuto gli incubi per settimane.»

«Vi prego di non menzionare quel nome in mia presenza, zia Cecy.» Arabella tirò su col naso, poi tornò a esaltarsi. «Il signor Stephenson è davvero la somma delle virtù del gentiluomo. Ci si dimentica quasi del fatto che non abbia una tenuta in campagna.»

«Come sei gentile,» risposi seccamente. Certo, il fatto che Geo avesse le tasche gonfie aiutava. «C'è altro?»

«Beh...» Arabella si tormentò il labbro inferiore.

«Cosa c'è, piccolina?»

«Beh, a onor del vero, zia Cecy, ho paura che la vista della ferita che lo ha portato a zoppicare mi scoraggerà durante la nostra notte di nozze.»

Il pensiero di lei con il *mio* amante... Non riuscii a trattenermi. «Non essere volgare, Arabella!»

Spalancò gli occhi. «Oooh! Io non *sono* volgare! Non mi parleresti così se William fosse qui.»

«Non avresti questi pensieri se lui fosse qui. Sei stata innamorata di lui per un sacco di tempo.» E non le importava nulla di Geo. «Condanneresti te stessa e il signor Stephenson a un matrimonio senza amore?»

Strinse gli occhi e la sua bocca si deformò in una smorfia sgradevole. «Non vedo perché dovrebbe importartene, Orribile!»

La mia mano sbatté sul tavolo, col rumore di uno sparo, ed entrambe le dame sobbalzarono. «Smetterai di chiamarmi 'Orribile', Arabella, o dovrai cercare la tua dote altrove!»

Spalancò gli occhi. Mai una volta avevo alzato la voce con lei. «Zia Cecy! Ditegli che darmi una dote è compito suo!»

Sul viso di zia Cecily si rincorsero diverse espressioni, così rapidamente da farmi pensare di essermi sbagliato quando pensai di averne vista una colpevole. Dopotutto, per cosa avrebbe dovuto sentirsi in colpa?

«Ashton è il capofamiglia ora, mia cara. Devi portargli il dovuto rispetto.»

«Molto bene, ma non vedo perché dovrebbe importargliene. Non è lui a doversi sposare!» A parte quel borbottio sottovoce, Arabella cedette.

«Dimmi, Ashton, ti piace Geo?»

«Beh... beh, ehm… come dire...»

«Sarei molto contenta se fosse così, sai. Ero... preoccupata del fatto che non sei mai parso in grado di formare un legame di amicizia coi miei poveri figli di Marian. Se diventassi amico del figlio del mio caro George...»

Sentii il mio volto infiammarsi. L'ultima cosa che volevo lei capisse era quanto fossimo diventati «amici» io e il figlio del suo caro George.

«Non ho potuto fare a meno di accorgermi del fatto che ti chiama col tuo nome di battesimo.» Sembrava… cercai di decifrare l'espressione sul suo volto, ma scoprii di non riuscirci. «Anche Geo ha bisogno di un amico. Era un ragazzino solitario, soprattutto perché sua madre è scomparsa quando era molto giovane.»

«Oh?» Sapevo che il signor Stephenson era vedovo; dopotutto, quale moglie avrebbe permesso al marito di corteggiare un'altra donna come aveva fatto lui per tutti quegli anni? Ma mi interessava imparare il più possibile sulla giovinezza del mio amante.

«La signora Stephenson era molto bella, zia Cecy?»

«Era di aspetto abbastanza gradevole, anche se di capelli rossi – un colore sempre sgradito. Era irlandese, vedi. La signora Gale Costello.»

C'era stato un ragazzo irlandese nella mia confraternita a Eton, e aveva avuto un colorito simile, con capelli di un rosso vivo e occhi di uno splendido verde. Lo trovavo molto attraente e ci eravamo masturbati a vicenda, con mutua soddisfazione, diverse volte prima che lui fosse improvvisamente rispedito a casa. Collin Donnelly. Erano anni che non pensavo a lui e mi chiesi che fine avesse fatto.

«E il signor Stephenson l'ha sposata ugualmente? Deve averla amata molto!» disse entusiasta Arabella.

«Certo.» Zia Cecily le sorrise, ma fu un semplice schiudersi delle labbra che non raggiunse gli occhi.

Arabella, naturalmente, non se ne accorse. «Che romantico!»

«Ma come ha fatto a incontrare una ragazza irlandese?»

«Lei era in visita alla sua madrina, che per puro caso viveva nella stessa piazza in cui il mio caro papà aveva comprato casa per la Stagione[11].» Il suo sguardo si posò sul dipinto di una scena bucolica appeso sopra la mensola, ma ebbi l'impressione che non stesse vedendo la bella pastorella e il suo gregge. «George la sposò dopo che papà inviò la notizia del mio fidanzamento con sir Eustace alla *Gazette*.» Sospirò e si riscosse dalla reminiscenza. «A ogni modo, poco dopo che George e la signorina Costello si sposarono, vennero a sapere due cose: che a George era stato dato impiego in un'ambasciata in India, credo, o forse era lungo la Costa d'Oro – non riesco mai a distinguere le due – e che la signora Stephenson era in stato interessante. Avrebbe dovuto decidere se lasciare sua

---

11 Si tratta del periodo in cui, all'epoca e fino a dopo la Prima Guerra Mondiale, si tenevano a Londra i balli delle debuttanti, le cene sociali più formali e altri eventi mondani. Cominciava dopo Pasqua e durava fino ad agosto (ndt).

moglie qui in Inghilterra o portarla con sé.» Zia Cecily cadde in silenzio.

«Cosa decise il signor Stephenson, zia Cecy?» la incoraggiò Arabella qualche momento dopo.

«Mmmm? Oh, lei implorava di non essere lasciata indietro e così lui la prese con sé. Tuttavia, il viaggio attraverso il Mediterraneo – anche se forse era l'Oceano Atlantico. Cielo, non me lo ricordo mai. Qualunque cosa fosse, il mare era talmente mosso che lei perse il bambino. E quando finalmente arrivarono, lui si rese conto che lei non era in grado di sopportare né il clima né i nativi e così dovette provvedere a rimandarla a casa quasi subito.»

«Una cosuccia come il clima non avrebbe tenuto *me* lontano dal fianco dell'uomo che amo!» esclamò convinta Arabella.

«Tu sei più robusta di quanto fosse la povera signora Stephenson, è vero, ma ci sono luoghi che non sono propri adatti a una donna, non importa quanto robusta di costituzione. Mi sembra di ricordare che George mi abbia detto che, dopo quella volta, non è stata più la stessa, sempre di salute cagionevole.»

«Se il signor Stephenson era in India e Africa e la signora Stephenson era qui a casa, allora Geo...?» Le guance di Arabella si colorarono di rosa e persino quello le riusciva deliziosamente. «Oh, non potrei sposare qualcuno con una simile macchia!»

Senza pensarci, difesi Geo a spada tratta. «Mi sembra che la macchia spetti ai suoi genitori e non a lui. Lui è innocente!»

«No, mia cara, non devi pensare che Geo sia il figlio illegittimo di chicchessia. Una cosa bisogna dire in favore della povera signora Stephenson: era troppo innamorata di George anche solo per guardare un altro uomo. Lui tornava a casa quando aveva dei permessi e rimaneva qualche settimana nel quartiere cittadino dove l'aveva insediata, poi faceva il giro delle feste, visitando i suoi amici. Ci incrociavamo di frequente. Certo, lei non ha mai voluto accompagnarlo.»

«Cosa le è successo, zia Cecy?»

«George fu nominato assistente del governatore di Tortola, nelle Isole Sopravento settentrionali, questa volta con la promessa che sua moglie e suo figlio l'avrebbero raggiunto. Partì per primo per accertarsi che tutto fosse pronto. Sfortunatamente, la povera signora Stephenson cominciò a consumarsi. George tornò al suo fianco, naturalmente...»

«*Ventre à terre*, zia Cecy?»

«Non proprio, dato che dovette viaggiare in nave. Fu piuttosto tedioso, a quanto ho capito.»

«E il signor Geo Stephenson crebbe su un'isola! Al posto suo sarei stata così eccitata!»

«Oh, non è andata così. Dopotutto, era difficile che George potesse portare con sé un bimbo di sei anni verso una terra tanto distante.»

Per cui Geo aveva perso la madre quasi alla stessa età a cui io avevo perso i miei genitori. Assimilai con gratitudine quel dettaglio che ci accomunava. Tuttavia... «Se Geo era troppo giovane per andare a Tortola con suo padre, con chi rimase?» Mi aspettavo che zia Cecily menzionasse dei parenti amorevoli che avevano accolto il ragazzino.

«Un amico di George che era diventato preside di una buona, ma purtroppo di second'ordine, scuola – Ravensgate, credo fosse il nome – acconsentì che il bambino si trasferisse con lui e sua moglie.»

«A sei anni? Direi, zia Cecily, che era troppo presto! Proprio una scuola di second'ordine! A Eton una cosa del genere non sarebbe permessa!»

«No, e infatti il preside acconsentì solo a patto

che George promettesse di mantenere una corrispondenza costante con il ragazzo.»

«Perché non l'avete preso con voi, zia?» Dopotutto, aveva fatto lo stesso con tutti noi. «Se il signor Stephenson era un così caro amico...»

«Sir Eustace avrebbe rifiutato.»

Avrebbe? Voleva dire che non glielo aveva neppure chiesto. Era proprio strano, perché lo aveva sfidato quando si era trattato di accogliere i figli della sua cara Marian.

«Ma perché...?»

L'ingresso di David nella stanza fece cessare la conversazione. Zia Cecily parve accogliere con sollievo quell'interruzione e, una volta che lui se ne fu andato, incoraggiò Arabella a riprendere i suoi sproloqui riguardo Geo.

E il pasto proseguì in pace.

ANCHE se Geo era rimasto a Laytham Hall per poco più di ventiquattrore, la sua partenza parve lasciare un vuoto – in casa, nella mia vita, nel mio letto. La fine della settimana parve impiegarci un secolo ad arrivare e io mi sentivo irritabile e fuori fase.

Una sera stavamo cenando nel salotto rosa e ancora una volta riemerse l'argomento delle nozze di Arabella. Dopotutto, erano passate più di due ore dall'ultima volta in cui ne aveva parlato.

«La signorina Patricia Colbourne si fa fare tutti gli abiti da una modista con la bottega a Londra. Credo che sarebbe l'ideale farmi cucire il vestito da sposa da madame Enriette, non credete, zia Cecy?»

«Una volta eri soddisfatta dei vestiti cuciti a Guilford.» La fulminai con lo sguardo. Ero stufo di sentire dei piani per le nozze di Arabella, sopratutto dato che nessuno glielo aveva chiesto. «O forse credi che il signor Stephenson sia al di sopra di William, che meriti abiti più costosi?»

«Non ho mai... Non è... Come puoi... Oh, ti *odio*, Ahston!» Persino in quello stato, Arabella sapeva di non dovermi mettere alla prova chiamandomi ancora «Orribile.» Buttò per terra il ricamo e fuggì dalla stanza.

«Si può sapere cos'hai, Ashton? È la seconda volta che aggredisci Arabella.» Zia Cecily mi fulminò con lo sguardo.

Mi tormentai il labbro inferiore. Geo sarebbe dovuto arrivare l'indomani e allora... Aveva giurato di non essere interessato ad Arabella, ma come avrebbe reagito trovandosi nella situazione di avere tanto lei quanto zia Cecily che si aspettavano che facesse una proposta?

«In tutta onestà, zia, non ho idea da dove lei pensi che io possa procurarmi il denaro per pagare l'abito da sposa che madame Henriette disegnerà appositamente per lei per la modica somma di cinquecento sterline!»

«Il completo di quando fui presentata a corte costava il doppio di quella cifra!»

«Sia come sia, non ho una scimmia da spendere per un abito che Arabella indosserà una volta sola!» Arrossi quando il termine gergale mi uscì dalla bocca. «Chiedo scusa.» Avrei potuto risparmiare il fiato; non se n'era accorta.

«Ma certamente le finanze...»

«No!» Mi allentai il fazzoletto da collo, sentendomi all'improvviso strangolato. «Forse se avessimo ancora la Fiamma... zia Cecily, c'è qualcosa che non va?»

Era impallidita al punto che pensai stesse per

svenire.

«No, sto... sto bene. Credo... credo che per il momento mi ritirerò.»

«Molto bene. Chiedo scusa per avervi fatta agitare. Buonanotte, zia.»

«Buonanotte, Ashton.» Uscì con la schiena talmente dritta che ebbi paura potesse spezzarsi, lasciandomi da solo nella stanza. Fissai il focolare, spento da quando il clima era tornato caldo, e ponderai sul futuro.

Dio dei cieli, dove mi sarei procurato il denaro per il matrimonio di Arabella, perché come ogni giovane di buona famiglia, a un certo punto lei si sarebbe sposata, anche se avesse accettato il fatto che William se n'era andato e Geo non aveva intenzione di sposarla?

Entrò Colling. «Posso portarvi qualcosa, signore?»

«No. Grazie. Credo che uscirò a fare una fumata e poi mi ritirerò.»

«Molto bene, signore.» Cominciò a sparecchiare. «Vi farò preparare il letto.»

«Gr... grazie.» Non ci avevo messo molto a giungere alla conclusione che la cortesia che mi usava era rivolta al titolo e non all'uomo, tanto più che non si era mai comportato così prima della comparsa di sir Eustace. Tuttavia, ogni volta che lo faceva mi coglieva di sorpresa.

Togliendomi quei pensieri dalla testa, mi recai nello studio. La moda delle porte a vetri era giunta dalla Francia e sir Eustace l'aveva abbracciata per fare colpo sulla sua sposa novella, facendo installare porte simili in due delle stanze al piano terra, lo studio e la serra, e nelle stanze padronali al primo piano, dove si aprivano su un balcone grande abbastanza per un divano letto e l'occasionale tavolo.

Presi uno dei sigari di sir Eustace dalla scatola, aprii le finestre francesi e uscii sulla piccola balaustra.

L'aria della sera profumava delle rose che zia Cecily aveva piantato poco dopo essersi sposata e lo sciabordio di una fontana vicina era un delicato contrappunto al consueto tubare, trillare e frusciare della notte.

Mi appoggiai con un fianco al muretto, accesi un fiammifero e lo avvicinai alla punta del sigaro.

La luna era all'ultimo quarto. Non furono le nubi che attraversarono il cielo a oscurarla, ma il fumo che soffiai attraverso le labbra.

Giffard mi aveva assicurato che entrambi i raccolti erano andati bene. Con parte dei profitti, mi sarei occupato della mia gente. Meritavano un po' di felicità e avevo intenzione di dargliene. Per quanto riguardava il resto... Sospirai, immaginando che gli abiti nuziali di Arabella sarebbero venuti da lì.

«Dunque è qui che posso trovarvi.»

Mi andò di traverso il fumo quando zoppicò verso di me e mi diede delle gran pacche sulla schiena. «G... Geo?»

«Aspettavate qualcun altro?»

«No! No, io... io pensavo che non sareste arrivato prima di...»

Le sue labbra soffocarono le mie parole. Il sigaro mi cadde di mano e mi lasciai andare al bacio con un sospiro. La sua lingua leccò e stuzzicò la mia, esplorandomi la bocca; tremai e accolsi le sensazioni che mi diede. Sapeva di birra e tabacco. Probabilmente aveva interrotto il viaggio per riposare il suo tiro e rinfrancarsi.

Alla fine mi lasciò andare. Ancora una volta mi erano scivolati gli occhiali.

«Prima di domani.» Li raddrizzai.

Rise. «Devo pensare di esservi mancato?»

«Sì.» Mi resi conto di ciò che avevo detto e feci un passo indietro. «Come dire...»

«No, no, mio caro. Avete ammesso che vi sono mancato e non intendo lasciarvelo rimangiare.»

«Beh, vi sorprende? Siete molto bravo a letto, dopotutto.»

«Capisco.»

Avrei voluto farmi piccolo. Ero tornato così facilmente a comportarmi come facevo con gli Hood. Recuperai il sigaro e attraversai le finestre francesi, farfugliando da sopra la spalla. «Dovete avere fame. Vi farò preparare qualcosa dalla cuoca. Sandwich. Della zuppa.»

David stava giusto entrando nella stanza con un vassoio carico. «Il signor Kincaid ha suggerito che una scodella di zuppa sarebbe stata la benvenuta e io mi sono preso la libertà di portare qualcosa per il signor Stephenson.» Notò la mia aria sorpresa. «Il signor Colling si è ritirato per questa sera, sir Ashton.» Appoggiò il vassoio sulla mia scrivania.

«Grazie, David. Geo, volete sedervi?»

«Il mio uomo, David?»

«La cuoca sta dando da mangiare al signor Kincaid in cucina, signore.» Un leggero rossore gli imporporò le guance e lui fissò un punto oltre le spalle di Geo.

«Ottimo. Vi ringrazio.»

«Di nulla, signore. C'è altro, sir Ashton?»

«Le stanze del signor Stephenson?»

«La signora Walker se ne sta occupando.»

«Splendido. Allora è tutto a posto.» Aspettavo che uscisse dalla stanza, ma lui rimase. «C'è altro?»

«Tornerò a prendere il vassoio quando avete

finito...»

«Non c'è bisogno. Si sta facendo tardi. Occupatene domani mattina.»

«Molto bene. Buonanotte, sir Ashton, signor Stephenson.» Fece un inchino e se ne andò.

Geo prese posto e si infilò una cucchiaiata di zuppa in bocca. «Aaaah.»

«Già, la cuoca è sempre stata abile con la zuppa. Geo...» Sollevò lo sguardo su di me. «Mi avete chiesto se mi siete mancato. Chiedo scusa per essere stato così maleducato.»

«Scuse accettate.»

«Grazie. Potrei... potrei chiedervi lo stesso?»

«Ma certo.» Rivolse di nuovo l'attenzione alla sua zuppa.

Ma certo? Voleva dire che certo, mi era mancato oppure che, certo, potevo chiedere. Sospirai, poi imprecai quando il sigaro mi bruciò le dita. Lo gettai in fretta nel piccolo portacenere di Spode che sir Eustace aveva portato a casa una volta e soffiai sulle dita per alleviare il dolore.

«Qui, fate vedere.»

«Non è niente.»

«Fate vedere.»

«Molto bene. Ecco.» Porsi la mano. «Come ho detto, non è...» Le parole mi morirono in gola quando lui si portò le dita alla bocca e le baciò. «Geo!»

Un ultimo bacio delicato e mi lasciò andare la mano. «Sedetevi e ditemi come avete passato la settimana.»

«Tutto quello che ho fatto è stato supervisionare il raccolto. Non può essere cosa di vostro interesse.»

«Non può? Perché no?»

«Beh... beh...»

Fece un mezzo sorriso, prese un'altra cucchiaiata

di zuppa e attese con pazienza.

«Molto bene.» Mi arresi. «Siamo riusciti a completare con successo entrambi i raccolti. La tenuta va bene. Potrei... potrei pagare parte del debito, Geo.»

«No. Non col denaro.»

«Se preferite...»

«Preferisco.»

«Perdonatemi se lo chiedo, ma siete certo di potervi permettere di rilevare tutti i debiti di sir Eustace e tuttavia farvi ripagare in questa maniera?»

«Se io sono soddisfatto del nostro accordo, vi suggerisco di esserlo a vostra volta.»

«Come desiderate.» In un modo assurdo, ero sollevato. «Tuttavia, credo di dovervi avvisare che Arabella conta sul denaro che vi ho offerto per il proprio abito nuziale.»

«Qualcuno ha chiesto la sua mano? Dovrei farle i miei auguri.»

«Ne dubito. Tanto lei quanto zia Cecily si aspettano una proposta in tal senso da voi.»

«Da *me*?»

«Voi.» Fui gratificato dalla sua espressione sbigottita. «Avete fatto una grande impressione su di lei sabato. Non ha fatto altro che cantare le vostre lodi, il vostro senso estetico, i vostri modi, il modo in cui tenevate le redini...»

«Non ditemi che ha deciso che sarei un marito ideale!» Scoppiò a ridere e io rimasi incantato da quanto giovane e spensierato paresse. «Dovrò disilluderle entrambe, in tal caso.»

«Già.» Mi chiesi come avrebbe fatto. Entrambe le donne sapevano essere cocciute quando volevano. A meno che non dicesse loro di essere promesso a un'altra? Detestavo quel pensiero e cercai un modo per distogliere la mia mente da esso. «Come... come avete passato la settimana in città, Geo?»

«Abbastanza bene.»

«Immagino sia stata parecchio noiosa?» La Stagione era terminata, dopotutto, e la maggior parte della buona società aveva lasciato Londra. Attesi con aspettativa, ma a parte la sua espressione vagamente divertita, non aggiunse altro, si limitò a spingersi via dalla scrivania, avanzando la zuppa. Feci una smorfia. «La zuppa non era di vostro gradimento? Ne parlerò alla cuoca domani mattina.»

«Non c'è bisogno. Era molto buona. Mi sono fermato a cenare al Maiale Fischiettante a Chertsey.» spiegò.

Qualcuno bussò alla porta e il mio sguardo torvo si accentuò.

Geo si alzò e zoppicò fino alla porta. «Sì, Kincaid?»

«Sono venuto a prendere il vassoio. Ho pensato di risparmiare la fatica al giovane David domani mattina.»

«Capisco.»

«Immaginavo che lo avreste fatto.» Le labbra di Kincaid si stirarono in un sorriso affettato. Il suo sguardo si soffermò su di me per un momento, poi tornò su Geo. «Ho preparato la vostra camicia da notte. Avete bisogno di altro da me? In tal caso, auguro a entrambi la buona notte.» Ci lasciò così.

«È stata una giornata lunga. Posso suggerire un ritiro?»

«Certo.» Chiusi a chiave le finestre francesi. «Sono al vostro servizio.»

Adeguando il mio passo al suo, lasciammo lo studio e salimmo le scale per il secondo piano.

«COME sta la vostra schiena, Ashton?» chiese Geo.

«La mia schiena? Abbastanza bene, grazie. Perché lo... oh.» Voleva sapere se poteva starmi sopra. Il mio cazzo fremette e mi sentii arrossito e accaldato. «Non dormo supino. Tuttavia, da qualche giorno non mi fa male quanto entra in contatto con qualcosa.»

«Eccellente.» Proseguì al mio fianco lungo il corridoio esteso che conduceva alla mia stanza.

«Non andate alla vostra camera?» Mi fermai davanti alla mia porta. «Voglio dire, non volete cambiarvi e indossare la camicia da notte?» John non aveva mai desiderato restare nudo più a lungo di quanto fosse necessario all'atto.

Geo allungò il braccio e aprì la porta. «Dopo di voi?»

Avrei pensato che sarebbe stato a disagio a percorrere i corridoio di Laytham Hall nelle prime ore del mattino con addosso gli abiti con cui era venuto dalla città. Per un attimo mi persi nella visione di lui con la camicia sbottonata, che mostrava la superficie pallida e muscolosa del torace, i pantaloni abbottonati solo a metà, le scarpe in mano e i piedi nudi...

Mi inumidii le labbra e deglutii. Se era questo ciò che voleva, chi ero per obiettare? Feci spallucce nel tentativo di nascondere la mia eccitazione ed entrai nella stanza, solo per fermarmi di colpo.

Ai piedi del mio letto c'era una camicia da notte che non era mia e, di colpo, le parole e l'occhiata di Kincaid al suo padrone acquisirono un nuovo significato.

Non riuscii a non gemere. «Buon Dio, signore, mi odiate fino a questo punto?»

«Di cosa state parlando? Pensavo che avreste gradito!»

«Gradito sapere che, entro domani, servi che non

mi hanno mai amato trarranno grande piacere nello spifferare a tutto il circondario che sono un sodomita?»

«Perché dovrebbero?»

Distolsi lo sguardo da lui, riluttante a parlare degli eventi che seguirono la morte dei miei genitori.

«Spiegatevi, per favore, Ashton.»

«Ero un bambino molto infelice. I servi che sono qui da quando sono arrivato mi ricordano ancora come quel bambino.» Le parole mi sfuggirono di bocca. Come riusciva quell'uomo a farmi dire o fare cose che non avevo intenzione di dire o fare? «I servi più giovani, che sono arrivati dopo di allora, hanno preso da quelli più anziani.»

Si accigliò. «E voi l'avete permesso?»

«Cosa credete che avrei potuto fare? Certo, ero l'erede, ma ero anche un ospite, qui grazie al buon animo di sir Eustace e sua moglie.»

«Ma ora siete sir Ashton Laytham, settimo baronetto!»

Feci spallucce. «Cosa importa il titolo?»

«Osano ancora mancarvi di rispetto?» La sua espressione si incupì. «Non lo faranno in mia presenza!»

«Siete uscito di testa? Certo che no!» Il che non significava che l'acqua che mi portavano al mattino non fosse fredda all'arrivo o che il vaso da notte venisse svuotato e il mio focolare sistemato con puntualità.

«Molto bene, ve lo concedo, ma come potranno sapere che passo le notti nel vostro letto?»

«Credete davvero che il vostro uomo resterà in silenzio?» Era una notizia troppo succosa. Ricordavo fin troppo bene Fosby, l'uomo di sir Eustace, spettegolare con Colling di quando, una volta, il loro padrone era tornato da una serata trascorsa in città talmente avvinazzato che aveva scambiato Fosby per una giumenta e aveva cercato di montarlo. Riuscivo a immaginare Kincaid che dava gioiosamente la notizia del fatto che Geo mi portava a letto a una delle domestiche sperando di far colpo su di lei al punto da potersi infilare nel suo, di letto.

«Sì. Fidatevi di me, Ashton. Kincaid è con me da prima che andassi a Sandhurst. È un amico quanto un servo e non tradirà il nostro segreto.» Era più della rassicurazione contenuta nelle sue parole a suscitare in me la tentazione di credergli. Per trarre un guadagno dalle terre e dalla stazione di monta che intendevo impiantare, avevo bisogno di essere tenuto in considerazione dai miei vicini. Non avevo altra scelta che credergli. «Ora venite. Andiamo a letto.» Appoggiò il bastone da passeggio al muro e cominciò a togliersi i vestiti.

Nonostante avessi tutta l'intenzione di spogliarmi lentamente, fui nudo e a letto prima di lui, gli occhiali al loro posto così da poterlo guardare.

«Ben fatto, Ash.» Gattonò sul letto e passò un dito da un capezzolo all'altro. Rimasi stupefatto dalla loro reattività, dal modo in cui si irrigidirono e quasi bramarono di essere pizzicati, e il mio cazzo si gonfiò. Lui sedette accanto a me sul letto, il fianco premuto contro il mio, e il suo palmo seguì la striscia di peli che partiva dal centro del mio corpo fino al punto in cui il mio cazzo si ergeva fra il nido di riccioli che vi cresceva intorno.

Sollevai una mano per toccargli i capelli. «Lasciate che...»

«No,» disse. «Lasciate che lo faccia io.» E la sua bocca si tuffò sulla mia.

Avvolsi le braccia attorno al suo collo e lo attirai più vicino. Se fosse stato chiunque altro, sarei rimasto imbarazzato dai suoni bassi e affamati che produssi mentre divoravo la sua bocca. Cosa c'era nei suoi baci? Avevo avuto più di una settimana per rimuginare sulla mia reazione a essi ma non ero riuscito a trarre alcuna conclusione soddisfacente, a parte il fatto che era stato il primo a baciarmi.

Distratto dalla sua bocca, rimasi sbigottito quando lo sentii infilare un dito bagnato dentro di me, seguito da un altro e un altro ancora.

«Siete stretto,» mormorò contro le mie labbra. «Voglio che siate abbastanza largo da godervela.»

Voltai il capo per liberare le labbra e parlare.

«No.» La sua voce era dura quando mi voltò il viso verso di lui. «Non vi permetto di negare il fatto che sia io a prendervi!»

Appoggiai il palmo sulla sua mano. «Non lo farei mai, Geo. Volevo solo dirvi che nonostante il mio comportamento dopo l'ultima volta che l'abbiamo fatto, mi è piaciuto. Avrei dovuto pensare che le prove sparse sui miei lombi lo avrebbero dimostrato.»

«Il corpo di un uomo può essere manipolato dalla sua mente.»

«Chiedo scusa?»

«Non importa, non importa. Come sta la vostra schiena?»

«Bene. Avrei detto qualcosa se fossi stato a disagio.»

«Come l'ultima volta?» Scosse la testa e avvolse una mano intorno alla mia coscia e diede uno strattone. «Avvolgete le gambe intorno a me, Ash.»

Feci come diceva e all'improvviso il suo cazzo scivolò dentro di me. Con le labbra di nuovo sulle mie, inghiottì il mio gemito mentre allargava il mio passaggio posteriore, possedendomi con ardore, e iniziò un movimento lento, costante, avanti e indietro, che gradualmente acquisì velocità e intensità fino a quando non ansimai in cerca d'aria.

Mi aggrappai a Geo, talmente perso nelle sensazioni che i suoi movimenti trasmettevano al mio corpo da non pensare che avrei dovuto toccarmi, avvicinandomi al godimento. Bastava lui. Ruggì qualcosa nel mio orecchio, esprimendosi in quella lingua straniera, morse il mio lobo e io gridai e precipitai nell'universo, reggendomi a lui perché potessimo perdere il controllo assieme.

Geo continuò ad affondare dentro di me ancora per qualche attimo prima di immobilizzarsi, snudando i denti in un ghigno ferale, e io lo strinsi ancora più forte quanto il calore del suo seme mi riempì.

Ansimò pesantemente mentre lottava per ricondurre all'ordine il suo respiro. I riccioli scuri che si affollavano sulla sua testa erano bagnati di sudore e io vi passai le dita, godendomi la sensazione che mi dava il loro attaccarsi alle mie dita. Sfregai la guancia contro la sua gola, assaggiando il sapore salato del suo sudore.

«Ash,» bisbigliò, «non siete...»

«Venuto?» Ridacchiai contro la sua gola. «Sono venuto, non ve ne siete accorto? É stato magnifico; devo ringraziarvi.»

«No, lo sapevo. Avete un modo di ruggire così profondo...» Si stava intenerendo.

«Davvero?» Strinsi i muscoli dentro di me nel tentativo di trattenerlo e lui gongolò per il piacere.

«Non lo sapevate?»

«Ovviamente no. Chiedo scusa.» Gli sforzi per tenerlo dentro di me furono inutili e lui scivolò fuori.

«Non fatelo. Mi piace. Devo dirvi...»

Non avrei mai saputo ciò che doveva dirmi, perché il suo respiro si fece regolare e da un momento all'altro si addormentò. Sospirai e lo scostai con delicatezza, senza volerlo svegliare, anche se non avrebbe fatto differenza. Era addormentato così profondamente che non lo avrebbero svegliato nemmeno le cannonate.

Questa volta fui io ad alzarmi a prendere l'asciugamano inumidito. Doveva essere stata una settimana dura per lui – cos'aveva fatto a Londra? – perché non emise un suono quando lo voltai per lavare via il residuo della nostra passione dai suoi lombi.

Esaminai per un minuto i suoi lineamenti, rilassati dal sonno, così giovani e senza pensieri. Era come un principe azzurro delle fiabe che mamma mi leggeva quando ero bambino.

«Buonanotte, dolce principe» mormorai, e mi chinai a deporre un bacio sulle sue labbra. Ridacchiai quietamente della mia follia, perché anche se Geo poteva essere considerato a buon conto una bella addormentata, io, certamente, non ero il principe che l'avrebbe risvegliato con un bacio.

Spensi la candela con un soffio, poi, sospirando, mi tolsi gli occhiali, andai a letto e rimboccai a entrambi le coperte.

Sarebbe stato un piacere immenso dormire con lui fra le mie braccia, ma sapevo di non dover essere troppo avido e mi accontentai di stare al suo fianco.

CAPITOLO
NOVE

IN UN qualche momento durante le prime ore del mattino, un braccio mi passò sopra il torace e mi svegliai di colpo per scoprire di non essere da solo a letto. Confuso, cercai a tentoni gli occhiali, sentendo il bisogno di averli come barriera, come scudo. John odiava addormentarsi accanto a me, non che accadesse spesso, e quando accadeva lo faceva sragionare!

Beh, lo stesso era capitato a me, perché stavo facendo un sogno straordinario in cui a qualcuno importava sul serio di me, e la sua azione sconsiderata mi aveva svegliato.

«John...» Allungai una mano e lo scossi bruscamente per una spalla. «Svegliati!»

«Chi è questo 'John'?»

«G... Geo? V-vi chiedo scusa!» balbettai, ora completamente sveglio.

«Dovreste! Pensavo fossimo d'accordo che non avreste preso nessun altro nel vostro letto!»

«*Voi* eravate d'accordo, signore, ma non dovete avere paura. Non ho infranto la promessa.»

«Eppure mi avete scambiato per qualcun altro. Di chi si tratta?»

«Non è importante.»

«E se io la pensassi diversamente? Non mi piace essere chiamato col nome di un altro.»

«È accaduto solo perché mi sono svegliato

confuso. Non sono abituato a che un altro passi la notte nel mio letto.»

«Di chi si tratta?» insistette Geo, facendosi impaziente. «Ashton.»

«Non si trova più in Inghilterra.»

«Ma ancora pensate a lui.»

«Volete porre un freno ai miei pensieri come ai miei desideri?»

«Non permetterò ad altri di sfruttare ciò che è mio.» Si mise a sedere e accese una candela.

Mi massaggiai la fronte. «Non desidero discutere con voi. Mi sono adeguato alla vostra decisione. Ciò che ho passato con… con quel signore è del tutto finito e dimenticato. Perdonatemi per avervi svegliato.»

«Parlatemi di lui.» Era ovvio che avrebbe continuato a rivangare la faccenda come un cane con un osso.

«Non c'è nulla di cui parlare. Se n'è andato e io vi ho dato la mia parola che… che vi sarei stato fedele. Non vedo come possa importare.»

«Importa perché, anche se dite di avermi dato la vostra parola, vi aspettate ancora che l'uomo che vi giace accanto sia lui.»

«Io non… Non riuscite ad accettare che la causa di tutto è il semplice fatto che non ci sono stati molti uomini nel mio letto?»

«Lo trovo sorprendente.»

Fui invaso da un'ondata di dolore. «Mi prendete per una sgualdrina!» Dopo ciò che avevamo diviso poco prima, poteva pensare quello di me?

«Ashton, voi fraintendete di proposito le mie parole! Io vi trovo attraente e apprendere che non avete… vi siete portato a letto più uomini mi sorprende.»

«Ma… ma…» Nel mio cervello c'era spazio solo

per l'idea che lui... Era possibile che gli piacessi?

«Non importa. Parlatemi di questo vostro amante.» Era davvero come un cane con l'osso.

Strinsi le labbra, rifiutandomi con ostinazione di parlare.

«Ashton.»

«Oh, va bene.» Cedetti sgarbatamente. «Cosa volete sapere?»

«Di chi si tratta?»

«Non ve lo dirò, perché non è in alcun modo rilevante.»

«Permettetemi di non essere d'accordo. A ogni modo, per il momento mettiamolo da parte. Quanto a lungo l'avete conosciuto? Per quanto a lungo siete stati amanti?»

«Da quando ero ragazzo e per quattro anni.»

«Come si sentirebbe nell'apprendere che ora nel vostro letto ci sono io?»

«Molto probabilmente vi compatirebbe.»

«*Cosa*?»

«Penserebbe che il motivo sia lo stesso in base al quale lui è stato nel mio letto: perché non poteva avere chi desiderava davvero.»

«Ve l'ha detto?»

«No, ma non serviva. Non sono stupido, sapete. So leggere fra le righe. Mi ha consentito di... mi ha consentito di sfruttare il suo corpo, ma questo era tutto.»

«Ma voi l'avete amato nonostante questo.» Abbassò lo sguardo su di me, la sua espressione un misto di compassione ed esasperazione.

«Cosa ve lo fa dire?»

«Ho una discreta conoscenza dell'amore non corrisposto.»

Fui colto di sorpresa dalla fitta che mi attraversò

all'improvviso. Non era ciò che mi ero aspettato... che avevo sognato... desiderato... che l'uomo nel mio letto mi amasse – avevo imparato fin troppo bene con John Hood – ma rendermi conto che non avrei mai avuto nemmeno una possibilità spense ogni possibile speranza.

«Mi dispiace.»

«Per cosa?»

«Perché avete amato qualcuno che non ricambiava il vostro affetto:»

Rise, ma non c'era divertimento in quel suono. «Oh, no, non ero io ad amare troppo senza ragione.»

«Chi, allora?»

«Mia madre, povera donna. Ha amato un solo uomo nel corso della propria vita, mio padre, e la sua devozione è stata ricambiata con l'indifferenza.»

«Ho sentito che si è consumata.»

«Consumata? Sì, immagino si possa dire così. Non sopportava più di essere l'oggetto di compassione e derisione.»

«Chi l'avrebbe mai derisa?»

«Non conoscete l'alta società? Gente che vi commisera davanti ai vostri occhi e vi prende in giro, ridendo di voi, dietro le vostre spalle. Persino qui in campagna non la lasciavano in pace!»

Avrei voluto avvolgere le braccia intorno a lui e tenerlo stretto, come avrei voluto essere tenuto stretto quando mi ero reso conto che mamma e papà non sarebbero mai tornati a casa, ma temevo che avrebbe rifiutato la mia silenziosa offerta di compassione, per cui invece dissi: «A quanto ne so, era adorabile.»

«Sì, lo era. Aveva riccioli di un rosso bruno che le ricadevano lungo la schiena e occhi del colore delle violette. Occhi così belli, orlati da ciglia fitte e nere come il carbone. Avrebbe potuto avere qualunque uomo avesse desiderato, ma l'unico uomo che volle fu mio padre.»

«Deve essere stato difficile, con lui lontano così spesso e per periodi così lunghi.»

«*Periodi così lunghi.*» Rise amaramente. «Tornava a casa, rimaneva con noi per due settimane o poco più, dopodiché, con la scusa degli affari, fuggiva in campagna, dove trascorreva il resto delle sue vacanze. Quando tornava gli rimaneva appena il tempo per fare i bagagli in fretta e furia. Poi partiva, fuori dalle nostre vite per due o tre o quattro anni, lasciandosi dietro me e lei.»

«Non era perché lei faticava a viaggiare e dunque vostro padre voleva risparmiarle le tribolazioni di un viaggio attraverso l'Oceano?»

«Quella fu la spiegazione che diede quanto tornò per il suo funerale. Ho dei dubbi sulla sua veridicità. Avete del brandy? Se devo raccontare questa triste storia, posso anche bere qualcosa.»

«Non c'è bisogno, Geo.»

«Sì che c'è. Vi vedo ansioso di sentire i dettagli.»

Non lo ero, ma chiaramente lui aveva bisogno di parlarne per qualche motivo.

«Dovrò andare nello studio a prendere la bottiglia.»

Inarcò un sopracciglio interrogativo, ma non gli avrei raccontato della mia stupidità.

Il compleanno di John era lo stesso giorno del mio, il giorno di Santo Stefano, il giorno dopo natale. Il secondo inverno dopo l'inizio della mia relazione con lui, avevo commissionato al gioielliere di Guilford una minuscola trombetta d'argento da attaccare alla catenella dell'orologio da taschino.

Lui e Robert erano tornati da Oxford per le feste – William doveva ancora completare gli studi ad

Harrow, ma sarebbe arrivato poco dopo. Non importava dove Robert potesse passare il resto delle vacanze, quel giorno era sempre a casa con zia Cecily e così i suoi fratelli, perché dove ce n'era uno, di solito, c'erano gli altri.

Diedi il regalo a John il giorno del suo compleanno, quando venne da me quella sera. «Oh, ehm... grazie.» Lo buttò sul tavolino e si tolse i pantaloni. «Diamoci da fare, eh?»

Ci «demmo da fare», ma quando se ne andò poco dopo aver ripreso i sensi – perché sì, l'avevo amato fino a renderlo incosciente – lasciò lì la trombetta. La mattina, dopo colazione, lo trovai nella serra che fissava lo spoglio paesaggio invernale. «Hai dimenticato questa, John.»

Si guardò intorno con ansia, temendo che qualcuno avrebbe visto, ma mi ero già accertato che non ci fosse nessuno.

«No, non l'ho dimenticata,» disse bruscamente.

«Chiedo scusa?»

«Non capisci? Non la voglio! Gli uomini non fanno regali agli uomini!» Corse via, lasciandomi con la sensazione che mi avesse colpito. Nessuno dei colpi di mio zio mi aveva mai fatto così male.

Trovai una provvista di brandy in cantina di cui mio zio non avrebbe sentito la mancanza e mi portai le bottiglie in camera. Dopo aver buttato la trombetta nel fuoco, iniziai a bere.

Bevvi costantemente per tutto il resto delle vacanze, ma John non venne mai da me per dirmi: «Stai esagerando, Ashton. Voglio che smetti.» Dubito che l'avesse anche solo notato. Di sicuro nessun altro lo aveva fatto.

Alla fine mi stancai di svegliarmi vomitando ogni mattina, con l'emicrania e un sapore orribile in bocca.

Mi lavai e mi feci la barba, riportai le bottiglie rimaste in cantina, e giurai di comportarmi con John come se l'incidente di Santo Stefano non fosse mai accaduto.

Feci per uscire dal letto e Geo mi afferrò il polso e mi guardò fisso negli occhi. Cosa stava cercando? «Geo?»

«Non badate a me. Fate in fretta.»

«Tornerò più alla svelta di quanto un gatto possa leccarsi l'orecchio.»

Quelle parole lo fecero sorridere. «Berrete un bicchiere con me?»

«Se volete.» Indossai la vestaglia e mi infilai un paio di pantofole, poi scesi nello studio, misi il brandy e due bicchierini su un vassoio, e tornai alla mia stanza.

Aveva impilato i cuscini dietro di sé, ma doveva essersi alzato per riattizzare il fuoco, perché esso bruciava con intensità, gettando ombre sul muro.

«Rapido abbastanza per voi?» Appoggiai il vassoio su un tavolino e versai una dose di alcol in ciascun bicchierino.

«Sì. Dovete essere ansioso di udire questa storia patetica per affrettarvi tanto.»

Tentai ancora una volta. «Geo, se preferite...»

«Non è una faccenda molto importante, ma se vi va di sentirla...» Fece spallucce e prese un bicchierino. Se lo portò alle labbra e io non riuscii a distogliere lo sguardo dalla sua gola; guardai il pomo d'Adamo muoversi mentre deglutiva. «Vi dispiace?» Mi porse il bicchierino. Era già vuoto.

«Ecco; prendete il mio, se avete tanta fretta di ubriacarvi.» Lo guardai storto quando lo prese sul serio. «Vedo che è meglio che io tenga la vestaglia indosso, dato che probabilmente dovrò scendere in cantina a prendere un'altra bottiglia.»

«Riempitevi il bicchiere. Vi prometto che questo sarà l'ultimo per me.»

Non ero sicuro di credergli. Non l'avevo mai visto così prima, anche se, ovviamente, lo conoscevo da poco più di una settimana.

Versai un goccio nel bicchiere e tornai a letto. Geo si allungò e prese il bicchierino da me, e io sospirai. Sembrava determinato a stordirsi. Mi tolsi pantofole e vestaglia e tornai sotto le coperte, con mia sorpresa, lui mi porse il brandy.

Rimase in silenzio così a lungo da farmi dubitare che avrebbe proseguito il racconto. Bevvi un sorso di brandy, che per poco non mi andò di traverso quando lui cominciò a parlare.

«Dunque mio padre se ne andava via in nave e mia madre restava a casa, rinunciando agli splendidi abiti che vedeva nelle vetrine del negozio, dicendomi con allegria forzata che quanto papà fosse tornato di nuovo e avrebbe potuto trascorrere del tempo con noi, sarebbe venuto il momento di comprarli. Se lui non fosse stato lì per vederla indossarli, lei lo avrebbe aspettato. Non ha mai detto una parola contro di lui. Nemmeno una volta. E se chiunque altro lo faceva, lei trovava delle scusanti al suo comportamento. Era un uomo importante, il cui lavoro era eccezionalmente importante.» Scoppiò in una risata sarcastica. «Molto, molto importante.»

Fece mulinare il liquido ambrato nel suo bicchiere e lo osservò come se contenesse le risposte a tutte le domande dell'universo.

«Mia madre e io non potevamo reggere il confronto con il lavoro di quell'uomo importante.»

«Geo...» Non sapevo cosa dire, ma non importava; proseguì come se io non avessi cercato di interromperlo.

«La prima volta che vidi mia madre piangere...» Appoggiò la testa e chiuse gli occhi. «C'era un abito da sera del colore dei suoi occhi. Vi ho detto che erano del colore delle violette dopo una tempesta?»

«È molto poetico. Mi avevate detto che erano viola.»

«Gli occhi più belli che abbia mai visto. Se fossi stato il tipo che si sposa, avrei scelto una ragazza con occhi di quel colore. Ogni giorno, lungo la strada per Hyde Park, passavamo davanti al negozio dove quel vestito dominava la vetrina col suo solitario splendore e ogni giorno lei si fermava ad ammirarlo. Quel giorno in particolare, due signore si fermarono a osservare l'abito. 'Credo che lo comprerò,' disse una all'altra.»

«'Ma è carissimo,' disse l'altra. 'Vostro marito non sarà contrariato?'»

«'Me lo rigiro come voglio.'»

«'Diversamente da quella ragazzetta irlandese il cui marito se la scappa nel Surrey ogni volta che è in Inghilterra?' Risero entrambe, una risata crudele.»

«'Non ditemi che non lo sa!'»

«'Assolutamente no, mia cara' Ancora oggi ricordo la degnazione che trasudava dalle loro voci.» Mentre la voce di Geo era dura e amara.

«'Ma tutti sanno che quell'uomo è innamorato di Cecily Marchand dal giorno del suo debutto!' Non si sforzarono di abbassare la voce. Cosa importava loro di essere udite?»

«'E trascorre tutti i suoi permessi a Laytham Hall?' La prima donna ridacchiò, Ash. Quella troia ridacchiò mentre mia madre era su quel dannato marciapiede a sentirle distruggere la sua vita.»

«Davvero lei... davvero non sapeva nulla?»

«Forse sì; non ne parlava mai, ma se fingere che lui fosse impegnato a svolgere i suoi doveri per il Re la rendeva felice, chi erano loro per distruggere le sue illusioni?»

«Vi prego, Geo. Non serve che diciate altro.»

«Ho quasi finito.» Inghiottì il resto del suo brandy e si guardò intorno come per cercare un posto dove mettere il bicchierino. Lo presi dalle sue mani e lo misi sul tavolino, ma lui se ne accorse a malapena. «Dovevo proprio parlare, attirare la loro attenzione su mia madre, anche se non era quella la mia intenzione. 'Laytham Hall? Non è dov'è andato papà, mamma?' La mano di mia madre si strinse intorno alla mia.»

Chiuse la mano sul mio polso come per dare una dimostrazione, strinse, e io mi sentii impallidire per il dolore. «Geo. Vi prego.» Mi lasciò andare, ignorando di avermi fatto del male, e io mi massaggiai il polso, sapendo che l'indomani sarebbe stato livido.

«Le due donne si voltarono a guardarci e parvero mortificate. Non per ciò che avevano detto, capite, ma perché mia madre aveva fatto loro il torto di origliare. Si voltarono e corsero via, dimenticando l'abito viola. Mia madre rimase immobile come una statua e quando io sollevai lo sguardo, vidi le lacrime scorrere lungo le sue guance.»

Si strinse fra due dita il dorso del naso, poi si lasciò cadere la mano in grembo e io la coprii con la mia, nel tentativo di dargli un po' di sollievo. Lui fissò la mia mano sopra la sua e, lentamente, io la tolsi. «Alla fine, persino l'amore che provava per me non bastò ad alleviare il dolore causato dal trattamento insensibile riservatole da mio padre, e lei si consumò.»

«Non avete mai amato nessuno?»

«Un'emozione inutile. Non lascerò mai che una cosa del genere accada a me.» Scostò le lenzuola. «Devo andare ora.»

«Ma certo.» Presto sarebbe giunta l'alba e per

quanto io lo volessi accanto a me, sapevo che aveva ragione. «È meglio che prendiate la candela.»

«Certo.» Si infilò la camicia da notte, che non aveva mai avuto l'occasione di indossare, e zoppicò fino al bastone da passeggio.

«I vostri abiti?» Erano sul pavimento, mescolati ai miei.

«Kincaid verrà a prendere il tutto.»

«Credo di no.» Non potevo contare sul fatto che il servo di Geo se ne sarebbe andato prima che arrivasse uno dei miei. Mi alzai e percorsi la stanza, recuperando ogni capo di vestiario e piegandolo, e quando li ebbi tutti glieli porsi.

Mi aveva guardato con le labbra incurvate in un piccolo sorriso.

«Cosa vi diverte?» Mi chinai e presi le sue scarpe, grato del fatto che riuscisse a sorridere dopo avermi raccontato una storia tanto triste.

«Ah, Ash. Avete addosso gli occhiali e neppure una pezza per coprirvi.» Il sorriso di Geo si allargò quando arrossii e passò il pollice lungo il mio zigomo, poi prese le scarpe e aprì la porta. Non sporse la testa per sbirciare lungo il corridoio come faceva sempre John, perché non poteva importargliene di meno di essere visto. «Buonanotte, Ashton.»

«Buonanotte, Geo.» Trattenni il respiro, nella speranza che sarebbe tornato da me per un ultimo bacio, ma no. La serratura scattò con un rumore attutito quando la porta si chiuse.

Tornai a letto e mi raggomitolai su un fianco, fissando le finestre che tenevano fuori il resto della notte, ma non vedevo niente. Le sue parole mi risuonavano nel cervello. «Non lascerò mai che una cosa del genere accada a me.» Ora conoscevo davvero la mia posizione. O perlomeno il mio letto, dato il caso.

Eppure, lui mi trovava attraente; l'aveva detto. Il tempo trascorso a letto assieme lo soddisfaceva. E mi aveva parlato di sua madre.

Avrei fatto finta di piacergli. Sarei stato attento alle mie parole e non l'avrei sgridato e forse...

Forse un giorno il mio sogno sarebbe diventato realtà.

DUBITAVO di riuscire a riposare per quel che restava della notte, perché senza il mio amante il letto pareva spaventosamente vuoto, eppure mi addormentai.

Tuttavia, Geo mi aveva svegliato di frequente e mi aveva ama... fottuto completamente, lasciandomi con un indolenzimento soddisfatto delle mie interiora e senza alcun dubbio su chi fosse il mio proprietario, e il risultato fu che mi alzai tardi.

Mi lavai e mi vestii in fretta e corsi nel salotto della colazione, chiedendomi se Geo si fosse attardato lì.

«Buongiorno, zia.»

Zia Cecily, con gli avanzi della colazione di fronte a sé, si stava portando la tazza alle labbra. «Ashton». Le sue labbra si strinsero, il suo sguardo divenne gelido e appoggiò di scatto la tazza sul tavolo.

«Ehm... a quanto sembra, sono in ritardo. Chiedo scusa.»

«Umpf.» Non l'avevo mai sentita produrre un suono così poco signorile. «Porta a sir Ashton la sua cioccolata calda, per favore, Colling.»

«Sì, signora. Ne farò preparare un'altra caffettiera alla cuoca.»

Nel momento in cui lui uscì dalla stanza, zia Cecily disse bruscamente, «Sapevate della condizione del signor Geo Stephenson?»

«Condizione? Che condizione? Temo di non

capire.»

«Ma davvero?» Mi fulminò con lo sguardo. «Di certo hai tratto un gran divertimento dai piani che Arabella e io abbiamo fatto nel corso degli ultimi giorni.»

«Non credo di aver mai mostrato la minima traccia di divertimento.» Le restituii l'occhiata, stufo marcio di portare tutto il peso della tenuta sulle mie spalle senza nessuno con cui condividerlo. «Che succede?»

«A quanto pare la ferita che Geo ha ricevuto in Oriente ha messo fine alla sua possibilità di... di avere figli.»

Sussultai. «Ma... ma... questo significa...»

«Oh, per favore, smettila di boccheggiare come un pesce fuor d'acqua e cerca almeno di fingere di avere un grammo di intelligenza! Significa che...»

Colling entrò proprio in quel momento e lei si rimangiò il resto delle parole. Il maggiordomo sapeva che qualcosa non andava; i buoni servitori lo sapevano sempre. Versò la mia cioccolata calda e mise la caffettiera accanto al mio gomito.

«Questo è tutto, Colling. Suonerò se avremo bisogno d'altro.»

«Molto bene, signora.» Lasciò ancora una volta la stanza della colazione.

«Significa,» zia Cecily riprese immediatamente da dove si era interrotta «che ha perso la sua virilità! E dato che non può consumare il matrimonio, non può dare figli ad Arabella!»

Rischiai di soffocarmi con la cioccolata calda. «Ca... capisco. Credo che, insomma...» Mi impappinai. Se quello che stava cercando di dire era che Geo aveva perso l'uso del membro, naturalmente doveva pensare che Geo fosse impotente.

«Vuoi dirmi che voi due non ne avete parlato?»

«Esattamente, zia. Voglio dire, è improbabile che Geo mi riveli una cosa del genere. Ci... ci conosciamo appena!» Non le avrei certo detto che Geo era stato tutto tranne che impotente con me!

«Tuttavia sembri essergli molto vicino.»

Le mie guance si arroventarono. «È un brav'uomo, zia. Non lo pensavate anche voi? Non lo pensate ancora?»

«Sì.» Si portò la tazza alle labbra. «Ti chiedo scusa, Ashton. È stato uno shock tanto improvviso... non avrei dovuto arrabbiarmi con te. Non è colpa tua.»

«No, non lo è. Come l'ha presa Arabella?»

«Non bene, come puoi immaginare.» Potevo immaginarmelo fin troppo bene e fui contento di non essere stato presente in quel momento. «È corsa in lacrime nella sua stanza, povera piccola. Per fortuna, ci sono Flowers e Mollie a occuparsi di lei.»

Sentii il sangue defluirmi dalle guance. «Arabella rivelerà loro tutto.»

Zia Cecily si strinse nelle spalle. «Flowers è molto discreta. Per quanto riguarda Mollie, sta diventando una cameriera personale molto competente. Dovremo confidare nel fatto che sia discreta anche lei.»

«Sul serio?» Mi alzai e attraversai la stanza fino al cordone, dandogli un forte strattone.

Flowers, con ogni probabilità, aveva mandato la ragazza in cucina perché facesse preparare alla cuoca una tisana per Arabella. Avevo incrociato Mollie una volta a due, intenta a gongolare e arrossire con un'altra domestica, spettegolando di questa o quell'altra faccenda. Ciò che sapevano i servi di casa, lo sapevano i servi di tutti il vicinato, e non avrei costretto un mio ospite a subire una cosa del genere.

Colling entrò. «Avete bisogno di qualcosa, sir

Ashton?»

«Voglio tutti i domestici di casa nel mio studio, immediatamente.»

«Asthon?» La zia sembrava perplessa.

«Tutti, signore?»

«Tutti.»

«Vi chiedo perdono, signore, ma non sono sicuro che la cuoca possa...»

«Che metta da parte qualunque cosa sia sui fornelli.» Sputai le parole una a una. «Sono stato chiaro?»

«Certo, sir Ashton.»

Colling aveva appena chiuso la porta dietro di sé che zia Cecily parlò. «Non capisco, Ashton.»

«Davvero, zia?» ringhiai. «Volete che tutto il vicinato sappia che il nostro ospite – *il figlio del vostro caro amico* – è stato evirato? Non dubito che Mollie diffonderà la voce se ne avrà la minima possibilità.»

Lei si fece piccola, poi impallidì. «Oh, buon Dio, non avevo pensato... Se George dovesse venire a sapere... Cosa farai?»

«Ciò che posso.» Mi passai una mano fra i capelli e mi avviai verso la porta. «Vi prego di scusarmi, zia Cecily.»

«Sì, certo. Ashton, per un attimo sei... sei parso molto simile a tuo zio.»

«Non dite mai più una cosa del genere!» Sbattei la porta senza volerlo e urtai Colling, che era lì in piedi con un'espressione illeggibile in volto.

«Vi chiedo scusa, sir Ashton.»

«Cosa c'è, Colling?»

«Sono tutti nel vostro studio, signore.»

Per tutti i diavoli! Non avevo mai preso di petto nessun membro della servitù e avrei voluto essere là quando fossero arrivati, seduto alla mia scrivania, con

170

l'aria di chi ha il controllo; mi serviva quel piccolo vantaggio.

«Scusatemi.» Kincaid si avvicinò. «Il signor Stephenson gradirebbe che vi uniste a lui...»

«Non ora, Kincaid. Ho delle faccende di casa da supervisionare.»

«Ma... sì, signore. Riferirò.»

«Fatelo,» dissi sottovoce, ben sapendo che a Geo non sarebbe piaciuto. Tuttavia, al momento non potevo fare nulla tranne che cercare di stroncare sul nascere quella diceria. Lanciai uno sguardo al mio maggiordomo. «Molto bene, Colling.» Non potevo dirgli di procedere; dopotutto, aveva almeno tre volte i miei anni. Mi avviai verso il mio studio con lui che mi tallonava un passo o due indietro.

Mi fermai sulla soglia, in qualche modo colto alla sprovvista dal numero dei servi che erano lì in piedi. Non erano mai stati tutti assieme in un solo posto e non mi ero mai reso conto...

Mi schiarii la voce, attirando la loro attenzione. «Sarò breve. Certe informazioni riguardo al mio ospite sono divenute – o diventeranno presto – conoscenza comune fra queste mura...» Rivolsi il mio sguardo a Molly e lei ebbe la buona grazia di arrossire. «Informazioni strettamente riservate. Rimarranno fra queste mura. Se dovessi venire a sapere che chiunque – lord Hasbrouck, squire Newbury, il colonnello Whittemore, la Marquesa, la signorina Petre, il signor Colbourne, *chiunque!* – ne è stato messo a parte, vi licenzierò tutti senza referenze. Non importa di chi sia la colpa, ve ne andrete tutti da Laytham Hall!» Costrinsi ognuno di loro a incontrare il mio sguardo. Non mi amavano. Non mi rispettavano. Ma perdio, mi avrebbero *temuto!* «Spero di essere stato chiaro.»

I servi uomini si mossero a disagio. Colling

fissava il vuoto dietro le mie spalle, mentre David cercava di fare del suo meglio per imitarlo. La cuoca e la signora Walker avevano un'espressione granitica. Flowers pareva contrariata. Non ero preoccupato da lei. L'unica cameriera che considerava sua eguale, e dunque degna di conversare con lei, era quella personale della Marquesa, ma dato che la donna non parlava inglese, non avevo molto di che preoccuparmi. Per quanto riguardava le domestiche, bisbigliarono fra di loro fino a che la signora Walker non le fulminò con un'occhiata feroce, dopodiché tacquero.

«Ho detto tutto. Colling?»

«Sì. Tornate tutti ai vostri compiti.» Ruppero in fretta le righe. «C'è altro, sir Ashton?»

«No, Colling. È tutto.»

Si inchinò e io rimasi da solo nella stanza.

Il mio stomaco brontolò, ricordandomi che non avevo fatto colazione. Lo massaggiai col palmo della mano, sollevato dal pensiero che nessuno avesse potuto udire quel rumore.

«Grazie, Ashton.» Il suono della voce di Geo mi fece sobbalzare. Era sulla soglia, con un'aria vagamente sorpresa. Quanto tempo era rimasto lì?

«Perché mi ringraziate?» Mi sarei piuttosto aspettato un rimprovero per non essere andato da lui quando l'aveva chiesto.

«Nessuno aveva mai difeso il mio onore prima d'ora.»

«Non ho fatto nulla del genere. E di sicuro vi sbagliate. I vostri amici...»

«Sono sepolti in tombe senza nome sparse per tutto l'Impero.»

Senza nome? Che strano. E che tristezza. «Beh, non ho fatto nulla che altri non avrebbero fatto.»

«Forse, ma ciò nonostante siete stato voi a farlo e

io vi ringrazio. Devo ammettere che non ho idea del perché.»

Non feci finta di non capire. Minacciare l'intera servitù con il licenziamento non era usuale. «Era l'unico modo che mi è venuto in mente per garantire il loro silenzio.» Il mio stomaco brontolò ancora. «Vi prego di scusarmi. Non ho ancora fatto colazione.»

Sorrise. «Vi farò compagnia.»

«Temo che sia tutto freddo,» lo avvisai.

«Chissà perché, ne dubito.»

La porta della stanza della colazione era aperta e io rimasi sbalordito nel vedere numerosi servi portare via il cibo di prima e altri sostituirlo con piatti fumanti.

«Vi chiedo perdono, sir Ashton! Il signor Colling mi ha dato ordine di preparare tutto prima che tornaste a finire la colazione.» David mi versò una nuova tazza di cioccolata calda. «Caffè, signor Stephenson?»

«Sì, grazie.»

«Sarà tutto pronto fra poco, signore!»

«Sì. Bene. Ehm... sì.» In pochi istanti, i servi ebbero concluso il loro compito e corsero via. «Servitevi pure, Geo.»

«Grazie, volentieri. Temo che la mia colazione sia stata interrotta a metà.»

«Posso immaginarlo!» Mi riempii il piatto di uova e salsicce e alcune fette di pane imburrato. «Come vi è venuto in mente di fare un annuncio del genere a colazione?»

Si chinò su di me e pescò una fetta di pane dal mio piatto. «Ho pensato che fosse meglio liberarmene il più in fretta possibile.»

«Ma dire che avete perso la virilità?»

«A dire il vero, non l'ho detto. Ho detto solo che la mia ferita era in un punto tale da rendermi un candidato inadeguato come marito, al che l'immaginazione di Lady Cecily ha corso come Lap-Dog durante il Derby del '26.»

«Discendeva da Eclipse, giusto?» Fissai il vuoto, perso nei miei pensieri. «Mi venderei l'anima per uno stallone con quel pedigree.»

«Sul serio, Ashton?»

«Oh, sì. I guadagni della monta ci tirerebbero fuori dai guai in un battibaleno.»

«Ma io vi ho tenuto lontano dallo spettro della miseria.» Depose il toast.

«Sì, e vi sono molto grato; anche se non riesco a immaginare cosa vi abbia convinto a farlo.» Sorrisi e scossi la testa. «Non importa. Ditemi, come posso intrattenervi oggi?»

Geo mi guardò pensieroso per un momento, poi disse: «Mi piacerebbe vedere le vostre stalle.»

«Ma certo. I vostri bai. Non so come siate riuscito a lasciarli qui. Sono estremamente mansueti! E non hanno il fiato corto dopo oltre un miglio.»

«Oh?»

«Avevano bisogno di esercizio. Li ho portati a Farnham quasi ogni giorno, e una volta fino a Guilford.»

«Non avete avuto problemi a controllarli?»

«Certo che no. Avrei dovuto?»

«E come troverò le loro bocche?»

Strinsi gli occhi. Si potevano dire molte malignità su di me, ma non avrei tollerato che fosse messo in discussione il mio modo di condurre. «Le loro bocche sono nelle stesse condizioni in cui le avete lasciate: morbide e intatte. Se non vi accontentate della mia parola, possiamo andare alla stalla immediatamente.» Buttai il tovagliolo sul tavolo e spinsi indietro la sedia.

«Calma, Ashton, calma. Vi stavo solo prendendo in giro.»

174

«Beh, non gradisco. Non farei mai del male a uno dei miei animali, né lo metterei a rischio.»

«Davvero? In tal caso, smettetela di pettinarmi e finite la colazione. Ho fatto lo stesso coi vostri bigi, sapete, e avete ragione, sono molto veloci.»

«Non i miei; quelli di sir Eustace. Avrete notato che hanno le code tagliate.»

«Una barbarie! Tuttavia, hanno suscitato un certo scalpore in città. Ho diffuso la voce che potrebbero essere ceduti per un'offerta consistente. Credo che dovreste chiedere notizie il prima possibile a lord Bainbridge e magari anche a lord Wittenby.»

«Davvero?»

La sua espressione si rilassò in un sorriso. «Davvero.»

«Molto bene. Ho finito. Andiamo?»

MENTRE entravamo nel cortile delle stanze, Geo si guardò intorno con disinvoltura e disse: «Devo ammettere che sono colpito dalle condizioni eccellenti di questo posto.»

«È l'orgoglio e la gioia del signor Ruston.»

«E anche la vostra, credo.»

«Sì,» ammisi, rispondendo al sorriso. «Anche la mia.» Il signor Ruston stava conducendo fuori un castrone grigio. Avevamo discusso della possibilità di fornire una cavalcatura al mio... ospite e deciso che una bestia mansueta sarebbe stata l'ideale prima di verificare le sue capacità in sella. «Voi cavalcate?»

«Certo. Sono inglese, no?»

«Forse avrei dovuto dire, cavalcate *ancora*?»

«Non quanto prima.» Accennò con un gesto alla sua gamba.

«Mi dispiace. Avevo sperato...»

«Avevate sperato cosa, Ashton?»

«Avevo sperato che avreste cavalcato con me.»

«Grazie per avermelo chiesto. Credo che mi piacerà. È passato troppo tempo dall'ultima volta.»

«In tal caso, lasciate che vi presenti Onyx. È mansueto e farà tutto ciò che gli chiedete.» Non sapevo se Geo si sarebbe arrabbiato per il fatto che gli avevo scelto una cavalcatura. «Sarà a vostra disposizione.»

Un angolo della bocca di Geo si curvò in un sorriso e quasi mi aspettai che dicesse: *Come voi? Oggi e domani?* Invece, chiese: «Volete dire che è una lumaca?»

Arrossii. «Assolutamente no. È solo...» A onor del vero, lo era. Dei fuochi artificiali fatti scoppiare sotto la sua coda durante la Notte di Guy Fawkes non gliel'avrebbero fatta alzare. Tuttavia, fino a quando non avessi visto come Geo andava a cavallo, vista la sua ferita alla gamba, ero riluttante a dargli una cavalcatura più energica. «Non vi farà sobbalzare.»

Zoppicò fino al castrone e tese la mano, col palmo in alto. «Salve, mio caro.» Onyx annusò il palmo offertogli, lo leccò incuriosito, poi spinse il muso una volta o due contro il torace di Geo. «Forse è meglio così. È passato del tempo dall'ultima volta in cui sono montato in sella su... un cavallo.»

«Dunque spero che troverete il tempo per farlo quando siete in visita a Laytham Hall.» Ignorai il vago doppio senso e trassi un silenzioso sospiro di sollievo. «Se volete, potrete metterlo alla prova oggi. Dopo avervi fatto fare un giro delle stalle, magari?»

«Sì, sarebbe ottimo. Dopotutto, è una così bella giornata.»

«Lo è. Signor Ruston, per favore, fate sellare Onyx e Blue Boy. Un'ora?» Guardai Geo con un sopracciglio inarcato e lui annuì. «Fra un'ora.»

«Molto bene, sir Ashton.»

«Dove sono i bai del signor Stephenson?»

«Nel prato accanto al meleto.»

«Potremmo cavalcare fin laggiù.»

«Un ottimo suggerimento, Ash. E magari la cuoca sarà così gentile da preparare dei sandwich per noi.»

«Oh, sì!» Un'opportunità di trascorrere buona parte della giornata con lui? Mi ci tuffai. Avrei portato un po' di unguento, magari sarei riuscito a convincerlo a trastullarsi con me sotto l'ombra screziata di luce di un melo. Il terreno poteva essere coperto di radici, ma le imbottiture delle selle sarebbero state un discreto materasso. O magari mi avrebbe preso contro un tronco...

Mi si asciugò la bocca e, al pensiero, mi sentii ardere. Nessun altro, neppure John, che avevo amato o creduto di amare, aveva mai tratto dal mio corpo una melodia come quella che traeva Geo.

Mi prese a braccetto e mentre ci facevamo strada lentamente fra le lunghe file di box, delle teste curiose comparivano sopra i cancelletti e seguivano il nostro incedere.

CAPITOLO
DIECI

Così parve stabilirsi lo schema del tempo che passavamo insieme. Durante la settimana lui rimaneva in città, occupandosi di ciò che andava fatto per Sua Maestà, e nei fine settimana guidava il suo calesse fino alla mia tenuta, con Kincaid sul sedile accanto a lui.

Si dimostrò un tiratore eccellente e cacciammo insieme – fagiani, quaglie, conigli, pernici – per la gioia della cuoca.

Non mi stupì scoprire che non era abituato all'uso della canna e del filo, gli insegnai come usarli, e andammo a pescare quando il tempo era abbastanza mite, portando a casa file di trote che, di nuovo, fecero la gioia della cuoca.

Andammo persino a caccia coi cani una volta o due, quando la sua gamba lo permise, e a noi si unirono zia Cecily e Arabella, entrambe ottime cavallerizze. Tuttavia, dato che la vista del sangue la nauseava, Arabella tendeva a evitare l'uccisione.

La sera giocavamo a carte: *speculation* o *loo* quando le signore erano con noi, picchetto quando eravamo solo io e Geo, e a un certo punto ero stato tentato di puntare dei capi di vestiario, ma alla fine non l'avevo fatto, temendo che mi credesse facile.

Geo chiacchierava con zia Cecily, che lo aveva perdonato in fretta per aver distrutto le sue speranze di far sposare Arabella; lui le portava notizie di suo padre e le ultime notizie dalla città.

Arabella lo tormentava per insegnarle gli ultimi balli. Inizialmente avevo protestato, sfruttando senza vergogna la scusa della sua gamba, anche se in verità non mi piaceva l'idea del mio amante che volteggiava con quell'impudente fra le braccia, ma Geo aveva riso e fatto quel che voleva.

In seguito mi aveva preso da parte e stretto il mento fra le dita, dicendo: «Dato che nulla potrà persuadermi a sposarla, il meno che posso fare è accertarmi che abbia abbastanza grazia da far sì che qualcun altro ve la tolga di torno,» e mi ero placato.

Mi ero placato ancora di più quando aveva preso la mia mano destra nella sua sinistra, appoggiato il palmo destro sul mio fianco e cominciato a farmi danzare per la stanza, con movimenti precisi nonostante la gamba ferita.

Qualche volta ci ritiravamo nella stanza dei biliardi. Avevo detto ai servi che non dovevamo essere disturbati, dato che ciò tendeva a ostacolare il gioco del mio ospite, e Geo aveva fatto un sorriso di complicità. Vinsi la partita, con sua sorpresa, e il mio premio fu esser preso da lui sopra il panno verde.

Sarebbe stato bello scambiarci i ruoli, qualche volta, pensai con malinconia, ma non ebbi mai il coraggio di sollevare l'argomento.

Una volta Geo suggerì di provare gli scacchi, avendo trovato il set di avorio e onice di sir Eustace, ma non avevo mai avuto l'astuzia necessaria e piuttosto di farglielo capire, mi ero rifiutato bruscamente ed ero uscito dalla stanza.

Più tardi, dopo che tutti si erano ritirati, venne da me. «Non importa, Ash,» mi bisbigliò all'orecchio.»Avete altre qualità.» E le sue dita esperte esplorarono il mio corpo.

Passava buona parte della notte nel mio letto e io speravo di dargli tanto piacere quanto lui ne dava a me.

Divenne sempre più facile per me credere di piacergli davvero e io... beh, io...

Traevo un grandissimo piacere dalla sua compagnia.

APPRESI tramite vari giri che il compleanno di Geo era il 25 febbraio.

Nel corso degli anni, i compleanni erano divenuti occasioni poco felici per me. Naturalmente ricevevo dei doni – dopotutto, non ero come quella ragazza delle fiabe che sedeva accanto al fuoco e rastrellava le ceneri – ma erano cose molto pratiche, come tovaglioli e fazzoletti da collo, non il cucciolo che avrei sempre voluto e che invece ricevette John, fino a quando sir Eustace venne a casa e lo fece unire assieme alla sua piccola muta da caccia, o il bel gilet ricevuto da Robert, o il temperino ricevuto da William.

Quell'anno, tuttavia, avevo già ricevuto qualcosa migliore di cuccioli o gilet o temperini, e riuscivo a malapena a contenere l'attesa di celebrare il compleanno di Geo.

Era improbabile che trascorresse la giornata con me, poiché si trattava di un giorno infrasettimanale. Tuttavia, ero certo che avrebbe trascorso il fine settimana a Laytham Hall e avevo qualcosa di molto speciale in serbo per lui.

Nella stalla c'era il puledro sauro che avevo ricevuto dal colonnello Whittemore.

«IL PULEDRO non mi regge in sella,» aveva mugugnato il colonnello. «Non so perché ho scucito tanto per una bestia di due anni.»

Io credevo di saperlo. Si diceva che avesse messo l'occhio su una delle sorelle Petre come futura sposa. Senza dubbio immaginava che il bel puledro gli avrebbe conferito il fascino necessario a conquistare la fanciulla.

«Perché me l'avete portato?»

«Lord Hasbrouck ha pensato che potesse interessarvi. Devo dirvi che il puledro non ha ancora avuto una sella sopra.»

«Capisco.» Ero più che interessato, anche se lo tenevo nascosto. Il puledro aveva il muso piatto di un arabo. I suoi occhi erano brillanti e intelligenti e c'era vigore nei suoi passi. «Com'è il suo carattere, colonnello? L'ultima cosa di cui ho bisogno nelle mie stalle è un animale difficile.» L'ultima cosa che volevo era un animale che avrebbe sbalzato di sella il mio amante, ferendo ancora di più la sua gamba.

«Il puledro è focoso, ma giuro che non ha un grammo di cattiveria in sé.»

«Mmm. Signor Ruston?»

Il signor Ruston esaminò la bocca e i piedi del puledro, lo guardò muoversi e poi annuì lievemente. «È abbastanza robusto e ha una bella andatura.»

«Quanto pensavate di chiedere?»

«Ho pagato cento ghinee.»

Scossi la testa. «Mi dispiace, è troppo per me.»

«Non abbiate tanta fretta, sir Ashton. Ha un pedigree eccellente!»

«Ma non è stato abituato alla sella e ci vorrà tempo prima che possa essere cavalcato.»

«Beh, sì. Ma...»

«E inoltre mangia come un maiale,» mormorò il signor Ruston, guadagnandosi un'occhiataccia dal colonnello.

Quando l'affare fu concluso, il colonnello aveva

ridotto a malincuore il prezzo di quasi metà e aveva acconsentito a comprare una giumenta pomellata con cui mi aveva visto saltare delle staccionate durante la stagione di caccia alla volpe precedente. Ero riluttante a separarmi da lei, ma mi resi conto che avrei dovuto vendere un cavallo ogni tanto se volevo creare una buona reputazione per la stazione di monta.

«Ben fatto, sir Ash.»

«Non sono incappato in un *cent per center*, vero?»

«Assolutamente no, anche se avete strizzato a puntino il colonnello. Come intendete chiamare questo bel giovane?»

«Credo che aspetterò e vedrò.»

«Buona idea, signore. Aspettando, un animale si fa un nome da sé.»

Il sauro mosse la testa come per annuire. In effetti, pensai che Geo avrebbe voluto battezzarlo di persona.

Il signor Ruston lo accarezzò sul muso. «Lo metto dentro?»

«Nel capanno dietro la casa della signora Nye, per favore. Intendo... intendo donare il puledro al signor Stephenson e voglio che sia una sorpresa.»

«Ah. Un dono eccellente, se posso dirlo. Vi piace, vero, sir Ash?»

«Io... sì.» Ero riluttante a parlare del mio amante, per timore di svelare i sentimenti sempre più forti che provavo per lui.

Il signor Ruston annuì. «Avevate bisogno di un amico del vostro rango, signore, e lui sembra un brav'uomo.» Il puledro si agitò, impaziente per essere rimasto fermo troppo a lungo nello stesso posto. «Sarà meglio abituarlo gradualmente a portare il peso di un uomo sulla groppa.»

I miei pensieri andarono al modo in cui portavo il peso di Geo sulla schiena e il mio cazzo si mosse. Per fortuna, il signor Ruston non se ne accorse, dato che era impegnato col puledro. Mi schiarii la voce. «Sì. Mi piacerebbe che fosse pronto per essere cavalcato dal signor Stephenson quando lui arriverà nell'ultima settimana di febbraio.»

«Se il terreno non è troppo duro e non nevica. Non vorrei che inciampasse e si rompesse una zampa.» Il signor Ruston fece un ampio sorriso con la pipa in bocca. Tirò la cavezza del puledro. «Vieni, bello.»

MANCAVA poco meno di una settimana alla fine di febbraio. Geo era partito in giornata per la città, la temperatura si era abbassata e faceva troppo freddo per fare qualsiasi cosa la sera, tranne sedere accanto al fuoco.

Eravamo nel salotto rosa, con Arabella seduta al pianoforte a premere i tasti d'avorio. Riconobbi la melodia come qualcosa che le era piaciuto suonare mentre William le girava le pagine.

«Sono passati sei mesi da quando...» Le tremò il labbro. Non importava quanto forte protestasse all'idea che le mancasse William, era chiaro a chiunque la conoscesse che era così.

«Lo so, cara.» Zia Cecily cessò di ricamare. Anche lei a volte appariva malinconica e sapevo che non piangeva la propria vedovanza, ma l'assenza degli Hood.

Io, d'altra parte, mi trovavo a pensare a loro, persino a John, solo una volta ogni tanto. C'era troppo da fare e, in quelle rare occasioni in cui avevo del tempo libero, Geo mi teneva piacevolmente occupato e non sempre a letto. Una domenica avevamo scovato in solaio un puzzle della battaglia di Waterloo e preso a lavorarci sopra.

Mentre esaminavo un pezzo fuori posto – era del fumo o una nuvola bassa? – mi chiesi ancora una volta se Geo avrebbe trascorso il suo compleanno qui a Laytham Hall. Tuttavia, egli non veniva mai meno al suo programma.

E si diceva che suo padre fosse tornato in Inghilterra. Forse avrebbe preferito passare quel giorno con lui invece che con me?

«Ashton?» La voce di zia Cecily mi sottrasse alle mie fantasticherie.

«Mmm? Sì, zia?»

«Volevo chiederti se...»

La porta del salotto si aprì e io mi guardai intorno per vedere il maggiordomo che entrava.

«Sì, Colling?»

«Vi chiedo perdono, sir Ashton. Il signor Stephenson è qui.»

«Geo?» Ma se n'era appena andato! Poteva darsi che io gli mancassi quanto lui mancava a me? Aveva fatto dietrofront per tornare da me?

«No, suo padre.»

Mi si annodò lo stomaco.

«Oh!» Le guance di zia Cecily si imporporarono e le sue mani si giunsero sotto il mento, e lei sembrò di nuovo la splendida ragazza che un tempo era stata. «Dov'è, Colling?»

«Nello studio, signora.»

«Perché non l'hai fatto venire qui?»

«Riguardo questo, signora, il signor Stephenson ha detto che avrebbe gradito scambiare due parole in privato con sir Ashton.»

«Oh?»

«Oh, zia Cecy!» Arabella balzò in piedi, facendo

cadere lo spartito. «È assolutamente fantastico! Vuole chiedere la tua mano!»

«Non si sa, mia cara.» Ma la scintilla nei suoi occhi rese evidente che lo credeva anche lei. «Non devi far aspettare il signor Stephenson, Ashton!»

«Certo che no.» Non le ricordai che, alla luce del suo lutto recente, un tale entusiasmo non era appropriato. Dopotutto, sir Eustace mi mancava poco quanto mancava a lei.

«E devi tornare a riferirci le sue parole il prima possibile!» L'ingiunzione di Arabella mi seguì lungo il corridoio.

Attraversai la casa fino allo studio. Era la cosa che temevo dal giorno dopo la morte di sir Eustace, il dover dire a un gentiluomo vecchio abbastanza da poter essere mio padre che dovevo respingere la sua proposta, perlomeno in questa occasione. La famiglia era ancora in lutto, anche se Arabella aveva dichiarato di non riuscire a comprendere come mai zia Cecily dovesse vestire di nero per più di un anno quando, a parti invertite, sir Eustace avrebbe potuto abbandonare il lutto in tre mesi. Zia Cecily le aveva semplicemente detto di tacere; così andava la società.

Entrai nello studio. «Buonasera, signor Stephenson.»

«Sir Ashton.» L'uomo in piedi accanto al caminetto era alto come il mio amante, ma molto più robusto. I suoi capelli castani erano striati di grigio e i suoi occhi erano di un blu freddo. Geo doveva aver preso da lui quel colore. «Chiedo scusa per essere in un momento poco opportuno.»

«Assolutamente no, signore. Dovreste sapere che zia Cecily ha sempre piacere a vedervi.» Mi sembrò a disagio. «E poi qui seguiamo gli orari della campagna e la vostra visita non ci importuna affatto. Avete cenato?»

«Sì, mi sono fermato a Chertsey, al Maiale Fischiettante. Mio figlio parlava bene del cibo laggiù. Era molto buono.»

«Capisco. Beh, posso offrirvi uno sherry?»

«Assolutamente.»

Andai al tavolino su cui erano appoggiati vassoio, bottiglia e bicchieri, e gliene versai uno. Dopo un attimo di riflessione, ne versai uno anche per me. «Alla vostra.»

«Grazie. Alla vostra.» Bevemmo un sorso di sherry. «Vostro zio?»

«Sì, sir Eustace portò a casa diverse bottiglie dopo uno dei suoi viaggi a tale scopo nel continente.»

«Una cosa bisogna dire di quell'uomo,» disse a malincuore il signor Stephenson. «Conosceva bene il vino.»

«Già.»

Finì il suo sherry e annuì quando gli mostrai la bottiglia.

Ricordai che aveva menzionato la raccomandazione di Geo per il Maiale Fischiettante. «Mi dispiace dirvi che l'avete mancato di poco.» Riempii di nuovo il suo bicchiere.

«Eh? Chi? Pensavo che quel figuro...» Si schiarì la voce di colpo. «Volevo dire, che vostro zio fosse stato sottoterra negli ultimi mesi.»

«Lo è stato.»

«Allora di chi state parlando?

«Vostro figlio.»

«Buon Dio, Geo era qui? Perché?»

«Come per... ehm... per tenere zia Cecily aggiornata sui vostri viaggi, naturalmente.»

«Ah, sì, certo. Il ragazzo non aveva altre ragioni per essere qui.»

Mi andò di traverso lo sherry. Avrei dovuto

accennare al fatto che Geo e io eravamo diventati amici? Non riuscivo a immaginare il signor Stephenson soddisfatto della cosa. Ma se non avessi detto nulla e zia Cecily lo avesse fatto... Mi pulii la bocca e misi da parte il bicchiere, avvertendo un presagio di emicrania. Ero talmente perso nei miei pensieri che ignorai la domanda successiva.

«Chiedo scusa?»

«Si è... si è comportato bene con Cecily?»

«È sempre stato molto cordiale. Ne dubitate?»

«No. Certo che no. Dopotutto è mio figlio. Tuttavia...» Non concluse la frase e parve perdersi nella contemplazione del liquido ambrato.

Pensai che sarebbe stato meglio cambiare argomento. «Il tempo è inclemente in questo periodo.»

«Proprio così.»

«Se posso dirlo, avete una bella cera.»

«Grazie.»

«A quanto ho capito, state recuperando da un attacco di febbre.»

«Sì.»

«Spero che stiate guarendo bene.»

«Certo.»

Attesi, ma sembrava non avere altro da aggiungere, per cui tentai ancora una volta. «Non vi ha stancato, il viaggio fino al Surrey?»

«Assolutamente no.» Di nuovo, rimase in silenzio. Il suo sguardo prese atto dell'ordine sulla mia scrivania, delle fiamme che danzavano nel focolare, dello spazio sopra la mensola dove un tempo era appeso un ritratto di sir Eustace, ora confinato in soffitta. L'avevo sostituito con un dipinto dell'idea che avevo della Stazione di monta Laytham, fatto per me dalla signora Petre.

Il signor Stephenson finì il suo sherry. Appoggiò

il bicchiere sulla scrivania e incontrò il mio sguardo per un attimo.

Non stavamo andando da nessuna parte. «Volevate parlarmi?»

«Sì.»

Persi quel poco di pazienza che mi era rimasta. «Signor Stephenson, non so leggere il pensiero. Di cosa volevate parlare con me?»

Trasse dal taschino del gilet un orologio, lo aprì, lo chiuse senza guardare l'ora, poi lo riaprì e lo richiuse. «Come forse saprete, sono stato assegnato al seguito del Segretario di Stato per la Guerra e le Colonie.»

«No, non lo sapevo,» mormorai distrattamente, seguendone i movimenti. Sapevo che era al servizio del Re, ma a parte quello...

«Sono tornato in Inghilterra con un permesso di convalescenza...» Il signor Stephenson continuò a giocherellare con l'orologio, senza sentirmi o forse ignorandomi di proposito. «Ma ci sono ancora delle cose che devo fare. Sì. Cose che devo fare.» Mollò l'orologio, lasciandolo pendere dalla catena, prese il bicchiere e si recò al tavolino su cui era appoggiata la bottiglia di sherry.

Si riempì di nuovo il bicchiere e bevve un sorso più che abbondante.

«Cose che dovete fare?» lo incoraggiai, sperando di riportare la conversazione sui binari.

«Parecchie. Fra cui ci sono le cene che Aberdeen mi costringe a dare. Il Conte è il Segretario di Stato.» Mi guardò da sopra l'orlo del bicchiere e si accigliò alla mia apparente confusione. Non sapevo nulla di affari di Stato. «Tuttavia, sono vedovo.» Ovviamente si aspettava che cogliessi le implicazioni.

«Ehm... sì.» Ero confuso. Non era quella la

direzione che mi aspettavo prendesse la conversazione.

«Laytham.» Suonava esasperato. «Dato che le mogli di uomini importanti parteciperanno assieme a loro, ovviamente ho bisogno di una dama che faccia da padrona di casa. Gradirei che questa dama fosse vostra zia, lady Cecily.»

«Capisco. Posso chiedervi di quante cene si parla?»

«Oh...» Agitò la mano. «A questo punto, chissà quante, e probabilmente molte di più quando inizierà la Stagione.»

«E lei dovrebbe fare il viaggio fino in città ogni volta che ne date una? Non è una ragazza, signor Stephenson, e...»

«Ragazzo, vostra zia è una donna vitale nel fiore degli anni! Tuttavia, una dama del suo rango e di gusti tanto raffinati non dovrebbe essere costretta a dei viaggi tanto frequenti. Per questo, sarebbe un grande piacere per me offrirle l'ospitalità della mia dimora.»

«Non credo che accadrà, signore. È una vedova in lutto. Non posso dirmi d'accordo. Pensavo che, con tutto l'affetto che dite di provare per zia Cecily, avreste preso in considerazione questo fatto.»

Il suo volto assunse un colorito rossastro poco salubre e sbatté il bicchiere sulla mia scrivania, facendo schizzare il contenuto oltre il bordo. «Voi, sir Ashton, non siete che un ragazzetto il quale...»

«Nonostante la mia età, sono il capo di questa famiglia, signor Stephenson. In quanto tale, spetta a me prendermi cura delle signore che vivono sotto la mia protezione.»

«Se davvero vi preoccupate per la reputazione di vostra zia...»

«*Se*? Signore, voi mi offendete!»

«In tal caso chiedo scusa, ma vi assicuro che non

avete di che preoccuparvi. Lasciate che offra una soluzione semplice. La signorina Arabella potrà venire con lei.» Trasse dalla tasca interna un cofanetto, lo aprì e ne trasse un cigarillo, poi mi offrì la scatola.

«No, grazie.» Camminai fino all'altra parte della stanza, mi voltai e tornai indietro. «Non posso permetterlo.»

«Forse dovrei rendervi noto che queste cene sono soprattutto a sfondo politico. Per l'intrattenimento, vi saranno *loo* per le signore e giochi di carte per i signori. Non ci saranno balli e gli interludi musicali, nel caso vi siano, saranno adeguatamente penosi.» Portò un fiammifero alla punta del sigaro e inspirò con forza. Quando si arrossò al punto da soddisfarlo, spense il fiammifero scuotendolo e lo lasciò cadere nel portacenere sulla mia scrivania. «Sarò sincero con voi. Vorrei sposare vostra zia, un giorno. Per lei ho atteso a lungo e sono disposto ad attendere ancora un poco. L'ultima cosa che vorrei sarebbe farle del male in qualche modo.»

«Non posso comunque acconsentire che soggiorni in casa vostra, nemmeno con Arabella ad accompagnarla.» Sollevai una mano per bloccare l'obiezione in arrivo. «Tuttavia, ciò che potete fare è affittare per entrambe delle camere in un albergo rispettabile.»

Mi esaminò attraverso una nube di fumo. «Costerà parecchio.»

Feci spallucce. «Non dovete preoccuparvene.»

«In tal caso, posso suggerire l'Apsley? Non solo è il più rispettabile, ma anche il più elegante.»

«Molto bene, dunque.» Sperai che non avesse notato il mio sussulto. «Elegante» voleva dire costoso e io vidi svanire i guadagni di un buon raccolto. «Che ne dite di raggiungere le signore? Zia Cecily è molto ansiosa di salutarvi e non dubito che gradirà la vostra proposta.»

«Molto gentile da parte vostra, Laytham. Devo ammettere che non ero certo avreste accettato.»

«Come mai?»

Con l'aria di chi era in qualche modo a disagio, si schiarì la gola, spense il cigarillo, si raddrizzò la giacca, rendendosi conto solo allora che il suo orologio penzolava ancora dalla catenella e rimettendolo in tasca. Si schiarì di nuovo la voce e incontrò il mio sguardo. «Non siamo mai stati intimi.»

«No.» Lui ricordava i miei primi anni a Laytham Hall. Non era mai riuscito a vedere oltre e poi, quando gli Hood avevano fatto di quel luogo la loro residenza, era rimasto affascinato da loro, soprattutto da Robert, e ogni opportunità che avremmo potuto avere per creare un rapporto cordiale era stata messa da parte.

«Per questo vi chiedo scusa.»

«Non c'è bisogno.» Non ero abituato a ricevere scuse e mi sentii a disagio.

«Ciò nonostante, mi scuso.»

«Molto bene. Accetto le vostre scuse.»

«Grazie.» Giocherellò con la catenella dell'orologio. Si sentiva goffo quanto me? «Cosa pensa mio figlio di voi, Laytham?»

«Geo è assolutamente…»

«Geo?»

«Sono abituato a chiamare così vostro figlio. Mi ha detto che così lo chiamano gli amici e mi ha invitato a fare lo stesso.»

«Capisco.» Strinse le labbra.

Calai la briscola. «Zia Cecily desiderava che diventassimo amici, signore. Avete obiezioni?» Dopotutto, se le voleva bene come diceva...

«No. Mio figlio è adulto e vi assicuro che non ho

voce in capitolo su chi si sceglie come amico.»
Sembrava rimpiangere quel fatto.

Decisi di ritirarmi in buon ordine. «Credo che
abbiamo fatto aspettare troppo a lungo zia Cecily, non
credete?» Indicai la porta. «Dopo di voi.»

Esitò per un attimo, dopodiché annuì seccamente
e uscì dallo studio ad ampie falcate. Lo seguii
pensieroso. Aveva idea della natura della mia amicizia
con suo figlio?

No, era improbabile. Anche se avesse avuto
sentore del fatto che suo figlio preferiva i pantaloni alle
sottovesti, mi avrebbe escluso a priori. Ero certo che mi
vedesse ancora come Ashton l'Orribile.

«GEORGE!» Zia Cecily mise da parte il lavoro di
ricamo quando entrammo nella stanza. Mi era chiaro
che era sul punto di saltare in piedi e correre a salutarlo,
ma era pur sempre la figlia di un gentiluomo e così si
limitò ad alzarsi e gli porse le mani. «Mio carissimo
George! Che gioia vedervi ancora dopo tutto questo
tempo!»

«Cecily!» Mi faceva male al cuore vedere lo
sguardo negli occhi del signor Stephenson, perché io
stesso avrei voluto essere guardato con quel calore. Si
inchinò sopra le sue mani e se le portò alle labbra,
deponendo un bacio ardente sul dorso di ciascuna.

«State bene, George?»

«Abbastanza, mia cara.»

«Ero così preoccupata!»

«Non dovevate. Ci sarebbe voluto più di qualche
brivido per tenermi lontano dall'Inghilterra e da voi.»
Non lasciò andare le sue mani e lei parve felice di
abbandonarsi alla sua presa.

Mi schiarii la voce. Sussultarono leggermente

entrambi, avendo all'apparenza scordato di non essere soli, e zia Cecily arrossì.

«Ti chiedo scusa. Arabella, vieni a salutare il signor Stephenson. Prendete il tè con noi, George? O preferite qualcosa di più forte?»

«Il tè andrà bene, mia cara.»

«Ashton, per favore, chiama Colling.»

La conversazione rimase sconnessa fino a quando il maggiordomo entrò col carrello.

«Grazie, Colling. La signora Walker ha preparato le stanze del signor Stephenson?»

«Sì, signora.»

«Eccellente. È tutto, allora.»

Colling si allontanò con un inchino zia Cecily versò il tè. «Cosa vi porta nel Surrey in questo periodo dell'anno, mio caro George?»

«Ho bisogno di un favore da voi, mia cara.» Spiegò di aver bisogno di una padrona di casa. «Vostro nipote ha graziosamente dato il consenso alla mia idea, se voi siete d'accordo.» Aprii la bocca per correggerlo, per dire che era stato suo marito a essere mio zio, ma lui proseguì. «E la signorina Arabella vi accompagnerà.»

«Andiamo in città?» Arabella strillò deliziata e saltellò per la stanza.

«È stata un'idea vostra, vero, George?» Zia Cecily guardò il signor Stephenson e, in silenzio, si fece radiosa. Quello, mi resi conto, era l'aspetto che avrebbe avuto se avesse sposato lui invece di sir Eustace.

Avrei anche potuto non essere presente in quella stanza, ma c'ero abituato – era il modo in cui di solito quella famiglia mi trattava – e in quel momento non me ne preoccupai. Sorrisi fra me. La loro assenza mi avrebbe lasciato da solo a Laytham Hall, tranne che nelle giornate in cui Geo mi avrebbe raggiunto, al pensiero quasi mi vennero le vertigini. Immaginai serate tranquille comodamente distesi davanti al fuoco, da soli e in privato, coi servi mandati a riposo, notti trascorse in abbracci torridi, e poi risvegli con lui fra le mia braccia.

Arabella si allontanò chiacchierando, elencando ad alta voce gli abiti da mettere in valigia e lamentandosi che nessuno di essi fosse all'ultima moda, mentre zia Cecily e il signor Stephenson ascoltavano indulgenti. Mi congedai e mi ritirai nella mia camera e nel mio letto, dove elencai tutti i modi e i luoghi in cui avrei fatto l'amore con il mio amante.

Divenni duro e accaldato e, gettata da parte la camicia di notte, aprii le gambe e lasciai che l'aria fresca scorresse sulla mia carne rovente. Mi leccai il palmo della mano e avvolsi le dita intorno al cazzo, immaginando che fosse Geo a farlo, con quegli occhi blu fissi nei miei che guardavano le espressioni rincorrersi sul mio viso mentre mi portava sempre più vicino all'acme del piacere.

Non mi ci volle molto a raggiungere e superare il culmine. Naturalmente avrei goduto ancora di più se fosse stato Geo a toccarmi.

Mi aveva ordinato di non fare da solo, ma cosa avrebbe potuto fare se avesse scoperto che gli avevo disobbedito? Rifiutare di parlarmi? Trattarmi con freddezza? Non sarei stato proprio a mio agio, ma c'ero abituato, dato che John mi aveva trattato proprio così.

E c'era la questione del debito. Eravamo legati da esso e, secondo i suoi calcoli, lo saremmo stati per le tre decadi successive. Pensai che non importava quanto lo contrariassi, a meno che non fosse disposto a rinunciare a diecimila sterline, sarebbe comunque venuto da me per alcuni giorni ogni settimana.

Tremai per il freddo, ora che il calore dell'eccitazione sessuale era stato smorzato. Mi pulii il palmo, rimisi la camicia da notte e cercai di dormire.

E di sognare il mio amante.

I DUE giorni successivi furono un turbine di attività, pianificazioni e preparativi, per cui, anche se il signor Stephenson avrebbe preferito evitarmi, non ne ebbe l'opportunità.

«Cosa avete fatto con George?» chiese a colazione, facendomi andare di traverso la cioccolata calda.

«Io... noi... Chiedo scusa?»

Non parve notare il mio disagio. «Non mi è mai piaciuta la campagna in inverno. Dannazione, non c'è mai niente da fare.»

Trassi un furtivo sospiro di sollievo. «Abbiamo pescato e cacciato.»

«George non pesca.»

«Gliel'ho insegnato io.»

Mi fissò come chiedendosi se doveva credermi.

«Perché la trovate una cosa tanto sorprendente?» Lo presi di petto, stufo marcio del fatto che tutti paressero credermi incapace di mettere assieme due pensieri e di fare altro che passare il tempo in salotto bevendo tè.

«Voglio dire che Geo si trova più a suo agio in un salotto, ecco tutto.»

«Sono d'accordo.»

Si schiarì la voce e allungò la mano verso un pezzo di toast. «Che altri modi avete trovato per divertirvi?»

Pensai al tempo trascorso a letto e mi sentii arrossire, ma il signor Stephenson era impegnato a imburrare il suo toast non parve accorgersene. «A volte siamo andati a cavalcare. Ho un puledro che vorrei…»

«Avete fatto salire George a cavallo?»

«Sì.»

«Non cavalcava da quando è tornato dall'Oriente!»

«Riguardo questo, non saprei, ma vi assicuro che ha cavalcato con me.» Allontanai con forza il pensiero – *ha cavalcato me*. Era poco appropriato pensarci in presenza di suo padre.

Per fortuna, in quel momento zia Cecily entrò tutta affaccendata. «Mio caro George, dovete venire con me e aiutarmi a scegliere il vestito…»

«Non c'è nulla da decidere, mia cara. Sono tutti neri.»

«E tutti di un miscuglio di seta e lana.» Lo guardò con esasperazione. «Avrò bisogno di qualcosa di più elegante per le vostre cene, George.»

«Ve li comprerò io.»

«Io. Penso. Di. No!» Zia Cecily e il signor Stephenson sobbalzarono, come se avessero dimenticato di non essere soli, e lei arrossì.

«No, certo che no.»

«Vi farò avere i fondi per tutto ciò che vi occorre.» Ogni volta che sembrava avrei potuto mettere qualcosa da parte, puntualmente rimanevo senza il becco di un quattrino.

Avendo perso l'appetito, mi alzai e li lasciai soli.

Quattro giorni dopo il suo arrivo a Laytham Hall, il signor Stephenson ripartì, portando con sé zia Cecily e Arabella, mentre Thomas il cocchiere li seguiva con la carrozza da città, un arnese enorme e fuori moda che era appartenuto ai miei nonni, portando con sé Flowers e Mollie e tutti i bauli.

Dopo la loro partenza, andai al capanno della

signora Nye e feci uscire il puledro sauro. Sapevo che non avrei potuto addestrarlo quando Geo era con me ed egli sarebbe arrivato più tardi, proprio quel giorno.

ATTESI nella Sala Grande mentre il pomeriggio sfumava nella sera.

David entrò con un accenditoio. Uno dei suoi compiti era occuparsi di accendere le lampade a olio. Solo allora mi resi conto di quanto si fosse fatto tardi.

«Io... ehm... immagino che qualcosa abbia trattenuto a Londra il signor Stephenson. E il signor Kincaid.» David arrossì e guardò oltre le mie spalle, all'apparenza incantato dall'armatura completa sul pianerottolo. I suoi occhi si posarono sui miei, notarono le sopracciglia inarcate e lo fecero arrossire ancora di più.

«Il signor Kincaid mi insegna a giocare a scacchi.»

«Capisco. Beh, sicuramente hai ragione. Dopotutto, il signor Stephenson vorrà trascorrere del tempo con suo padre.»

«Certo, signore. Ne sono sicuro. Avete idea se dobbiamo aspettarli o meno per questo fine settimana, sir Ash?»

Fui così sorpreso dal modo in cui mi aveva chiamato che non lo ripresi per la domanda impertinente.

Con le guance ancora più in fiamme, balbettò. «V... vi chiedo s... scusa, signore. V... volevo dire...» Deglutì talmente a fatica che il suo pomo d'Adamo si mosse su e giù. «Dico alla cuoca di mettere in caldo la cena?»

«Per favore.»

«Sì.» Spense l'accenditoio e corse fuori dalla

Sala, e io lo seguii con lo sguardo. Cosa gli era successo? E poi mi chiesi se non si trattasse di un «cosa» ma di un «chi». Il servo del mio amante aveva fatto conquiste?

Misi da parte quel pensiero. La cosa importante era che andava facendosi tardi e Geo doveva ancora arrivare.

GEO non arrivò quella settimana, né quella dopo. Che gli fosse accaduto qualcosa lungo la strada?

Mi mangiai le unghie pensando a lui, fino a che zia Cecily non mi spedì una lettera frivola che menzionava il fatto che Geo avesse cenato con loro la sera prima e aveva fatto un'ottima impressione su sir Robert Peel, il Primo Ministro.

Ma certo. Geo era occupato. Era con suo padre ed era... impegnato.

Inizia a preoccuparmi di chi avesse potuto incontrare a cena, magari qualcuno che sapeva giocare a scacchi, ne sapeva di politica, qualcuno che aveva attirato la sua attenzione. Dopotutto, ero io quello che aveva promesso di non accogliere un altro uomo nel suo letto; anche se, a pensarci bene, ciò dimostrava una certa fiducia da parte di Geo.

Beh, il suo compleanno era ancora a venire. Non dubitavo che sarebbe venuto da me quel giorno. O il giorno dopo.

O certo il giorno dopo ancora.

ERANO passate cinque settimane dall'ultima volta in cui avevo visto Geo e, nonostante i servi che affollavano la casa, mi sentivo più solo che mai.

Il suo compleanno era arrivato, ma non lui, e io ricordai che non era mai venuto a trovarmi a Laytham Hall prima di venerdì, ed era solo mercoledì.

Ancora una volta, il pensiero che potesse aver trovato qualcun altro con cui trastullarsi riprese a rodermi, ma ricordai a me stesso del debito, che era il nostro legame più saldo.

CAPITOLO
UNDICI

ERA venerdì. Certo sarebbe venuto quel giorno?

Piuttosto che aggirarmi per casa come un'anima in pena, decisi che la cosa migliore da fare era tenermi occupato.

Lavorai sul sauro nel recinto dietro la stalla. Fece di buon grado tutto ciò che gli chiesi di fare, tranne i salti. Non importava quanto basso fosse l'ostacolo, lui si fermava di scatto o si allontanava da esso.

Alla fine lo condussi verso il cancello dove Jem era in attesa. Con la promozione ad assistente del signor Ruston aveva raggiunto una posizione che gli consentiva di sposarsi e stava corteggiando una bella fanciulla. Avevo provato una fitta quando l'avevo saputo, perché questo più di ogni altra cosa mostrava quanto tempo fosse passato da quel pomeriggio del mio diciassettesimo compleanno, ma sapevo che sposarsi era la cosa migliore per entrambi e così gli avevo augurato buona fortuna promesso un cottage tutto suo se il corteggiamento fosse stato coronato dal successo.

«Sta venendo su bene, sir Ash.» Aprì il cancello e si fece da parte mentre io conducevo il puledro, lo chiuse col catenaccio dietro di noi e poi camminò con me verso la porta delle stalle. «Ma forse non è un saltatore nato.»

«Potresti avere ragione.» E poteva anche essere un bene, poiché avevo notato che Geo, quando andavamo a caccia coi cani, non riusciva a saltare con il cavallo. Smontai, diedi delle pacche sulla spalla del cavallo e porsi le redini a Jem.

«Lo farò defaticare al giovane Jack, cosa ne dite?» Il giovane Jack cominciava a occuparsi dei compiti che un tempo erano stati di Jem. Tendeva ancora a essere timido nei miei confronti, ma si stava dimostrando molto bravo coi cavalli.

«Sì. Voglio che il puledro sia strigliato alla perfezione e che gli siano ingrassati gli zoccoli prima che venga messo a riposo, per favore, Jem. Da oggi in poi starà qui.»

«Sissignore. Il suo box lo attende da una vita.» Mi sorrise e poi chiamò, «Jack! Vieni a prendere questo bell'animale!»

FECI un bagno e indossai abiti adeguati alla celebrazione del compleanno del mio amante, dopodiché passai da una stanza all'altra, aspettando che Geo entrasse dall'ingresso principale. L'eccitazione mi ribolliva nelle vene e fui grato che nessuno potesse vedere quanto ero eccitato. Mi fermai nel salotto rosa, dove cercai di ammazzare il tempo lavorando al puzzle di Waterloo.

Di certo Geo sarebbe arrivato in qualunque momento.

«CHIEDO scusa, signore.» Colling era sulla soglia. «La cuoca dice che se metterà a scaldare un'altra volta la cena, sarà completamente rovinata.»

L'acqua nella stanza di Geo era già stata portata via due volte per essere riscaldata di nuovo. Ancora una volta, sembrava che il mio amante non avrebbe passato il fine settimana con me.

Sospirai. «Molto bene. Servila, per favore.»

«Sì.»

La sala da pranzo sembrava enorme e vuota, dato che ero l'unico commensale. Il centrotavola era un candelabro d'argento le fiamme delle cui candele avrei detto brillavano allegre, se Geo fosse stato lì con me ad ammirarle.

Il cibo aveva il sapore della polvere. Mi mancava tantissimo.

Era ridicolo. Ero un uomo, non una ragazzetta che moriva dalla voglia del suo bello. Se ero stanco di cenare da solo, dovevo solo fare qualcosa al riguardo.

Decisi di scrivergli, chiedendogli quando potevo aspettarmi di vederlo ancora.

Sì, avrei fatto così.

Sentendomi meglio ora che avevo un piano, terminai la cena con maggior gusto, poi andai nel mio studio e cominciai a pensare al modo migliore di metterla giù. Il tono avrebbe dovuto essere amichevole, ma freddo abbastanza da non far sembrare che lui mi mancasse disperatamente, com'era in realtà.

Mio caro Geo,

Spero che abbiate trascorso un compleanno piacevole.

Per un attimo pensai di dirgli del puledro, ma poi respinsi quell'idea, temendo che potesse apparire come un tentativo disperato per comprare il suo affetto.

Come sapete, zia Cecily e Arabella sono a Londra, per cui il sottoscritto è a casa da solo. Posso sperare di vedervi presto?

Laytham

Il mattino dopo mandai a chiamare Gilly e gli porsi la busta sigillata. «Devi portarla agli alloggi del signor Stephenson e attendere una risposta. Prendi

Jezebel. L'esercizio le farà bene.»

«Sì, signore.»

La cavalla non sarebbe stata in grado di compiere il viaggio di ritorno il giorno stesso, tuttavia, così diedi a Gilly un borsellino con monete sufficienti per dare a lui e alla puledra un alloggio dignitoso in locanda.

«Grazie, signore.» Mise il borsellino in tasca, si toccò la fronte con un dito e, sfoggiando un sorriso pieno di buchi, si infilò il cappello in testa e se ne andò.

Le ore sembrarono trascinarsi. Dato che il tempo si era fatto brutto, non potevo lavorare sul puledro e nemmeno portare Blue Boy a fare una galoppata. Invece mi ritirai nello studio per aggiornare i libri contabili, ma scoprii di essere troppo distratto dal pensiero di Geo a Londra, che forse stava corteggiando qualcuno con più fascino e intelligenza di me, per riuscire a lavorare bene.

Mi recai nella stanza dei biliardi e buttai qualche palla in buca, ma poi, annoiato, presi due mazzi di carte, li mescolai e iniziai un solitario.

E ancora il tempo camminava a passo di lumaca.

Un lieve bussare alla porta mi fece sollevare la testa.

«Sir Ashton.»

«Sì, Colling.»

«È arrivata posta, signore. C'è una lettera dalla città.»

Il mio cuore fece un piccolo balzo. Poteva essere di Geo? Gliela strappai di mano, ma l'indirizzo era quello dell'hotel Apsley e la mia eccitazione svanì.

Ruppi il sigillo, estrassi il foglio e passai lo sguardo sulle parole. «È di Lady Cecily.»

«Va tutto bene, sir Ashton?»

«Sì.» Almeno, lei non menzionava problemi. «Il signor Stephenson padre è guarito così bene da aver ricevuto un incarico in Austria. La zia scrive che lei e Arabella torneranno a casa un giorno della settimana prossima e... Mmm... La signora Walker dovrà preparare una stanza per gli ospiti. La signorina Arabella porterà con sé una giovane amica.»

«Molto bene. Lo farò sapere subito alla signora Walker.» Uscì dalla stanza facendo un inchino e io rilessi con attenzione la lettera di zia Cecily.

Il mio caro George si sente tanto meglio... Non era quello che mi interessava. *Con la morte del vecchio imperatore...* Ah sì, ecco. *Con la morte del vecchio imperatore, deve incontrarsi col principe Metternich, che senza dubbio si dimostrerà il vero potere dietro al trono.*

Forse Geo intendeva viaggiare assieme a lui in Austria? Naturalmente non ne avevo idea, dato che Geo non si era degnato di informarmi.

Irritato, ripresi a leggere la lettera.

Torneremo un giorno della settimana prossima. Ho chiesto a una giovane donna, con cui Arabella ha stretto un'intensa amicizia, di unirsi a noi. Si sono conosciute a una delle cene di George. Che fortuna! Proprio quel giorno Arabella si lamentava di quanto fossero noiosi gli ospiti, senza nessun giovane della sua età con cui passare il tempo dopo che il signori si riunivano alle signore, e chi giunse quella sera se non il signor Frederick Munro, con cui George ha lavorato molto (ne parla con grande rispetto), accompagnato da sua figlia Juliet, una ragazza adorabile, con la pelle di un colore fra il pesca e il crema, capelli neri come piume di corvo e occhi che rivaleggiano con il blu del cielo. Lei e Arabella creano un contrasto così affascinante quando sono assieme, come se fossero Biancaneve e Rosarossa. Hanno già provocato una certa agitazione quando sono andate a fare una passeggiata con le loro damigelle. Peccato che Arabella non faccia il suo debutto questa primavera, come farà Juliet, a meno che io non riesca a farti cambiare idea... A ogni modo, dovremmo essere in città per quell'occasione, come dovrai esserci tu, mio caro Ashton. Sarà un momento di gioia, perché il signor Munro le vuole molto bene e non le nega nulla. E non devi temere uno scandalo, perché io siederò con gli accompagnatori e il legame di Arabella con sir Eustace era quantomeno debole.

Molto bene, questo poteva bastare per quanto riguardava il lutto familiare, ma l'idea di tornare tutti in città? Rabbrividii. Avrei dovuto affittare una casa in un quartiere alla moda, per non parlare di una stalla per i cavalli e la carrozza. Non avevo dubbio che Arabella ne avrebbe voluta una all'ultimo grido, ma avrebbe dovuto accontentarsi del phaéton[12], che era in buone condizioni e vecchio appena di dieci anni. E ci sarebbero stati anche dei vestiti da comprare, vestiti di ogni genere. Ricordai che zia Cecily aveva detto che il suo completo da corte le era costato, da solo, mille sterline.

Come se lei mi avesse letto nel pensiero, la lettera proseguiva, *Non devi temere i costi, perché ho del denaro da parte e credo che il signor Munro sarebbe disposto a farmi accompagnare Juliet, per cui Arabella e io saremmo ospiti in casa sua, che è molto elegante, ti assicuro. Non che io abbia visto l'interno, ma il mio caro George ne ha parlato molto bene. Tutto ciò che dovrai fare sarà prendere in affitto delle stanze per te, ma dev'essere fatto in fretta, perché le migliori sono prenotate persino prima dell'inizio della Stagione!*

---

12 Tipo di calesse a quattro ruote, generalmente scoperte (ndt).

O forse, mettendo da parte la possibilità che Geo potesse essere via, avrei potuto persuaderlo a farmi stare da lui? Cominciai a guardare al piano con occhio più favorevole.

Le ultime righe riguardavano i dettagli del viaggio di ritorno a casa, chiedendomi di mandare Thomas il cocchiere da loro quando avrei avuto piacere. Voleva dire immediatamente.

Piegai la lettera, la misi da parte in un cassetto e ripresi a giocare a carte, accogliendo di buon grado la distrazione. Gilly non sarebbe tornato che il giorno dopo.

Nel frattempo, Colling e la signora Walker avrebbero preparato tutto e l'indomani sarebbe stato abbastanza presto per informare Thomas il cocchiere che sarebbe dovuto tornare in città per portare a casa le signore.

«SIR ASHTON, Gilly Hammel è qui. Gli ho detto di aspettare nella Sala Grande.»

«Ah.» Mi costrinsi a mantenere un'andatura decorosa e andai lì.

«È piuttosto… bagnato, signore.»

«Bagnato» era un eufemismo. Gilly tremava spostando il peso da un piede all'altro, grondando acqua per via del temporale in cui era incappato, col viso terreo e le labbra blu.

«Portagli un whisky, Colling.»

Colling inarcò un sopracciglio, ma tutto quello che disse fu: «Sì, signore.»

«La risposta del signor Stephenson, Gilly?»

«Non ce n'è.» Trasse di tasca un fazzoletto, si asciugò la pioggia dal viso e si soffiò il naso. «Mi dispiace, sir Ash.» Colling tornò con un bicchiere pieno di whisky e lo porse a Gilly. «Grazie, signor Colling.»

Colling annuì. «C'è altro, sir Ashton?»

«No, è tutto.»

Si inchinò e fece un passo indietro. Gilly bevve in fretta, tossendo mentre inghiottiva le ultime gocce.

«Il signor Stephenson non... non ha detto nulla?»

«No, signore, solo che non c'era risposta.»

Beh. Ero o non ero sciocco?

«Sir Ash? Posso fare qualcosa?»

Sembravo così deluso – mi rifiutavo di pensare a me stesso come «distrutto» – come mi sentivo? «Mettiti dei vestiti asciutti, poi vai in cucina e dì alla cuoca che deve darti da mangiare e qualcosa di caldo da bere.»

«Sì, signore. Vi ringrazio, signore.» Si guardò intorno alla ricerca di un posto dove mettere il bicchiere e starnutì.

Colling prese il bicchiere, sollevò una mano e David apparve come dal nulla. «Occupati di Hammel.»

«Sì, signor Colling.» David non pareva in alcun modo sorpreso dal giovane gocciolante e mi passò per la testa un pensiero vagabondo: sarebbe stato il maggiordomo ideale.

«Sir Ashton, faccio preparare alla cuoca uno spuntino freddo? Salumi e formaggio, magari?»

«Grazie, Colling. Va...» Mi tolsi gli occhiali e strinsi il dorso del naso. «Va benissimo. Fallo servire nel salotto della colazione, d'accordo?» Era più accogliente della lussuosa, solitaria e vuota sala da pranzo. «In mezz'ora, diciamo?»

«Molto bene.» Pensai di cogliere un bagliore di comprensione negli occhi del maggiordomo, ma si voltò prima che potessi esserne certo.

FUI svegliato da un magnifico sogno di Geo che mi

buttava su un grande letto soffice da grida rabbiose, provenienti a quanto sembrava dalla Sala Grande.

La settimana non era iniziata bene.

Assonnato e di pessimo umore, mi allacciai una vestaglia, infilai un paio di pantofole e scesi dabbasso. Sogni del genere si erano fatti rari e distanti gli uni dagli altri; la maggior parte di essi, ora, riguardavano Geo che dichiarava di aver trovato qualcuno migliore di un gentiluomo di campagna senza dimora in città e che io non gli servivo più.

«Che succede?» ruggii.

«Vi chiedo scusa, sir Ashton. Questa persona...»

«Sir Ash! Sir Ash!» Era Johnson, uno dei miei affittuari più giovani, che era venuto da Londra con la sua famigliola poco dopo la morte di sir Eustace. Secondo Giffard, Johnson non era un buon lavoratore, anche se faceva del suo meglio, ma sua moglie, dall'accento straniero, era un'ottima ricamatrice e zia Cecily l'aveva chiamata spesso a Laytham Hall per farle eseguire diversi lavori di cucito. «È... è il mio bambino! Oh, signore, sta tanto male!»

«Cosa c'è che non va?» Mi preoccupai. Johnson era sconvolto, il che non era normale, perché le poche volte in cui l'avevo incontrato era parso il ritratto della tranquillità.

«La mia signora e io... crediamo che sia colera!»

«Cosa ve lo fa pensare?» Tremai al ricordo del gran numero di morti che si erano verificate ovunque meno di tre anni prima.

«Continua a fare roba liquida e lo stomaco gli fa un male cane!»

Maledizione! Sentendomi raggelare nonostante il fuoco che ardeva nel camino della Sala Grande, deglutii a fatica. «Aspettate fuori!»

«Non potete... oh, vi prego! Non cacciateci!»

«Non intendo farlo, ma neppure intendo lasciare che il resto della mia gente cada preda della malattia. Ora uscite e attendete!» Mi passai una mano sul viso, «Colling, manda il lustrascarpe alle stalle con questo messaggio: voglio che Jem Nye porti il dottor Medford al cottage di Johnson. Il ragazzo deve rimanere lì col signor Ruston fino a che non sapremo se il figlio di Johnson ha o meno il colera. Nessun altro deve entrare o uscire dalla casa, chiaro?»

«Sì, signore.»

Sollevai l'orlo della mia vestaglia, girai i tacchi e corsi in camera, dove mi vestii in fretta. Poi corsi di nuovo giù per le scale.

Johnson stava ancora attendendo in cortile, sull'orlo delle lacrime. «Sir Ash!» Sussultò quando per poco non lo travolsi.

«Andiamo.»

«Dove, signore?»

«Al vostro cottage, diamine!»

«Grazie, signore! Grazie!» Mi afferrò la mano e per un attimo pensai volesse baciarla, ma invece la scosse con vigore. «E anche la mia signora vi ringrazierà!»

«Sì, sì. Non c'è bisogno di scrollarmi. Come sta vostra moglie?» Non dubitavo che sarebbe morta di dolore se avesse perso il figlio.

«Sta... sta per crollare. Adora il bambino...» Trasse di tasca un fazzoletto e si soffiò il naso.

Non valeva lo stesso per tutte le madri? «Da quando sta male, Johnson?»

«Ci ha svegliati nel cuore della notte. Se... se dovesse succedere qualcosa al piccolo Burt...»

Erano una coppia avanti negli anni e il loro unico figlio che era tutto il loro mondo.

Avevo parlato con la signora Johnson una volta o

due dopo che si erano trasferiti in quel cottage e, da quel che ero riuscito a capire in mezzo al suo inglese stentato, un tempo era stata la cameriera personale di una nobildonna. Non avevo sottolineato con nessuno dei due il fatto che ora lavoravano in una tenuta in campagna. E non avevo potuto non notare fra me che il bambino non somigliava per niente a suo «padre». Le domestiche, anche quelle dalla posizione elevata come le cameriere personali, potevano facilmente cadere fra le grinfie del padrone di casa.

O di un visitatore.

Considerato il tipo d'uomo che era stato sir Eustace e considerato il numero di volte in cui zia Cecily si era ingrossata, mi sorprendeva che non ci fossero altri suoi figli illegittimi sparsi per la tenuta.

Raggiunto il cottage, trovammo la signora Johnson nella sua camera da letto, accanto al ragazzo, che tremava e gemeva costantemente. «Ma... ma...»

«Buono, *caro*[13]. Buono!» Era pallida e in lacrime. «Oh, *signore*! So che è il *colera, lo conosco*! Lo perderemo! È l'ultimo...»

«Maggie!» La voce di Johnson conteneva un avvertimento e lei gemette e si rimangiò qualunque cosa fosse stata sul punto di dire.

Presi la sua mano e la accarezzai con delicatezza. «Ho mandato a chiamare il dottor Medford, signora Johnson.»

«*Grazie, signore*! *Grazie*!» Strinse la mia mano e la tempestò di baci. «Vi siamo tanto grati! Non ho parole per dire quanto vi siamo grati!»

«Non serve. A me importa della mia gente.»

«Vi chiedo licenza, signore, ma la signora Johnson e io sappiamo che il vostro predecessore non si

---

13 Le parole in corsivo sono in italiano nell'originale (ndt).

sarebbe fatto problemi a cacciarci entrambi!»

Non potevo offendermi per le parole di Johnson, dato che erano vere. Ogni uomo, donna e bambino sulle terre dei Laytham sapeva che padrone crudele era stato sir Eustace e anche se i Johnson erano arrivati da poco a Fayerweather, avevano saputo presto della cosa.

Tuttavia, a disagio per le loro effusioni, diedi una pacchetta sulla spalla della signora Johnson e mi guardai intorno nella stanzetta, cercando una scusa per cambiare argomento. Fui in qualche modo sorpreso di vedere dei soprammobili più adatti al salotto di una dama che al cottagge di un contadino. Fra di essi c'erano diverse tabacchiere e una coppia di miniature raffiguranti una giovane coppia, ma prima che potessi fare commenti al riguardo, si udì un rumore di zoccoli lungo il sentiero.

Johnson corse alla porta prima che chiunque avesse la possibilità di bussare e mormorò con sollievo palese: «È il dottore!»

Il dottor Medford entrò e passò lo sguardo su tutta la stanza. «Bene. Cosa abbiamo qui?»

«È il giovane Burt, dottore! Ha... sono certa che abbia il colera!»

«Vediamo, eh? Avete conservato gli escrementi?»

«Sono di fuori, dottore.»

«Portateli qui, per favore.»

Johnson fece come gli era stato chiesto e il dottor Medford studiò il contenuto del vaso da notte. «Mmm.»

«Dottore?»

«È molto strano... ma devo esaminare il bambino.»

Johnson si mise accanto a sua moglie e avvolse il braccio intorno alla sua vita, e tutti assieme attendemmo sulle spine mentre il dottor Medford controllava con attenzione il ragazzo. Alla fine si alzò e scosse la testa, sorridendo.

«Come sospettavo. Questo giovanotto non ha nulla che una tazza o due di tisana alla menta non possa risolvere.»

«Eh?»

«Ha mal di stomaco.»

«Tutto qui?» Johnson era incredulo.

«Ve lo assicuro. Non dubito che, dando un'occhiata alla dispensa, scoprirete che vostro figlio ha messo le mani su qualcosa che non avrebbe dovuto mangiare.»

«Le mele essiccate! Pensavo di fare delle torte per Pasqua. Non ne avevo mai fatte prima e volevo fare pratica. Le tenevo in una ciotola piena d'acqua. Pensavo che il cane l'avesse fatta cadere e se le fosse mangiate, e ho rimproverato Johnson per aver fatto entrare l'animale in casa, ma dev'essere stato il giovane Burt!» La signora Johnson abbracciò suo marito e piansero entrambi, il loro sollievo – il sollievo di noi tutti – palpabile. «Grazie a Dio. Oh, grazie a Dio!»

«Grazie a voi, dottor Medford.»

«Di nulla, sir Ashton. Sono felice che non si trattasse di nulla di serio.»

Anche io lo ero. «Johnson, se avete bisogno di qualcosa, chiedete a Giffard.»

«Sì, signore. Grazie, signore. Non so come ringraziarvi...»

Le sue effusioni mi misero a disagio. «Va tutto bene. Dato che qui non c'è bisogno di me, tornerò a casa.»

Per caso sentii il dottor Medford dire, «Siete stati molto fortunati ad avere a che fare con sir Ashton e non con sir Eustace. Vi avrebbe mandati via subito, senza nemmeno voler conoscere l'afflizione.»

«Lo sappiamo bene, dottore. Per questo la

signora Johnson e io abbiamo impiegato tanto a decidere di venire qui. Alla fine abbiamo capito di non avere scelta, con il ragazzo...»

Sorpreso e compiaciuto dal fatto che l'opinione che aveva il dottore di me sembrava in procinto di cambiare, mi allontanai dalla portata del mio udito e non sentii altro.

ERA il tardo pomeriggio di mercoledì quando la carrozza che trasportava zia Cecily, Arabella e la signorina Munro si arrestò di fronte alla veranda della casa.

«Zia. Arabella.»

«Ashton, questa è la signorina Munro.»

«Come state, signorina Munro? Benvenuta a Fayerweather e a Laytham Hall.»

«Vi ringrazio. Dunque voi siete sir Ashton,» mormorò. Era una giovane alta e slanciata. Le ciglia lunghe si abbassarono, poi si sollevarono per scoprire occhi che erano davvero più blu del cielo più blu. «Ho sentito parlare molto di voi.»

«Non dovete credere a tutto quello che sentite.» Guardai Arabella accigliato, ma lei rispose con un'occhiata confusa. Chi allora...? Misi da parte la domanda, per il momento. «Spero che il viaggio non vi abbia stancato troppo.»

«Lo è stato, un poco. Sono piuttosto stanca, per non dire infreddolita e assetata!» esclamò togliendosi le manopole.

«Credo sia meglio andare a letto presto.» Zia Cecily risollevò il cappuccio del suo mantello. «Mangeremo nelle nostre stanze, signora Walker. Informereste la cuoca?»

«Sì, signora.»

«Quale stanza è stata assegnata alla signorina Munro?» Arabella porse a David manicotto e pellicciotto, poi prese quelli dell'amica e gli diede anch'essi.

«La stanza del Giacinto, signorina Arabella.»

«Splendido! Sei proprio accanto a me, cara Juliet! Ti farò strada. La tua domestica può disfare i bagagli mentre sei in camera mia, e tu e io ci potremo riposare. Signora Walker, portateci da mangiare nella mia stanza.» Arabella prese sottobraccio la signorina Munro e le due salirono le scale.

«Possiamo scambiare due parole, Ashton?»

«Certo, zia Cecily.»

«Nella serra? Magari con un bicchiere di sherry?»

«Se così volete. Colling?»

«Me ne occupo io, sir Ashton.»

«Grazie. Zia?» Le offrii il braccio e la accompagnai fino alla serra.

«Ah.» Guardò le piante, passando dall'una all'altra e sfiorandole con delicatezza. «Stanno bene.»

«Sono lieto che vi piacciano. Ora, so che non avete chiesto di parlarmi perché vi preoccupavano le condizioni delle piante.»

«No, certo che no.» Apparentemente distratta, staccò un fiore da una pianta e se lo portò al naso prima di lasciarlo cadere sul tavolo.

Colling entrò in silenzio, mise giù un vassoio con una bottiglia e due bicchieri, si inchinò e se ne andò nello stesso silenzio. Versai lo sherry e diedi il bicchiere a zia Cecily.

«Ti unisci a me?»

«Non adesso, zia.»

Annuì e svuotò il bicchiere più in fretta di quanto le avessi mai visto fare, poi lo mise giù. «Non credi che

Juliet sia una ragazza adorabile? E dopotutto erediterà una somma consistente.»

«Zia Cecily...» Era chiaro che era stata lei a riempire le orecchie della signorina Munro di storie che mi riguardavano. E a giudicare dal modo in cui mi aveva salutato la ragazzetta, dovevano essere lusinghiere fino all'eccesso.

«Frederick Munro sta diventando l'astro nascente nel governo di sir Robert Peel. Se potessimo forgiare un'alleanza fra le nostre famiglie...»

«Zia, lascia che sia onesto con te: sir Eustace ha lasciato la tenuta in condizioni poco prospere. Non riesco a vedere un genitore amorevole che mi consenta di sposare sua figlia, specialmente se lei erediterà le sue sostanze.»

Distolse lo sguardo. «Ho... ho del denaro da parte. È tuo...»

«Non posso permetterlo. Devo dire che mi stupisce sia rimasto qualcosa della vostra dote, perché certamente sapete che sir Eustace ha sperperato tutto ciò che mi ha lasciato mio padre.»

Arrossì violentemente e prese a torcersi le mani, e io mi sentii un verme per averla fatta agitare.

«Vi chiedo perdono, zia Cecily.» Non era corretto discutere di denaro con le signore.

«No, sono io a chiederti perdono, Ashton,» disse a bassa voce. «Io...»

«Va tutto bene. Chiedo solo che smettiate di cercare di accoppiarmi. Quando verrà il tempo, mi troverò una moglie.» Dovevo farlo, per avere un erede. Mi chiesi come avrei potuto consumare il matrimonio quando il pensiero di copulare con una donna non mi eccitava per niente. «Ma nel frattempo, vi do licenza di fare tutto ciò che volete al riguardo con Arabella.»

«Ma certo.» Sorrise, ma era un sorriso smorto, e

io avrei sbattuto la testa contro il muro per averle ricordato l'amore lontano di Arabella e, di conseguenza, Robert e John.

John... Era passato molto tempo da quando avevo pensato a lui.

«È stata una giornata molto lunga per voi, ne sono certo. Posso suggerire che vi ritiriate?»

«Ottima idea, Ashton. Credo che lo farò.»

«Solo una cosa, zia Cecily.»

«Sì?»

«Avete... avete visto Geo di recente?»

«Ma come... no.» Corrugò la fronte. «Credo che siano passate diverse settimane da quando l'abbiamo visto l'ultima volta. Sono rimasta molto sorpresa nell'apprendere che il suo rapporto con George non è buono quanto mi ero aspettata, per cui a parte quella cena... Non ha fatto le sue solite visite? No, certo che no, se me l'hai chiesto. Dovrei scrivere a George e chiedergli se sa dove potrebbe trovarsi Geo? Anche se, essendo lui in viaggio per l'Austria...»

«Grazie, zia, ma non sarà necessario. Immagino che Geo si sia stancato di passare l'inverno in campagna.»

«Sì.» Sospirò e mi sfiorò il braccio. «Buonasera, Ashton.»

«Buonasera, zia.» Non guardai mentre usciva dalla stanza.

Mi sentivo la gola serrata, senza dubbio per l'aroma nauseabondo dei fiori.

NON rividi le signore prima di cena, la sera dopo.

«Spero che abbiate trascorso una giornata piacevole, signorina Munro.»

«Oh, sì, sir Ashton. La cara Lady Cecily è stata

così gentile da farmi visitare Laytham Hall. Avete una casa molto maestosa, con tante belle cose.» Mi guardò attraverso le ciglia. «A quanto ho capito, le vostre terre sono altrettanto adorabili.»

«Devo dirmi d'accordo; del resto questa è stata la mia dimora per gran parte della mia vita.»

«Lady Cecily mi ha raccontato che avete perso i vostri genitori quand'eravate molto giovane.»

«Proprio così.» L'ultima cosa che volevo era parlare di quella tragica occasione. Era necessario cambiare argomento e a tal proposito dissi la prima cosa che mi venne in mente. «Se volete, sarò felice di mostrarvi la tenuta.»

«Mi piacerebbe.»

«Ashton, vengo con voi!»

«Ma certo che puoi venire anche tu, Arabella.» Ero sollevato. Mi impappinavo sempre a parlare con le donne, e persino in quel momento non sapevo di cosa discutere con la signorina Munro. «Pensavo di prendere il phaéton...»

«Oh no, dobbiamo andare a cavallo! Per favore, sir Ashton!» La signorina Munro mi rivolse un sorriso accattivante. «Giuro, non c'è nulla di più noioso che stare seduti dietro a un cavallo quando si vuole più di ogni altra cosa stare in groppa a uno!»

I miei pensieri vagabondi incapparono nell'immagine di Geo sopra di me e per un attimo persi il filo della conversazione.

«Sir Ashton? Avete sentito quello che ho detto?»

Mi riscossi da quella piacevole anche se futile reminiscenza e cercai di tenere sotto controllo la carne ribelle con la forza di volontà. «Vi chiedo scusa, signorina Munro. Certo che vi ho sentita e se questo è ciò che desiderate...»

«Allora è deciso.» Arabella quasi saltellava sulla

sedia. «Ci andremo domani. Oh, quanto mi è mancato cavalcare! Voglio fare una bella galoppata. Come sta il mio caro Lancelot, Ashton?»

«È in forma smagliante.»

Arabella si rivolse all'amica. «Lancelot è un regalo di zia Cecy per la mia prima caccia alla volpe!»

Ricordando quell'occasione, mi portai il tovagliolo alle labbra per nascondere il divertimento. Conoscendo Arabella, eravamo stati incerti se avrebbe vomitato sugli stivali del capocaccia o sarebbe svenuta davanti a essi alla vista del sangue della volpe.

«Non è splendido cavalcare dietro ai cani?»

«Temo di non avere nulla da dire al riguardo, perché il mio caro papà non me lo consente, dicendo che è un'attività troppo pericolosa per delle fanciulle.»

«Che peccato. La fattoria principale è infestata dagli animali nocivi e avevo in mente di andare a caccia. Tuttavia, potrei lasciare che sia Giffard a occuparsene.»

«Grazie!» La signorina Munro abbassò lo sguardo con modestia, all'apparenza compiaciuta che io avessi cambiato i miei piani per lei. «Spero che mi darete una cavalcatura focosa, sir Ashton!»

Sorrisi, ma non dissi nulla. Come con Geo, le avrei dato Onyx fino a quando non avessi avuto misura delle sue abilità in sella.

«A quanto ho capito ci sono molti luoghi interessanti sulle vostre terre. Mi mostrerete il labirinto, uno di questi giorni?»

«Se il tempo migliorerà e il terreno si asciugherà, sarà un piacere.»

«Oh, e devi vedere il rudere!» disse tutta entusiasta Arabella. «È romanticissimo! Secondo la leggenda re Giacomo lo sfruttava come nido d'amore!»

«Re Giacomo?»

«Il primo Giacomo. Ha conferito il titolo e le terre a sir Osburt Laytham.»

La leggenda diceva che lo stesso sir Osburt fosse il trastullo amoroso del Re, anche se dubitavo che le signore ne fossero a conoscenza.

«È così vecchio! Sono certo che è infestato!»

«Assolutamente no,» disse zia Cecily con un certo gusto.

«Ciò nonostante, avrei paura di metterci piede, perché il pavimento potrebbe cedere!»

«Non c'è nulla da temere. È sempre stata tenuta in buone condizioni! Ed è un luogo incantevole, circondato dal profumo delle rose...» Le guance di Arabella avvamparono di colpo. Pensava fosse un segreto che lei e William, un tempo, si davano appuntamento lì?

A onor del vero, lo facevamo anche io e Geo.

«È vero.» Un sorriso striminzito apparve e scomparve sulle labbra di zia Cecily. Chiaramente anche lei aveva dei ricordi piacevoli del gazebo, anche se trovavo difficile credere che lei e sir Eustace si fossero scambiati abbracci ardenti in quel luogo remoto. Sollevò il bicchiere per bere un sorso, si fermò e disse, «Vi piace il cibo, Juliet?»

La signorina Munro assaggiò un boccone dell'arrosto che in cui la cuoca aveva profuso tutte le sue energie e mormorò: «Il caro papà ha insistito perché avessimo uno chef in cucina, ma devo ammettere che questo è delizioso.»

«Sì, la cuoca è brava quanto lo chef londinese del signor Stephenson! È qui a Laytham Hall da quando zia Cecily si è sposata.»

«Che fortuna avere con sé una donna tanto abile.»

«Oh, sì! Conosce i gusti di tutti e al suo ultimo

compleanno ha preparato per William...»Ansimò, arrossì e si morse la lingua.

«William? Non credo che tu abbia mai menzionato quel nome. Mi tieni segreto qualcosa? È il tuo spasimante?» chiese avidamente la signorina Munro.

Arabella sembrava sul punto di piangere e zia Cecily si inserì nella conversazione. «Solo un vecchio amico d'infanzia. Juliet, Arabella mi ha detto che ti sei offerta di mostrarle gli ultimi passi di danza.»

Arabella sorrise a zia Cecily, grata per il cambio di argomento. «E anche di insegnarmeli. Oh, cara zia Cecy, ti prego, dì che possiamo fare una serata musicale!»

«Non vedo perché no, dato che sarà tutto *en famille*. Obiezioni, Ashton?»

«Nessuna, zia Cecily.»

Arabella spalancò gli occhi, come faceva sempre quando qualcuno le ricordava che, in quanto capofamiglia, serviva il mio permesso per ogni cosa.

«Vi unirete a noi, vero? Dite di sì!» implorò graziosamente la signorina Munro. «Sono certa che ci divertiremmo moltissimo, ancora di più se con noi ci fosse un gentiluomo!»

«Ricordi come si balla, vero, Ashton?» Ancora una volta la voce di Arabella era carica di disprezzo. Quella ragazzetta non sarebbe mai cresciuta?

«Ma certo, Arabella. Dopotutto, M. Sanxay era un maestro eccezionalmente abile e molto richiesto.» Zia Cecily aveva fatto venire il francese a Laytham Hall perché aveva pensato che sarebbe stata una buona idea farci imparare.

Ricordavo fin troppo bene quelle lezioni.

Non mi piaceva il maestro di danza, con quell'atteggiamento sdegnoso e i commenti salaci. Il suo alito era profumato di violette nel tentativo di nasconderne l'odore aspro.

«Un, deux, trois. Un, deux, trois.» cantilenò, poi strillò, «Non! *Non et non et non! Maladroit! Comme ceci!*»

Mi mise le mani addosso per riposizionarmi, pizzicandomi il fianco con forza sufficiente da lasciarvi un livido, e io inciampai nei miei piedi e caddi. Quando il mio sguardo corse a lui, nei suoi occhi c'era un bagliore crudele.

E naturalmente gli Hood risero, puntando il dito e prendendomi in giro, ignorando il mio disagio.

Dopo una lezione o due come quelle, trovai altre cose da fare quando M. Sanxay ci chiamava per darci lezione.

Geo era un istruttore molto più abile, o forse era il suo metodo di insegnamento a essere migliore, poiché mi distraeva con baci e tocchi così leggeri da farmi dimenticare di guardarmi i piedi e contare i passi, e io non facevo altro che seguirlo mentre volteggiavamo per la stanza.

NONOSTANTE avessi volteggiato con Geo, non avevo mai avuto l'occasione di danzare con una giovane donna. Avrei cercato di prendere la sua mano sinistra nella mia destra, appoggiando la mano sinistra sulla sua spalla piuttosto che portare delicatamente la mia destra alla sua vita? Ero leggermente nervoso al riguardo, ma feci un inchino e dissi: «Farò del mio meglio per non pestarvi i piedi.»

La cena fu punteggiata dall'allegra conversazione fra Arabella e la signorina Munro; parlavano di vestiti e di alcuni giovani che avevano visto mentre passeggiavano nel parco, con zia Cecily che ogni tanto le rimproverava bonariamente.

Quando tornai dalle signore, dopo aver bevuto il mio brandy solitario, ci spostammo nel salottino rosa, dove i mobili furono spostati e mentre zia Cecily suonava un repertorio di valzer scritti da Johann Strauss, che in quel periodo spopolava a Londra, io riuscii a cavarmela egregiamente.

CAPITOLO
DODICI

A METÀ mattina del giorno dopo, stavo aspettando le signore nella Sala Grande, ma solo Arabella e la signorina Munro scesero tutte allegre le scale.

«Sono così eccitata!» cinguettò la signorina Munro.

«Dov'è zia Cecily?»

«Non verrà con noi. Ha detto qualcosa riguardo il controllare i conti di casa con la signora Walker.»

«Ah. Signorina Munro, non avete bisogno di quel frustino.» Mi ricordava troppo quello preferito da sir Eustace e non mi piaceva il suo aspetto. «I nostri cavalli sono molto mansueti.»

«Oh, non cavalco mai senza!» esclamò allegramente.

«Non è necessario e devo chiedervi di lasciarlo qui.»

Si accigliò, mostrando per la prima volta un'espressione meno che cordiale, e io rimasi in qualche modo disorientato. Avrebbe battuto il piede per terra e messo il broncio? Ma poi quell'espressione scomparve dal suo volto e fece spallucce come se la cosa non fosse stata importante, dopodiché mise il frustino su un tavolo.

«Molto bene, sir Ashton. Andiamo?»

Ci dirigemmo verso la stalla, con la signorina Munro che chiacchierava riguardo una recente visita a

223

Parigi con suo papà.

Arabella sospirò per l'invidia. «Mi piacerebbe molto andare a Parigi un giorno e comprare tutti gli abiti più alla moda.»

«Allora dovete sposare un uomo ricco, Arabella carissima!»

Arabella sollevò le braccia per raddrizzarsi il cappello e aggiustare la veletta. «Forse dovrei.» Ma vidi un'altra volta un lampo di tristezza sul suo viso.

Proprio allora Jem uscì, conducendo il puledro sauro tutto allegro.

«Che splendido animale!» esclamò la signorina Munro, palesemente incantata dallo splendido aspetto del puledro.

«Il signor Ruston ha pensavo che fosse una buona idea liberarlo nel prato recintato, sir Ashton, per togliergli un po' di nervosismo dopo gli ultimi giorni di pioggia.»

«Oh, posso cavalcare lui? Per favore, caro sir Ashton?» Mi mise una mano sul braccio e batté le ciglia. Pensava che quel trucco avrebbero funzionato con me? «Dite di sì, per favore!»

«Mi dispiace, ma è impossibile. Il puledro appartiene a qualcun altro.» Anche se Geo non aveva mai preso possesso del suo dono.

«Sono certa che il suo padrone non negherebbe a una signora il suo desiderio!»

Forse no, ma io sì. Tuttavia, decisi che sarebbe stato più educato rispondere con: «È un animale giovane e il suo addestramento non è completo. Temo che non sarebbe sicuro per voi.»

«Sono una cavallerizza eccellente, per vostra informazione, e sono certa che non avrò difficoltà a controllare la bestia!»

«Ciò nonostante devo respingere la vostra

richiesta, signorina Munro.» L'idea che chiunque potesse chiamare il puledro «bestia» mi faceva inorridire. «Ecco i nostri cavalli.» Il giovane Jack conduceva Lancelot, seguito da Dickon, l'ultimo arrivato fra gli stallieri, con Onyx. «Al recinto adesso, Jem.»

«Certo, sir Ashton.» Sollevato dal mancato litigio, Jem andò quasi di corsa, con il puledro che trotterellava obbediente dietro di lui.

«Questa è Onyx, signorina Munro. Credo che la troverete una cavalcatura estremamente docile.»

«Molto bene, se non posso avere quell'adorabile sauro!»

La signorina Munro lasciò che la conducessi alla pedana, dove buttò all'indietro la veletta del suo cappello, avvolgendomi in una nube del suo profumo che mi fece starnutire.

Le ci volle qualche tempo per montare sulla sella all'amazzone, sistemarvisi e aggiustare in modo soddisfacente le gonne dell'abito da cavallerizza, ma alla fine ce la fece e Dickon le porse le redini e si voltò verso di me.

«Vado a prendere Blue Boy, signore.»

«Grazie.»

Nel frattempo, Jack stava accanto alla testa di Lancelot mentre Arabella montava il castrone baio senza nessuna difficoltà. Una volta ben sistemata in sella, giocherellò un poco con il cavallo prima di farlo alzare e dire, «Adesso comportati bene, Lancelot.»

«Sei sicura di essere al sicuro sopra di lui, Arabella cara? Mi sembra un animale molto nervoso!»

«Assolutamente no, Juliet. È un giocherellone e, a onor del vero, è appena un poco focoso!»

La mano della signorina Munro si strinse come se avesse retto il frustino. Era chiaramente irritata; Onyx se ne stava immobile e non faceva altro che sbattere uno zoccolo a terra.

Dickon condusse il mio cavallo e io presi le redini di Blue Boy e montai in sella. Blue boy ondeggiò per un momento, poi si tranquillizzò e voltò il muso per leccare la punta del mio stivale. Mi abbassai per accarezzargli il collo.

«Creiamo un vero e proprio contrasto, vero, sir Ashton? Col vostro cavallo così scuro e il mio così chiaro? Anche se credo che avrei un aspetto ancora migliore a cavallo del sauro.»

«Parecchio. Andiamo?»

Ci avviammo a passo tranquillo e quando fui certo che la signorina Munro non sarebbe caduta dalla groppa di Onyx, misi Blue Boy al trotto.

La signorina Munro non rimbalzava sulla sella, ma notai il modo in cui stringeva le redini. La testa di Onyx era tirata verso il suo collo, senza che avesse libertà di muoversi.

«Per favore, allentate la presa sulle redini, signorina Munro.»

«Preferisco avere sempre il controllo della cavalcatura.» Voltò la testa, ma non prima che io vedessi l'espressione risentita nei suoi occhi.

«Vi garantisco...»

«Oh, guardate! Quel recinto è perfetto per saltare! Facciamolo! Mi annoio tanto!»

Arabella diede una rapida occhiata al terreno che conduceva fino a quel punto, poi scosse la testa. «Non io.»

«Non mi è mai parso che ti mancasse il coraggio!»

Arabella parve sorpresa per un momento, dopodiché scoppiò a ridere. «Non è una questione di coraggio, mia cara Juliet.»

226

«Proprio così.» Per quanto fossi riluttante a prendere le parti di Arabella, dovevo concederglielo. «Ha piovuto molto di recente e temo che il suolo non sia abbastanza duro per poter saltare con sicurezza.»

«È così, Juliet. Hai sentito Jem accennare alla cosa e persino Mollie mi ha detto che è troppo umido.»

«Mollie?»

«La mia cameriera.»

«Chiami la tua cameriera per nome?»

«Beh, sì. Ci conosciamo da sempre, da quando siamo venute assieme a Laytham Hall. Mi tiene al corrente di tutto quello che succede qui intorno.»

La signorina Munro arricciò il labbro, ma Arabella non se ne accorse. «Come fa la tua cameriera a saperlo? In questo periodo era con te in città.»

«La mia ipotesi è che gliel'abbiamo detto i servi.»

Avevo idea che fosse stato Dickon, un bel ragazzo che aveva causato una certa agitazione al pianterreno.

«Proseguiamo, d'accordo?»

«Molto bene, sir Ashton. Ma devo dire che non vi state dimostrando molto affascinante.» La signorina Munro sorrise maliziosamente a quella che evidentemente doveva essere una facezia, ma io non la trovai divertente. Non avevo bisogno di lei per sapere che non ero affascinante; lo sapevo fin troppo bene.

Forse era per quello che Geo aveva smesso di farmi visita. Forse aveva trovato qualcuno di più affascinante, più di suo gusto.

Cominciai ad avvertire un bruciore al petto. Non avrei dovuto fare una colazione tanto abbondante.

«Proviamo ad andare al piccolo galoppo, signorina Munro?»

ALLA fine di quella prima cavalcata, conclusi che l'ospite di Arabella era capace di reggersi in sella su un cavallo tranquillo, ma non era certo una cavallerizza. «Fate in modo che monti solo gli animali più mansueti,» ordinai agli stallieri. Il pensiero di lei su una cavalcatura come Jezebel era inconcepibile.

Per quanto riguardava il puledro, non ci pensai neppure, perché tranne il signor Ruston e me, non lo cavalcava nessuno.

Come parte del mio dovere in quanto padrone di casa, chiacchierai con la signorina Munro al tavolo da pranzo e durante la cena, ballai e giocai con lei a carte, ma durante il giorno il compito di intrattenerla spettava ad Arabella. Thomas il cocchiere le portò nel phaéton fino a Farnham per visitare la biblioteca itinerante e a Guilford per giri di compere dai quali tornavano inebriate dai loro acquisti, e assieme a zia Cecily facevano visite mattutine all'aristocrazia locale.

Io, da parte mia, ero immerso negli affari della tenuta, perché il frumento invernale era appena stato raccolto e a breve avremmo piantato l'avena primaverile. Giffard e io cavalcammo per i campi e discutemmo di quali lasciare a maggese quell'anno.

Mi baloccai con l'idea di andare in città per affrontare Geo, ma troppe cose me lo impedivano: c'era bisogno di me per supervisionare i lavori alla tenuta, sarebbe stato scortese andarsene quando zia Cecily aveva ospiti, non sapevo se Geo era ancora in Inghilterra.

La cosa che più mi tratteneva era il ricordo del suo rifiuto. Non avrei rischiato di essere allontanato dalla sua soglia, distruggendo in un colpo tutte le speranze che ci fosse qualcosa di speciale fra noi.

PASSÒ un'altra settimana e un'altra ancora. Dovetti rinunciare alla speranza che Geo si sarebbe fatto vedere a Laytham Hall. Beh, a onor del vero, mi ero mai aspettato il contrario?

Quel giorno, quando tornai alla stalla, trovai il giovane Jack che si torceva le mani e cercava di non piangere. C'era un brutto segno rosso su una delle sue guance. Dickon era accanto a lui, pallido e tremante, con una mano intorno alle sue spalle. Il signor Ruston montava uno dei castroni, teneva in mano un fucile e aveva un'aria cupa.

«Stavamo per mandarvi a chiamare, sir Ash. Si tratta del puledro sauro.»

Con lo stomaco che mi si rivoltava, rivolsi al fucile uno sguardo carico di sospetto. «Cos'è successo?»

«Mi dispiace, signore.» La bocca del signor Ruston era una linea sottile. «Il giovane Jack era qui da solo quando la signorina Arabella e la sua amica sono venute a prendere i cavalli. Non è colpa sua, signore! La giovane ha insistito per avere il puledro.»

«Oh, signore, mi dispiace tanto, ma la signora era fissata col cavalcarlo e quando ho cercato di dirle di no...» Si toccò il segno sulla guancia. «E la signorina Arabella ha detto che non vedeva il motivo per cui non potesse... non potesse...» Jack tirò su rumorosamente col naso e nascose il viso fa le mani.

«Va tutto bene, Jack. Hai sellato il puledro per la signorina Munro, e poi?»

«È rimasto lì fermo. La giovane si è arrabbiata e ha detto 'È pessimo come quella lumaca nera!' E poi l'ha colpito col frustino e quello è corso via. La signorina Arabella mi ha urlato di chiamare il signor Ruston e le è andata dietro.»

«Il giovane Jack mi ha trovato nel box delle nascite, sir Ash. Prima che potessi sellare un cavallo, Lancelot è tornato al galoppo. Le sue redini erano annodate, per cui ero certo che la signorina Arabella stesse bene, ma c'era qualcosa che non andava. Sono andato a cercarle. Non è stato difficile trovarle – il terreno era tutto rivoltato.» La sua bocca si strinse ancora di più. «La giovane ha cercato di far saltare il nostro ragazzo sul cancelletto fra la casa e Greenbriers.»

«E ovviamente si è rifiutato.»

«Sì. È caduto male e l'amica della signorina Arabella è stata sbalzata oltre il cancelletto. Si è fatta male e a quanto ho capito il dottor Medford...»

«Al diavolo quella ragazzetta dal cervello di gallina!» Mi passai una mano sul viso, sentendo il vuoto dentro di me. «Come sta il puledro?»

«Non bene, signore. È la spalla. Era gonfia e lui evitava di appoggiarvisi sopra. Quando l'ho tastata, sentivo l'osso grattare.» Sospirò e scosse la testa. «Jem è con lui che cerca di calmarlo, di impedirgli di farsi ancora più male, ma temo che sia rotta.» Incontrò il mio sguardo e sollevò leggermente il fucile. «Non va bene per niente.»

Imprecai, ben sapendo che non sarebbe servito a niente. «Datemi il fucile.»

«Signore...»

«Sono io il padrone, signor Ruston. La responsabilità è mia.»

«Sì, signore. Dickon, porta il giovane Jack dalla signora Nye. Gli darà un'occhiata alla faccia. Da questa parte, sir Ash.»

Trovammo Jem e il puledro proprio accanto al cancelletto che dava su quei terreni di Squire Newbury che confinavano con il mio. Il terreno che conduceva a quel punto era rivoltato come aveva detto il signor Ruston, con zolle di terra e fango sparse ovunque. Un saltatore esperto non avrebbe avuto problemi a superare il cancelletto, persino col terreno zuppo, ma il puledro, che temeva persino i salti più facili, non poteva farcela.

Jem era accanto al suo muso, accarezzando il collo grondante sudore e bisbigliando al suo orecchio, cercando di rassicurare l'animale, che tremava ed emetteva versi d'angoscia soffocati.

Jem sollevò lo sguardo mentre ci avvicinavamo, gli occhi lucidi. «Brutta cosa, sir Ash. Molto brutta!»

La zampa anteriore sinistra del cavallo era molto gonfia e solo la punta dello zoccolo toccava terra. Il fianco sinistro, coperto di segni lasciati dal frustino, grondava anch'esso sudore, ma lì il sudore era tinto del rosso del sangue nei punti in cui la pelle era stata lacerata. Il fianco destro era coperto di fango per via della caduta, ma non avevo dubbi che, sotto il fango, la pelle fosse stata tagliata dal frustino.

«Deve averlo tempestato di colpi.»

«Sì, signore. È un miracolo che non si sia rotto entrambe le zampe. E guardate la bocca.» Jem aveva tolto il morso per dare al puledro un po' di sollievo. Smontai e mi avvicinai al muso dell'animale.

«Persino il saltatore migliore del mondo non sarebbe riuscito a fare quel salto!»

«No.» Vidi bene com'erano tagliati gli angoli della sua bocca. Quella cretina non aveva neppure avuto l'intelligenza di lasciargli tenere la testa come voleva. I suoi occhi erano offuscati dal dolore e dalla confusione e io passai il palmo della mano sul suo naso e sulla fronte. «Povero ragazzo. Povero, povero ragazzo!» Prima di quel giorno aveva conosciuto solo mani gentili.

«Puoi farlo sdraiare?» chiesi a Jem.

«No, signore.»Gli tremava la voce.

«Signor Ruston...» Odiavo quello che stavo per fare. «Potete prendere la testa del puledro? Jem, per favore, allontana i cavalli. È meglio che non vedano.» Lo stesso valeva per lui.

Accarezzai il collo del puledro fino a quando non udii più Jem. «Mi dispiace, bello mio. Mi dispiace tanto.»

«È meglio fare in fretta, signore.»

«Sì.» Puntai il fucile.

Il signor Ruston mise le mani sopra gli occhi del cavallo. Premetti il grilletto.

Era finita. Il puledro aveva smesso di soffrire.

Geo non l'avrebbe mai visto, non l'avrebbe mai cavalcato.

Mi guardai intorno. «Questo... questo punto...» Era tranquillo, e all'arrivo della primavera sarebbe stato splendido e odoroso. «Lo seppelliremo qui, signor Ruston.»

Prese il fucile che gli porsi. «Certo, sir Ash. Me ne occuperò io. Perché non tornate a casa ora? Rimarrò qui con...» Fece una pausa per schiarirsi la gola. «Con il nostro ragazzo. Jem saprà chi mandare.»

Senza dire un'altra parola, lo lasciai lì.

«SIR ASHTON, il dottor Medford se n'è appena andato.» mi informò Colling mentre attraversavo con ampie falcate la Sala Grande. «Sua signoria e la signorina Arabella sono con la signorina Munro.»

«Come sta?»

«Si è distorta un polso...» Senza dubbio per il modo in cui aveva tenuto in mano quello stramaledetto frustino. «E anche la caviglia, e ha un livido sulla spalla.»

Un livido, ma nessuna frattura. «A parte questo?»

«Non capisco, signore.»

«Ha riportato altre ferite oltre a quelle da te menzionate?»

«Ovviamente è sconvolta e turbata.»

«Ovviamente. Dunque non c'è nulla che la costringa a letto?»

«Al riguardo, io non saprei, ma il dottor Medford sembrava essere di parere contrario.»

«Molto bene. Voglio che le sue valige siano portate nella sua stanza.»

«Signore?»

«Deve andarsene da Laytham Hall il prima possibile.»

Colling era un buon maggiordomo. Non discusse i miei ordini, si limitò a fare un inchino e andò a occuparsene.

Salii le scale per il primo piano e, sentendomi addosso gli anni di Matusalemme, attraversai il corridoio diretto alla stanza giacinto. Mi presi un attimo per ricompormi, quindi bussai alla porta.

Fu Arabella ad aprire. «Mollie, era ora che portassi quegli impiastri...» Si accigliò quando vide che ero io. «Ashton! Questa è la camera da letto di una signora! Non...» Spalancò gli occhi alla vista del sangue e del fango sulla mia giacca e sui miei pantaloni, poi deglutì. «Non dovresti essere qui.»

«Non dovrei? Hai detto a Jack che non vedevi il motivo per cui la tua amica non potesse prendere il puledro sauro.»

«Mi stavo solo comportando da brava padrona di casa. Come...» Distolse lo sguardo dal mio. «Come sta il puledro?»

«È morto.»

«M... morto?» Impallidì.

«Chi è, Arabella?» chiese la voce querula della signorina Munro.

«Juliet, è... è Ashton!»

«Non può entrare! Non farlo entrare! Sembro una megera! Oh, è tutta colpa di quel dannato animale!»

Spinsi Arabella da parte ed entrai a passi lunghi nella stanza. «Quel 'dannato animale' ha dovuto essere abbattuto perché voi vi siete rifiutata di obbedire ai miei ordini.»

La signorina Munro lanciò un breve strillo e si coprì con le lenzuola. «Lady Cecily! Lui non dovrebbe essere qui! Cosa direbbe il mio caro papà...»

«Davvero, Ashton, è inaudito!» disse zia Cecily con una certa impazienza mentre lei e Arabella si affrettavano a frapporre una cortina fra me e la giovane a letto.

«Credo sia ancora più inaudito il fatto che i miei ordini siano stati ignorati.»

«Il cavallo era nella stalla, chiunque poteva prenderlo,» pigolò la signorina Munro da dietro la cortina. «Perché non avrei dovuto prenderlo?»

«Forse perché vi avevo detto di non farlo?»

«Ero stufa di quel cavallo da tiro che mi avevate assegnato! Voi mi capite, vero, cara lady Cecily? Dovete capirmi!»

«Tesoro, se Ashton ti ha chiesto di non...»

«Lo stalliere lo ha sellato per me.» Il suo broncio era implicito nel suo tono di voce.

«Era il garzone di stalla e lo ha fatto solo dopo che l'avete picchiato con il frustino.»

Zia Cecily impallidì. Come me, aveva poca simpatia per i frustini. «Juliet, non mi avevi detto...»

«Non era importante. Era solo un garzone; avrebbe dovuto obbedirmi nel momento in cui gli ho detto cosa volevo! Papà lo avrebbe cacciato

immediatamente per aver osato discutere i miei ordini!»
Le sue parole si fecero ancora più lamentevoli. «E poi,
Arabella non ha posto obiezioni a che io cavalcassi
l'animale che volevo!»

«Questa non è la tenuta di vostro padre e
nemmeno quella di Arabella,» dissi bruscamente.

«Siete irragionevole, signore!»

«Davvero? Vi ho detto che l'addestramento del
puledro non era stato completato. Vi ho anche detto che
apparteneva ad altri. E tuttavia nessuno di questi fatti vi
ha impedito di prenderlo.»

«Non vedo il motivo di tutta questa agitazione.
Era solo un animale. Può essere sostituito.»

«Ashton, tutto questo è sconvolgente, ma devi
capire che Juliet ha subito uno shock...»

Stava per subirne uno ancora peggiore. «I servi
stanno preparando le sue valige. La voglio fuori da
Laytham Hall.»

«Io... io...» La signorina Munro pareva a corto di
parole.

«Voi siete viziata all'inverosimile, signorina
Munro, e non siete più benvenuta qui!»

«Non puoi! Ashton, è mia amica!»

«Non me ne importa un fico secco.» Fissai
Arabella con occhi di ghiaccio. «Se fossi in te non mi
intrometterei.»

«Chiedo scusa?»

«È meglio per te che tu chieda scusa sul serio.
Credimi quando dico che nulla mi darebbe più piacere
che mandarti via assieme alla tua amica.»

«*Cosa?* Sei... sei proprio come zio Eustace!»

«Non lo sono e di questo dovresti ringraziare il
cielo, perché se lo fossi, non c'è dubbio che ti batterei
per il tuo ruolo in questa faccenda!»

«Oh!» Col viso rosso, Arabella corse fuori dalla

stanza.

«Voi non siete un gentiluomo,» disse la signorina Munro con voce fredda e tagliente. «E sono contenta di aver intravisto la vostra vera natura!»

Ignorai le sue parole, lanciando invece uno sguardo all'orologio di bronzo sulla mensola. «Suggerisco che la vostra domestica si metta al lavoro sulle vostre valige.»

Qualunque cosa strillò al mio indirizzo, era incomprensibile. Si udì un tonfo e la cortina si mosse come se qualcosa le fosse stato gettato contro.

«Non ho altro da dirvi, signorina Munro.» Girai i tacchi e uscii dalla stanza.

«Ashton, per favore, aspetta!»

«Zia Cecily, non intendo darvi altre pene. Tuttavia, questa faccenda non è negoziabile.»

«No, capisco. Ma Ashton, si sta facendo tardi.» Mi strinse il braccio. «Per favore, almeno consentile di passare la notte qui.»

«Non voglio vederla. Dovrà prendere i suoi pasti in camera e se ne andrà domani, non oltre metà mattina. Sono stato chiaro?»

«Sì. Te lo prometto.»

Mollie era lì in piedi a bocca aperta, con gli impiastri stretti in mano che gocciolavano sul corrimano che percorreva il corridoio in tutta la sua lunghezza.

«Non startene lì come una...» Zia Cecily si rimangiò quello che stava per dire. Era chiaro che stava per perdere la pazienza. «Nella stanza della signorina Munro, ragazzina, e dai quegli impiastri alla sua donna!» ordinò.

«Sì, signora!» Mollie fece una riverenza, ma non si mosse. «Signora, la cuoca vorrebbe sapere cosa deve preparare per cena.»

«Scenderò subito a parlare con lei. Ora vai!»

Mollie fece un'altra riverenza e corse nella stanza.

Due valletti imboccarono il corridoio con i bauli della signorina Munro. «Dove li volete questi, signora?»

«Lasciateli...» Scomparve con loro nella stanza della signorina Munro e io scesi le scale.

Colling era lì, l'epitome del maggiordomo nel suo completo nero. «Faccio portare dell'acqua calda nella vostra stanza, sir Ashton?»

«No. Sono nel mio studio. Non desidero essere disturbato.» Intendevo chiudermi dentro – con la porta chiusa, nessuno avrebbe osato entrare – e concedermi lo sfogo di rompere qualcosa in quella stanza. Erano state proprietà di sir Eustace avrei tratto un certo sollievo dal distruggere.

«Molto bene.»

Attraversai la Sala Grande e mi stavo avvicinando allo studio quando lui mi fece sobbalzare arrivando di corsa con un vassoio su cui erano appoggiati una bottiglia e un bicchiere.

«Ho pensato che questo potesse essere d'aiuto, signore.»

«Grazie. Mettilo sulla scrivania, per favore.»

Dietro di lui c'era David, anch'egli con un vassoio, sul quale erano appoggiati piatti con salumi e formaggio e fette di pane bene imburrate, e una teiera avvolta strettamente nella sua copertura. Senza chiedere, appoggiò anche quel vassoio sulla scrivania.

«Posso portarvi altro, sir Ashton?» chiese Colling.

«No.»

Si inchinò e fece segno a David di precederlo nell'uscire, ma si fermò sulla soglia. «Se... se mi date licenza, signore, non sarebbe meglio scrivere al giovane signor Stephenson per chiedere se verrà a fare una visita?»

«Forse.» Non avevo alcun desiderio di informare il maggiordomo che già una volta avevo fatto a Geo quella domanda, senza ricevere alcuna risposta. «È tutto, Colling.» Chiusi la porta e andai alla mia scrivania.

Geo sembrava non voler avere più nulla a che fare con me e il puledro che avevo comprato per il suo compleanno, che avevo fatto tanta fatica ad addestrare per lui e che ora era morto per mano mia.

Si udì un rumore di stoviglie frantumate quando, in uno scoppio d'ira, buttai sul pavimento il vassoio con il cibo.

Poi, depresso, versai il liquido della bottiglia nel bicchiere.

Non era vino ma, come avevo sospettato, whisky; mi lasciai cadere sulla sedia e bevvi un lungo sorso. Bruciò mentre scendeva, provocandomi una forte tosse e facendomi lacrimare gli occhi. Beh, forse non era l'unica causa delle mie lacrime.

Sollevai il bicchiere per bere ancora e mi stupii del fatto che fosse vuoto. Lo riempii di nuovo.

E di nuovo.

E di nuovo.

ERO seduto alla scrivania, con la fronte appoggiata alle mani.

Il livello del liquido nella bottiglia si era abbassato notevolmente, ma non era riuscito a farmi dimenticare gli eventi del pomeriggio. La sensazione del metallo freddo del grilletto sotto il mio udito. Il rumore dello sparo. La vista del puledro che crollava.

Ancora e ancora.

Il puledro non c'era più; avrei dovuto pensare lo stesso di Geo?

Era la storia di John che si ripeteva e mi maledissi per la mia idiozia, avendo lasciato che Geo catturasse il mio affetto quando la sua assenza prolungata rendeva chiaro che a lui non importava nulla di me.

Ero stanco. Quando sarebbe tornato, gli avrei detto...

Grugnii. Non gli avrei detto nulla. Sarebbe tornato per il credito nei miei confronti, non perché gli importava qualcosa di me.

Fissando la porta con malinconia, immaginai la scena.

Il bussare tonante sulla porta dello studio mi avrebbe strappato ai miei pensieri malinconici e la rabbia mi avrebbe permeato. Dopotutto ero un padrone di manica larga, che non chiedeva molto alla sua gente, ma non avevo forse dato ordini espliciti di essere lasciato solo? Con un'imprecazione soffocata, mi sarei alzato in piedi, facendo cadere la sedia nell'impeto, e mi sarei avvicinato alla porta a passi felpati.

«Ho dato ordine di non essere disturbato!» avrei ringhiato mentre l'aprivo di colpo.

«Nemmeno da me?» E Geo sarebbe stato lì, appoggiato con disinvoltura allo stipite, con tutta l'aria del Serpente tentatore.

«Voi?!»

«Io.» Se fosse stato un altro avrei detto che il suo sorriso pareva timido, come se se non fosse stato certo di essere il benvenuto, ma quello era un uomo sempre al comando dei proprio sentimenti, in qualunque situazione potesse trovarsi.

Sarei rimasto a fissarlo, incerto se abbracciarlo

o colpirlo. D'altro canto, finalmente era lì, dopo le lunghe settimane trascorse lontano.

«Non siate troppo felice di vedermi.»

«Felice.» La pelle sui miei zigomi sarebbe parsa troppo stretta e il mio petto si sarebbe espanso e contratto spasmodicamente mentre cercavo di controllare il respiro. «Vi importa sul serio che sia felice o meno?» Mi sarei voltato determinato a renderlo consapevole della mia ira. Il fatto che ci fosse di mezzo il debito non mi rendeva un giocattolo da prendere in mano o gettare via a suo piacimento.

Sarei stato così orgoglioso di me per aver assunto un atteggiamento tanto duro – perlomeno fino a quando non avrei udito il suono della porta che si chiudeva, al che le mie spalle sarebbero crollate in segno di sconfitta. Ovviamente, sarebbe giunto alla conclusione che i miei sentimenti al riguardo erano trascurabili.

Non era stato lo stesso con John?

Poi avrei udito il rumore della serratura: non se ne sarebbe andato. Sarebbe rimasto lì! E allora mi sarei voltato di colpo, il che mi avrebbe fatto inciampare, ma Geo sarebbe stato lì per prendermi.

«Ma certo che mi importa.» Si sarebbe accigliato e mi avrebbe toccato la guancia. «Avete bevuto.»

«Cosa vi importa di quello che ho fatto?» L'ultima cosa che avrei voluto era che lui si rendesse conto di quanto il suo tocco mi avesse fatto scattare sull'attenti il cazzo e stringere il culo per il bisogno di essere cavalcato da lui.

«Mi importa perché...» Avrebbe lasciato la frase in sospeso e io avrei desiderato ululare per la frustrazione.

Invece avrei allungato una mano verso il bavero della sua giacca con l'intenzione di spingerlo verso la porta, ma poi mi sarei fermato con uno sforzo di volontà, temendo che la sua gamba ferita avrebbe ceduto.

«Dove siete stato durante... durante la passata eternità?» Poi mi sarei deciso.«Al diavolo, non m'importa!»

Avrei premuto il mio corpo contro il suo e invaso la sua bocca...

Per un attimo mi persi nei ricordi dei suoi baci. Nessuno prima di Geo aveva mai accarezzato la mia bocca con baci appassionati e voraci, che mi facevano sentire desiderato.

Con un sospiro voluttuoso, tornai alla mia fantasticheria.

Avrei stretto le dita sui capelli nerissimi di Geo e gli avrei fatto voltare la testa di qua e di là per potermi approfittare al massimo della dolcezza della sua bocca.

Non l'avevo mai fatto prima, avendogli sempre lasciato stabilire il ritmo del nostro amoreggiare, ma questa volta gli avrei strappato la camicia di dosso, spargendo i bottoni per il pavimento, avrei preso un capezzolo fra i denti e l'avrei mordicchiato con forza prima di succhiarlo.

Geo avrebbe grugnito e dato un colpo d'anca contro di me. «Ash.» avrebbe mormorato, facendomi sollevare la testa. «Ash.» E il mio nome sarebbe stato un fiato caldo contro le mie labbra.

Gemetti piano quando la visione si fece ancora più rovente.

Gli avrei sbottonato i pantaloni, poi l'avrei trascinato verso la scrivania, lo avrei fatto voltare bruscamente e gli avrei scoperto il culo, tutto mentre mi sfregavo contro di lui spargendo baci sul suo collo e sui capelli, prima di penetrarlo con un unico affondo.

Era passato così tanto tempo...

Il suo ingresso posteriore sarebbe stato caldo e stretto e io avrei gemuto mentre lui stringeva i muscoli interiori attorno a me. Geo stesso avrebbe gemuto costantemente e quel suono mi sarebbe andato dritto all'uccello. Lo avrei sbattuto con forza, giocherellando coi suoi capezzoli con una mano mentre l'altra stuzzicava la sua erezione, coprendosi delle gocce di liquido che avrebbero cominciato a colare dalla punta...

Tremai, desiderando disperatamente che quella fantasia potesse diventare realtà, ma ben sapendo che non sarebbe mai accaduto.

Per cominciare, nella visione non avevo nulla per lubrificarlo. Per quanto potessi essere adirato, non avrei mai rischiato di fargli del male.

E poi... sospirai. Lui non era lì.

Si udì un lieve bussare alla porta. «Sir Ashton?»

Mi raddrizzai gli occhiali, che in qualche modo erano riusciti a scivolare via, e lottai per riacquistare un po' di contegno. «S... sì, Colling?»

Aprì la porta ed entrò nello studio. «Si sta facendo tardi, signore. Volete...» Si bloccò alla vista delle stoviglie infrante e del tè versato, e per un attimo la stanza fu permeata da un silenzio stordito. Era una cosa da sir Eustace più che da me. Poi Colling camminò verso il macello a passo più svelto di quanto ci si aspetterebbe da un uomo della sua età. «Pulisco subito, signore. David deve aver messo male il vassoio.» Sapevamo entrambi che David non aveva fatto nulla del genere. «Gliene parlerò domani mattina.»

«Lascia stare.»

«Ma sir Ashton, rimarrà una macchia orribile. Ci vorrà solo un momento, ve lo assicuro.»

«Molto bene, allora. Pulisci, se proprio devi. Io

vado a letto.»

«Sì, signore.» Sembrava volesse dire altro e io attesi. Dopotutto, non c'era nulla ad attendermi nella mia stanza, tranne che un letto freddo e solitario. «Ha fatto amicizia con l'uomo del signor Stephenson, David, e credo gli manchi Kincaid. Vi chiedo scusa, signore, ma voi... ehm... voi non sapreste quando torneranno a Fayerweather?»

«No.» Presi il bicchiere e la bottiglia quasi vuota.

«Peccato.» Sospirò e si accucciò, avvicinando il vassoio e raccattando le stoviglie rotte.

Mi fermai sulla porta. «Chiedo scusa per il disordine, Colling.»

«Nulla di che, signore.»

«Buonanotte.»

«Buonanotte, signore,» disse piano.

Quando entrai nella mia stanza, fui sorpreso di trovare il fuoco ancora acceso e le coperte calde. Battei le palpebre e scossi la testa, ricordando la volta in cui avevo esagerato col brandy, certo che fosse il whisky la causa dell'illusione. Giurai che non ne avrei mai più bevuto una goccia.

Ma il fuoco continuava a scoppiettare e il calore delle coperte quando ci passai la mano sopra mandò un fremito di piacere in tutto il mio corpo.

Mi tolsi i vestiti, mi infilai fra le coperte e mi abbandonai all'abbraccio di Morfeo, certo che i miei sogni sarebbero stati infestati da immagini del pomeriggio che avrei preferito non rivivere, ma anche se le coperte ingarbugliate erano testimoni del mio sonno agitato, il mattino dopo non ricordai i miei sogni.

Quando scesi dabbasso il giorno dopo, la signorina Munro era già in carrozza.

«L'hanno portata fuori due paggi, perché non riesce ad appoggiare il peso sulla caviglia,» mi disse zia Cecily. «Ora la tiene appoggiata a un cuscino.» Fece una pausa, vide dalla mia espressione che non me ne importava un fico secco e si affrettò a proseguire. «Arabella, per favore, aspetta nella carrozza. Devo parlare con Ashton.»

Arabella evitò il mio sguardo e corse fuori.

«Cosa c'è, zia?»

«Ho deciso di accompagnare di persona la signorina Munro in città. È troppo... troppo sconvolta per essere lasciata alle sole cure della sua cameriera. Voglio spiegare di persona i fatti al signor Munro.» Alla vista del mio sopracciglio inarcato, si mise a giocherellare nervosamente con la veletta. «Ieri sera Juliet si è agitata molto, dicendo certe cose... In breve, sembra che, purtroppo, non ci si possa affidare a lei per raccontare come sono andate le cose.»

«Capisco. E pensate che sia necessario che Arabella l'accompagni?»

Arrossì. «Dopo quello che hai detto ieri, sì. Sei stato molto duro con lei e la poveretta ha i nervi a pezzi.» Si infilò i guanti, distogliendo lo sguardo dal mio. «Non devi pensare che ti dia alcuna colpa; ho saputo che il puledro doveva essere un regalo di compleanno per il caro Geo. Tuttavia, a volte somigli molto a tuo zio e... e credo che sarà meglio per tutti passare un po' di tempo divisi.»

«Sono d'accordo.»

Si irrigidì e io mi resi conto di aver pronunciato quella parola con più freddezza di quanto volessi. Dunque somigliavo davvero tanto a sir Eustace? Non mi conosceva abbastanza da sapere che non avrei mai usato violenza su di lei o su Arabella, per quanto Arabella potesse meritare una bella sculacciata?

«Se mi date un momento, vi scriverò una lettera di credito,» dissi a mo' di scusa.

«Oh, non c'è bisogno! Voglio dire, ho ancora l'ultima. E Arabella e io staremo nella residenza di città del mio caro George. Immagino che per te non sia un problema, Ahston,» si affrettò ad aggiungere, «dato che lui non c'è. Ti assicuro che non intendo dare feste.»

L'idea non mi piaceva, ma non vidi ragione per negare il consenso. «Molto bene.»

«Grazie.» Sfoggiò un sorriso timido. «Sono certa che riuscirò a ricondurre il signor Munro alla ragione, ma nel caso non...»

«Ditegli che il proprietario del puledro gli farà causa per la perdita di un animale di valore.» Avevo lo stomaco sottosopra. Naturalmente non sapevo se Geo l'avrebbe fatto, ma non c'era bisogno che il signor Munro lo sapesse.

Zia Cecily mi si avvicinò, la mano alzata. Non sapevo cosa avesse intenzione di fare, ma mi imposi di non sussultare.

«Mi dispiace tanto.» Mi sfiorò la guancia.

Rimasi di sasso. Un tempo mi sarei venduto l'anima per una gentilezza tanto piccola.

Feci un passo indietro. «Quanto a lungo pensate di stare via?»

Sospirò. «Dovremmo tornare a Fayerweather entro una settimana.»

«Capisco. In tal caso è meglio che non facciate aspettare i cavalli, zia. Buon viaggio.»

«Grazie.» Non accennò ad avvicinarsi di nuovo; invece sospirò ancora una volta e mormorò, «Adieu.»

«Adieu.» Ma si era già voltata ed era uscita dalla porta.

«Chiedo scusa.» David era lì nei pressi. «Giffard vi attende nel vostro studio. Si scusa per l'orario, ma...»

«Portategli i miei saluti e ditegli che lo raggiungerò subito.» Nonostante fossi poco allegro, avevo i miei doveri, soprattutto verso Fayerweather. Non importava cosa poteva succedere, quella casa e quella terra erano mie.

«Sì, signore.»

«Un momento, David.» Mi resi conto che il problema del mio stomaco era la fame. «Dì a Giffard di raggiungermi nel salotto della colazione e aggiungi un posto a tavola.»

Parve sbigottito. Non era usuale, e non sarebbe mai successo ai tempi di sir Eustace, ma ero o non ero io il padrone? Il suo viso si svuotò di ogni espressione. «Certo.»

Mi lisciai la giacca e passai un dito sui baffi, poi mi recai nel salotto della colazione.

CAPITOLO
TREDICI

TRASCORSE una settimana e venne aprile. Zia Cecily e Arabella erano ancora in città, e io non avevo ricevuto da loro messaggi riguardanti il loro ritorno.

Per quanto riguardava Geo, anche se eravamo nel fine settimana, promisi a me stesso che avrei smesso di aspettarlo.

Quel mattino scesi a fare colazione e rimasi sbalordito nel vedere il tavolo apparecchiato per due. «David?»

Aveva un'aria vagamente eccitata e si fermò mentre versava una tazza di caffè. «Il signor Stephenson è arrivato nella notte, sir Ash!»

«È... è arrivato?» Allora perché non era venuto da me? La mia porta non era chiusa a chiave – non lo sarebbe mai stata per lui. «Perché non sono stato informato?»

«Gli ho detto che non c'era bisogno di disturbavi.»

«Geo!»

Eccolo lì, bello come sempre, ma... un po' pallido? Gli ero mancato quanto lui era mancato a me? Feci un passo nella sua direzione, ignorando la presenza del servo nella stanza, senza preoccuparmi del fatto che il mio volto doveva trasudare piacere.

E poi la soddisfazione negli occhi di Geo rese chiaro che se n'era accorto e che, soprattutto, non si era aspettato nulla di meno, e io mi immobilizzai. Ovviamente non era pallido. Ovviamente non gli ero mancato.

Era stato lontano tutte quelle lunghe settimane senza una parola e alla fine si degnava di mostrarsi? Non solo quello, ma osava sfoggiare quell'espressione, accettando il benvenuto come se fosse stato un atto dovuto...

Una furia gelida mi montò dentro. Non mi sarei gettato ai suoi piedi. Non lo avrei permesso.

«Non serve altro, David. Puoi andare.»

«Sissignore!» E lasciò la stanza con un'alacrità che Colling gli avrebbe rimproverato.

Geo inarcò un sopracciglio al mio tono di voce gelido.

Tornai al tavolo e presi posto. «Perché siete qui?»

«Perché non dovrei?» Non aggiunse *voi siete mio*, come mi sarei aspettato, ma si limitò a continuare a guardarmi. «Dove altro dovrei essere?»

«Questo non lo saprei dire, poiché non conosco le vostre frequentazioni. Fate colazione con me?»

«Grazie.» Si servì uova e salsiccia prima di zoppicare fino alla parte opposta del tavolo e mettersi a sedere.

Tu non soffrirai! ordinai al mio cuore alla vista della distanza che c'era fra noi.

«Devo dire che mi aspettavo un benvenuto un po' più entusiasta.»

«Davvero?» La fetta di pane tostato che tenevo in mano si ridusse in briciole. «Siete stato lontano per quasi due mesi» − *senza una parola!* − «e poi avete il coraggio di pensare che al vostro ritorno permanga lo status quo di prima?»

Si fermò con la forchetta sospesa a mezz'aria, le sopracciglia di nuovo inarcate. «Status quo?»

Sentii la mia pazienza scivolare via. Non mi ero davvero aspettato che avrebbe sfottuto la mia ignoranza. «Status quo, quid pro quo, qualunque di quei «quo» si tratti. Non ho mai avuto la passione per il Latino.»

«Oh, Ash. Mi siete mancato.»

«Allora perché siete rimasto lontano?» Mi morsi il labbro, pentendomi subito di quelle parole che mi erano sfuggite.

Di fronte al tono della mia voce, il suo sorriso si intristì. Di sicuro non ero sembrato lamentevole! «Ci credereste se dicessi che era per mettermi alla prova?»

«Non capisco.»

«Sul serio?» Scosse la testa. «Non importa. Avrei voluto tornare il prima possibile, ma ero fuori dal Paese.»

«In Austria con vostro padre?»

Fece una pausa prima di dire, «In Austria, sì. Tuttavia, il lavoro di mio padre è diverso dal mio.»

«Capisco.» Anche se non era vero. Non mi importava dov'era stato, solo che non era stato a Fayerweather. «E dunque siete riuscito a vincere i sentimenti che provate per me, qualunque essi siano. Che fortuna.»

«Ash...» Spinse indietro la sedia e fece per alzarsi, al che io mi alzai e tesi una mano per fermarlo.

«Di certo siete orgoglioso di essere tanto risoluto. È più di quanto io potrei mai sperare!»

«Sul serio? Tuttavia siete riuscito a tenermi a distanza per tutti questi mesi, gettando al vento per sempre il debito che c'è fra di noi!»

«Avevo motivo di non farlo? Sareste venuto da me se non fosse stato per la fine prematura di sir Eustace?»

«Cosa volete dire?»

«Oh, andiamo, signore. Non sono troppo sveglio, ma so che non lo vedevate bene, poiché lui ha sposato la donna amata da vostro padre, spingendolo a sposare una donna che, pur amandolo, non avrebbe mai potuto sperare di vedere corrisposto l'amore che sarebbe stato suo di diritto.» Avevo avuto a disposizione lunghe notti per mettere assieme quel puzzle. «Naturalmente voi siete troppo onorevole per vendicarvi su una donna, ma io ero una preda legittima – vero? – non essendo sir Eustace più alla portata.»

«È vero che avevo intenzione di far soffrire vostro zio come ha dovuto soffrire mia madre...»

«Vi ringrazio per essere stato almeno onesto con me.» Riuscivo a malapena a respirare. Perché doveva scegliere proprio quel momento per essere onesto?

«Oh, piccolo...»

«No. Non credete di potermi intortare con paroline dolci e nomignoli. Voi... voi mi avete fatto del male, Geo.»

«Non ne avevo intenzione.»

«Eppure l'avete fatto.» Ed era stato così facile. Mi faceva paura pensare a quanto sarebbe stato facile per lui farlo di nuovo.

«E se vi promettessi che non accadrà più?»

«Le promesse sono fatte per essere infrante.»

«Chi vi ha reso così diffidente?»

«*Io*? Diffidente?» Soffocai una risata. Gli avevo dato il mio cuore...

La comprensione di ciò che era accaduto – in qualche modo, quando meno me l'aspettavo, Geo aveva preso posto senza fatica in quello sciocco organo – mi lasciò senza altri pensieri tranne la fuga fino a quando non avrei ripreso il controllo di me stesso.

«Vi prego di scusarmi, signore. Ci sono faccende che richiedono la mia presenza.»

«Ashton!»

Lo osservai, mantenendo la mia espressione e i miei occhi del tutto inespressivi. Poi mi inchinai leggermente e dissi con molta, molta freddezza: «George.»

Era un'illusione ottica o era impallidito davvero? Non importava. Prima che potesse fermarmi, me n'ero andato.

EVITAI Laytham Hall per il resto della giornata, ma quando ritornai a casa quella sera scoprii che non sarebbe stato necessario.

«Il signor Stephenson ha già cenato?» chiesi a Colling mentre mi sedevo per consumare un pasto leggero. «È rimasto fuori tutto il giorno e deve ancora tornare.»

«Come, tutto il giorno?»

«Esatto.»

«Ha... ha detto dove sarebbe andato?»

«Ha chiesto indicazioni per la casa del colonnello Whittemore.»

Mi morsi la lingua per non chiedere *Perché?* Anche se Colling lo avesse saputo, non avrei lasciato che il mio maggiordomo apprendesse della mia curiosità.

«Ha preso il suo calessino?»

«Mi sembra che abbia chiesto Jezebel.»

Avrebbe dovuto essere il puledro sauro e per un attimo provai tristezza per il nostro bel ragazzo.

Poi mi preoccupai. La giumenta aveva un'andatura regolare, ma tendeva a mettere alla prova il suo cavaliere. Avevo visto il modo in cui Geo favoriva una gamba rispetto all'altra quel mattino e, a pensarci bene, *aveva* zoppicato in maniera più accentuata rispetto alla sua ultima visita a Laytham Hall. Non mi piaceva il fatto che si sforzasse tanto.

«Ha detto quando potrebbe tornare?»

«Al riguardo, sir Ashton, Kincaid mi ha detto di avere la serata libera e che ne avrebbe approfittato per andare a La Corona e il Guanto al villaggio; dato che anche David era libero, si è offerto di fargli da cicerone. Di conseguenza, immagino che il signor Stephenson tornerà piuttosto tradi.»

«Capisco. Molto bene, sono a posto. Suonerò se dovesse servirmi altro.»

«Sì, signore.» Uscì inchinandosi e io rimasi da solo con i miei pensieri.

Non avrei dovuto rivolgermi a Geo così bruscamente, perché non avevo risolto nulla e, ancora una volta, gli dovevo le mie scuse.

Non avevo fatto molti progressi con il puzzle della battaglia di Waterloo. Dopo cena, mi sarei rifugiato nel salotto rosa per lavorarci sopra fino a quando Geo non sarebbe tornato a casa.

Non andai molto lontano col puzzle. In effetti, stavo cercando di piazzare sempre lo stesso pezzo dal momento in cui l'avevo preso in mano, con frustrazione crescente.

Quando la pendola sulla mensola annunciò l'ora, battendo dodici rintocchi senza che ancora Geo si fosse fatto vedere, persi la pazienza e rovesciai il tavolo; i pezzi si sparsero sul tappeto.

Molto bene. Se doveva andare così, sarei andato a letto e... no. Col cazzo che sarebbe andata così! Andai al cordone e lo strattonai.

Colling apparve tanto in fretta da stupirmi. «Sì, signore?»

«Mandate un messaggio alle stalle. Voglio che

Blue Boy sia sellato.»

Ebbe il buon senso di non accennare all'ora tarda. «Sì, signore.»

E mentre lui andava alla ricerca di un garzone che comunicasse i miei ordini, io corsi nella mai stanza a vestirmi per la cavalcata verso le terre le colonnello Whittemore.

WHITTEMORE MANOR – la fantasia non era tra i pregi del colonnello– era un'ombra massiccia nell'oscurità della notte senza luna.

Tranne che per le finestre delle stanze al primo piano che si aprivano sulla facciata della casa. Le tende trattenevano buona parte della luce, ma ne filtrava abbastanza da rivelare i contorni di due sagome che passavano a intervalli regolari dietro di esse.

Entrambe le figure erano maschili. Dunque lui... Come aveva potuto...

Diedi di tallone ai fianchi di Blue Boy e lui partì al galoppo. In pochi momenti eravamo davanti alla porta principale.

Balzai di sella, corsi fino al portone e presi a bussare con forza, curandomi poco dell'ora.

«Si può sapere che succede?» Fielding, il maggiordomo del colonnello Whittemore, aprì la porta e sollevò un candelabro. «Sir Laytham? Oh, vi chiedo scusa!»

«Vorrei vedere il colonnello Whittemore.»

«A quest'ora?»

«Sì.»

L'uomo parve a disagio. «Ha... ha un ospite.»

«Non ne dubito,» ringhiai fra i denti. «Ciò nonostante, gli dirai che sono qui.»

«Temo di non poterlo fare, signore. Ho ricevuto

ordini precisi...»

«Al diavolo i suoi ordini!»

Impallidì quando lo spinsi via, prendendomi una candela. Salii i gradini due e tre alla volta. Che fossi maledetto se avessi aspettato come uno scolaro di essere ricevuto dal preside. Avrei trascinato Geo lontano dall'abbraccio del colonnello Whittemore e se questo avesse richiesto di dare un pugno sul naso al colonnello – strinsi le dita della mano destra – allora *perdio*, così avrei fatto!

«Oh, signore! Oh, signore!» Fielding trotterellò dietro di me sulle scale, ma ero più giovane e più veloce di lui e riuscii a raggiungere la camera da letto del colonnello prima che lui potesse fermarmi.

Alzai il pugno per bussare, poi cambiai idea. Non era il momento dei convenevoli. Girai la maniglia e feci irruzione.

«Sentite un po', colonnello Whittemore! Stephenson è mio e vi prego di...» Mi fermai di colpo e le parole mi morirono in gola.

«Cosa significa tutto questo?»

«Ehm...»

Il colonnello sembrava furioso e ne aveva tutto il diritto. Non era Geo quello fra le sue braccia. Il giovane aveva capelli biondi arruffati, baffi ben curati di una tonalità leggermente più scura, e in effetti somigliava a Geo solo negli occhi di un blu slavato. Lo riconobbi per qualcuno che Whittemore aveva presentato a tutti come suo nipote.

«Mi dispiace tanto, colonnello.» Il maggiordomo era sul punto di piangere. «Ho cercato di fermarlo, ma...»

«Va tutto bene, Fielding. Me ne occupo io. Torna a letto.»

«Sì, signore.» Mi tolse di mano la candela tirando

su col naso e uscì.

«Miles, devo andarmene?»

«No, Ned.»

«Colonnello, vi chiedo scusa.» Mi irrigidii. Quello era uno dei motivi per cui cercavo di tenere sotto controllo il mio carattere. Le conseguenze non erano mai piacevoli. Deglutii rumorosamente. «Avete tutto il diritto di chiedere soddisfazione. Mi farò trovare all'alba di un giorno qualunque di vostra scelta. Vi chiedo solo di concedermi un po' di tempo.»

«Per raccontare in giro quello che avete scoperto qui questa notte?»

«Buon Dio, signore, no!»

«Allora perché aspettare?»

«Gradirei avere il tempo di mettere in ordine i miei affari.» Il colonnello non era soltanto un tiratore eccezionale, ma anche un ottimo spadaccino.

L'espressione sul suo volto era stata omicida, ma si rilassò gradualmente fino a diventare beffarda. «Ned, c'è una bottiglia di brandy sul tavolino del mio studio. Ti dispiacerebbe portarla qui, assieme a tre bicchieri? Credo che abbiamo bisogno tutti di rinfrancarci.»

«Certo, Miles.» Il giovane si infilò una vestaglia e lasciò la stanza.

«Ditemi una cosa, Laytham. Cosa speravate di ottenere irrompendo in questa maniera nella mia dimora?»

«Io... ehm...» Arrossii fino alle radici dei capelli. «Avevo l'impressione che il signor Stephenson fosse ancora con voi.» Non sapevo che altro dire.

«Beh, come vedete, non c'è.»

«No, lo vedo. Vi chiedo scusa,» ripetei vergognosamente. «Io... attento la vostra decisione, signore.»

«Oh, non comportatevi da imbecille. Posso

contare sul fatto che non racconterete in giro del sottoscritto e del mio 'nipotino'?»

«Certamente; avete la mia parola di gentiluomo che rimarrò zitto al riguardo. Ma Fielding?»

«Non dirà nulla.»

«Vi fidate di lui fino a questo punto?» Se uno qualunque dei miei servitori avesse scoperto un segreto così scandaloso riguardante me, la cosa si sarebbe risaputa in tutto il circondario più in fretta di quanto una gatta potesse leccarsi l'orecchio.

Whittemore mi fissò come se fossi impazzito. «Era il mio attendente prima del congedo. Non mi tradirebbe mai!»

«Certo. Ma...»

«A quanto ho capito il puledro che avete comprato da me doveva essere un dono per Stephenson.»

«Come...» Ma certo. I servi. «Sì. Sfortunatamente, ho dovuto abbatterlo in seguito a un incidente.»

«Lo avete abbattuto *voi*?»

«Sono il padrone di Fayerweather. Era mia responsabilità.»

Mi guardò con intensità, poi disse: «Vorrei farvi mostrare la giumenta. Ha tutte le qualità di un ottimo cavallo da caccia.»

«È una buona cavalcatura. Mi è dispiaciuto doverla vendere.»

«Ma volevate il puledro.»

«Sì.» Mi mordicchiai il labbro. «Perdonatemi se chiedo, ma la signorina Petre?»

«La signorina Petre *cosa*?»

«Si dice che vogliate corteggiarla per sposarla in seguito.»

Fece spallucce. «Ho bisogno di un erede.»

«Sì.» Ned era tornato. Porse al colonnello un bicchierino, poi ne diede uno anche a me. «A quanto pare non dovrò aiutarti a nascondere il corpo, Miles.»

Il brandy mi andò di traverso.

«Riposo, capitano!» ruggì il colonnello mentre mi dava delle grandi pacche sulla schiena. Con occhi velati lo vidi fulminare con lo sguardo il nipote, che senza dubbio *non* era suo nipote.

«È una buona idea lasciarlo andare?» lo rimproverò Ned.

«Sì. Siamo tutti sulla stessa barca. E Laytham, avete la *mia* parola di ufficiale e gentiluomo che rimarrò in silenzio come una tomba.»

«Vi ringrazio, signore. Devo… devo tornare a casa. Mi scuso ancora per essere piombato in casa vostra in questo modo.»

Allontanò le mie scuse con un gesto. «Il permesso di Ned scade fra una settimana. Venite a trovarmi. Ci si sente soli qui.»

«Miles…»

«No, Ned. So che non puoi rimanere e non mi sognerei mai di costringerti a farlo.»

«Posso… posso farvi un'ultima domanda, colonnello?»

«Potete.» Whittemore attraversò la stanza fino al focolare. Prese un sigaro da una scatola sulla mensola e si chinò ad accenderlo sulla fiamma. Alla luce, il suo volto era rubicondo. «Il che non significa che risponderò.»

«Come fate?»

Per fortuna, non dovetti spiegarmi meglio. «Ci sono cose atte a distrarre la mente dalla lontananza.»

«Un altro uomo?» Non avrei potuto…

Il colonnello inarcò le sopracciglia.

«No.» Fu Ned a rispondere, con una traccia di

amarezza nella voce. «La splendida signorina Petre. La promessa di una famiglia.»

«Non stanotte, Ned.»

Ned borbottò qualcosa che suonava come: «Né mai, a quanto pare.»

«Venite, Laytham. Vi accompagno.»

«Non serve, Miles. Lo accompagno io alla porta. Ti chiedo solo di non ubriacarti prima che torni.»

Il colonnello Whittemore ignorò le parole del suo amante. «Venite a trovarmi ancora, Laytham.» Mi tese la mano. «Ma non all'una di mattina.»

«No, signore. Grazie ancora per la vostra pazienza, colonnello. Buonanotte.»

«Buonanotte.»

Ned mi fece segno di precederlo e mi tallonò.

«Pensavate davvero che il colonnello avesse messo gli occhi su George Stephenson?» chiese mentre scendevamo le scale.

«Noi... abbiamo litigato,» dissi in risposta. «Sono stato fuori tutto il giorno e quando sono tornato ho scoperto che anche lui era fuori. In visita al colonnello Whittemore, mi hanno detto. Si era fatto tardi e...» Sospirai. «Sono uno sciocco.»

«Lo siamo tutti, in un modo o nell'altro.» Esitò per un momento prima di aprire la porta. «Se Miles me lo chiedesse, rinuncerei alla mia carriera in un attimo.»

«Ma non lo farà?»

«No, non lo farà.»

Avrei voluto mettergli una mano sulla spalla, ma non lo conoscevo abbastanza bene da offrirgli consolazione. Invece, tesi la mano.

«È stato un... un piacere incontrarci.» Mi resi conto di non conoscere il cognome di Ned.

«Piacere mio,» rispose seccamente, e ci stringemmo la mano.

Uscii dalla porta e mi diressi verso il punto, a pochi metri di distanza, dove Blue Boy piluccava dell'erba, e presi le redini.

«Buona fortuna, Laytham,» disse piano Ned. «Spero che siate più fortunato di me.»

Tacqui, poi annuii. «Buona fortuna anche a voi.» Misi un piede nella staffa, balzai in groppa a Blue Boy e lo voltai verso casa.

JEM era ancora sveglio quando condussi Blue Boy alla stalla.

«Non c'era bisogno che mi aspettassi sveglio, Jem.»

«Lo so, signore.» Guardò attentamente i miei occhi, poi prese le redini. «Il signor Stephenson è tornato poco fa con il suo servo e David. Si sono incontrati a La Corona e il guanto, così ha detto.»

«Come si è comportata Jezebel?»

«Bene. Mi ha sorpreso, devo dire.»

Fui più sollevato di quanto diedi a vedere. Geo era un buon cavallerizzo, l'avevo visto, ma ero stato perseguitato da visioni di lui che giaceva immobile a terra dopo essere stato disarcionato.

«Ehm… il signor Stephenson ha notato l'assenza di Blue Boy.»

Ma certo. Mi passai una mano sul volto. «Ti ha chiesto qualcosa al riguardo?»

«No.»

Non sapevo se essere grato perché non aveva chiesto, o deluso.

«Andate a letto, sir Ash. Mi occuperò io di Blue Boy. E se c'è qualcosa che posso fare...»

«Grazie, Jem. Apprezzo l'offerta, ma no.»

«Andate a letto, allora,» ripeté. «Fin troppo presto sarà mattina.»

Già, era vero.

Diedi una pacchetta sul collo di Blue Boy, toccai la spalla di Jem e lasciai la stalla. La notte era immobile, l'aria frizzante. Tagliai per la cucina ed entrai in casa mia. Era silenziosa e buia. E poi Colling apparve con un candelabro in mano.

«Sir Ashton.»

«Spero che tu non mi abbia aspettato alzato, Colling.»

«No, signore. Pensavo avreste avuto bisogno di una candela.»

«Grazie.»

«Il signor Stephenson è tornato qualche tempo fa.»

«Così mi hanno detto.»

«Certo, signore.» Mi porse una candela. «Vi serve qualcosa?»

«No.»

«In tal caso, andrò a letto. Buonanotte, signore.»

«Buonanotte.» Per un attimo pensai di fare tappa nello studio per prendere la bottiglia di brandy e un bicchiere, ma mi ero reso abbastanza ridicolo per una notte sola e salii le scale verso la mia stanza.

Nel mio caminetto ardeva il fuoco, da una bacinella d'acqua si levava un vapore sottile e sul mio letto era stesa una camicia da notte.

A parte quelle cose, la mia stanza era vuota.

Beh, cosa mi aspettavo?

Togliendomi per prima cosa gli occhiali – non c'era davvero nulla da vedere in quella stanza – mi spogliai, mi lavai e feci per prendere la camicia da notte.

Qualcuno bussò alla porta.

«Un momento.» Mi infilai la camicia da notte, presi gli occhiali e andai alla porta.

«Chi − *Geo*?» Nonostante tutto, feci un passo indietro.

E poi mi arrabbiai con me stesso. Non mi aveva mai messo le mani addosso; perché mi aspettavo che lo facesse?

«Posso parlarvi, Ashton?» Rimase immobile, esitante. Tutto il suo peso era appoggiato al bastone da passeggio, i suoi capelli erano in disordine ed era in maniche di camicia, molto diverso dal suo solito aspetto curato.

«Ma certo. Entrate. Mi dispiace, non ho nulla da offrirvi...»

«Ho... ho davvero combinato un tale disastro?»

«Chiedo scusa? Intendevo qualcosa da bere.»

«È l'ultima cosa di cui ho bisogno. Ho bevuto parecchio per tutta la serata.» All'improvviso mi accorsi che si stava sforzando di pronunciare chiaramente le parole.

«Oh.» La parola mi suonò vuota e sedetti sul bordo del letto prima che le gambe rifiutassero di sorreggermi. «Mi dispiace che abbiate avvertito la necessità di ubriacarvi prima di degnarvi di venire da me.»

«Credo...» Mise un piede nella mia stanza e ondeggiò. «Credo che non ci stiamo capendo.»

«Davvero?»

«Questa mattina... non mi avete dato modo di spiegare la mia assenza.»

«Vi siete spiegato abbastanza bene. Eravate in Austria.» Non avrei detto nulla riguardo il suo bisogno di dimostrare che poteva andare avanti senza di me. «Che a quanto pare non ha un servizio postale.»

«Non potevo rischiare.»

«Chiedo scusa?»

«Ho detto che...»

«Ho sentito quello che avete detto. Ho solo qualche problema a capire perché avete avuto problemi a scrivermi.»

«Posso spiegare?» Mi diede a malapena il tempo di annuire. «Ricordate la lettera che mi avete scritto?»

«È difficile dimenticarla, data la vostra risposta. O dovrei dire mancanza di risposta?»

«Ti prego, piccolo, ti prego, non aggredirmi.» Con mio sommo stupore, venne da me zoppicando, si inginocchiò e mi appoggiò la testa in grembo. «È arrivata in un gran brutto momento. Stavano per mandarmi in Austria.»

«Non potevate almeno spedire delle scuse? Avete idea di come mi sia sentito quando mi hanno detto che 'Non c'era risposta'? Avreste potuto scrivere che era un momento inappropriato, ma che più tardi, in primavera... Persino un 'Il nostro rapporto è giunto al termine' striminzito sarebbe stato più accettabile.»

Le sue braccia si strinsero intorno alla mia vita. «Davvero, Ashton? Vuoi davvero liberarti di me?»

«No, certo che no, ma perlomeno mi sarei sentito qualcosa di meglio del fango sotto i vostri piedi.»

«Ah, piccolo, mi dispiace tanto. Era... era una missione totalmente segreta. Nessuno doveva sapere. Persino mio padre pensava che fossi andato alle terme di Baden per la mia gamba.»

«Non era un viaggio di piacere.»

«No.»

«È stato fruttuoso?»

«Fino a un certo punto.»

«Dovrete partire per altre missioni come quella?»

«No. La mia gamba... sarebbe troppo rischioso.»

«E il nostro... il nostro rapporto non è finito?»

«No, piccolo. Non per molto tempo.»

Sospirai di sollievo. «Avevo... avevo un dono per

te...»

«Lo so. Mi dispiace così tanto di non esserci stato.»

«Lo sai? Cosa vuol dire che lo sai? Solo il signor Ruston e Jem sapevano che il puledro era per te!»

Mi rivolse un'occhiata divertita. «E anche Lady Laytham, e come certo avrete imparato, un segreto non è più un segreto quando più di una persona ne è a conoscenza. Ho incontrato per caso la signorina Marchand l'altro giorno a Berkeley Square.»

«Oh? Immagino che Arabella fosse accompagnata, come si conviene?»

«La sua cameriera le correva dietro, appesantita da numerosi acquisti.»

Sospirai, chiedendomi se fosse rimasto qualcosa della lettera di credito ancora in possesso di zia Cecily e se presto avrei ricevuto da lei la richiesta di un'altra.

«L'ho rimpinzata di gelato da Gunter's ed è stata molto lieta di esplicitare il rancore che prova nei tuoi confronti. Ti informo che non sei il suo favorito, Ashton.»

«Lo so bene. E lei non è la mia favorita.» Provai un dolore pulsante allo stinco, eco di tutte le volte in cui lei lo aveva preso a calci durante la nostra infanzia. «Ti sarebbe piaciuto molto il puledro. Era mansueto, con la bocca molto tenera.»

«Non gli hai dato un nome?»

«No, era tuo. Spettava a te.»

«Mi dispiace tanto di essere stato lontano. Mi dispiace non aver potuto trascorrere il mio compleanno con te. Mi...»

«Basta così, Geo. Ora sei qui.» Quello era tutto ciò che importava e non avrei lasciato che una sfuriata lo allontanasse.

«Posso... posso trascorrere la notte con te?»

«Ma certo. Sei sempre il benvenuto nel mio letto.» Sentivo il cazzo premermi contro il ginocchio.

«Dov'eri stanotte?»

«Sono andato dal colonnello Whittemore.»

«Perché?» Non sembrava troppo interessato. Era occupato a sollevarmi l'orlo della camicia da notte fino alle cosce, seguendo la stoffa con le labbra.

«Eri lì. Ti avrei trascinato fino a casa se avessi dovuto.» Risi, persino mentre aprivo le gambe per lui. «Ho fatto irruzione nella camera da letto del colonnello.»

«Immagino che non sia andata molto bene.» Mordicchiò l'interno della mia coscia.

«N... no. A... aveva compagnia.» Ora i miei testicoli erano esposti e lui vi passò la lingua sopra, fino alla rigida lunghezza della mai asta.

«Come velluto tiepido, mio caro. Cosa è accaduto poi?»

«Pensavo fossi tu e gli ho ordinato di lasciarti andare.»

«E quando ti sei reso conto che non ero io?»

«Mi sono offerto di farmi trovare all'alba.»

«Un duello?» Si staccò. «Sei pazzo?»

«No, ma era tutto ciò che potevo offrire per fare ammenda. Delle scuse non mi sembravano sufficienti.»

«Dannazione! Whittemore è uno dei migliori – hai scelto qualcuno per farvi da secondo. Lascia perdere, lo farò *io*. Sono un ottimo tiratore e se avrò l'impressione che non intenda sparare a vuoto, lo fermerò.»

«Grazie, Geo, ma non sarà necessario.» Avrebbe fatto questo per me? Fui più colpito di quanto volevo rivelare. «Mi ha dato dell'idiota e ha declinato l'offerta.»

«Grazie a Dio. Spero che tu sia soddisfatto. Hai

rovinato l'atmosfera!»

«Ti chiedo perdono.» Sorrisi fra i suoi capelli.

«Ash, ti rendi conto che se si dovesse sapere di quello che hai fatto, rischi di essere scansato da tutti i tuoi vicini?»

«Non mi importava. Non avrei lasciato che ti traviasse.»

«Davvero?»

«Davvero.» Non gli dissi che il colonnello Whittemore aveva da perdere ancora più di me – non solo il rispetto dei suoi vicini, ma i suoi amici, gli altri ufficiali, la signorina Petre.

«Ashton, faresti... faresti l'amore con me?»

«Ma certo.» Non gli avrei detto che per me era sempre stato così. Speravo che, adesso, le cose sarebbero state migliori fra noi, ma...

«No, voglio dire... mi sodomizzeresti?»

Mi si mozzò il respiro e le mie mani presero a tremare. A John non era mai importato nulla tranne che farsi montare da me. Geo non aveva mai voluto altro che montarmi. Sembrava che non ci fosse niente in mezzo e mi ero rassegnato a quello stato di cose.

«Sei sicuro?»

«Sì.»

Passai il palmo della mano sui suoi capelli, poi gli feci alzare il mento e premetti le mie labbra contro le sue, cogliendo un accenno del whisky che aveva bevuto. «Sono un abile amante, Geo. Non te ne pentirai. Prometto.»

Mi alzai in piedi e lo aiutai a fare lo stesso. Il letto era già pronto e io lo svestii in fretta, godendomi la sensazione dei peli ricci che coprivano il suo torace, le punte dei capezzoli che facevano capolino fra i peli, la pista sottile che scendeva oltre il suo ombelico fino al cazzo.

«Sdraiati.» Presi il vasetto di unguento dal tavolino e ne misi un po' sulle dita.

Non dovetti dirgli di tirare indietro le gambe. Le sollevò con le mani sotto le ginocchia e rimase esposto ai miei occhi e al mio tocco.

Passai la punta di un dito sopra la sua apertura, spinsi e, all'improvviso, trovai l'apertura serrata. «Quando l'hai fatto l'ultima volta?»

«Ehm… non di recente.»

Me n'ero accorto. «Quando?»

La sua bocca si contrasse in un'espressione cocciuta e io temetti che non mi avrebbe risposto, ma poi ammise: «Mai.»

«Sei sicuro di volerlo?»

«Sì, sono sicuro. Non sono mai stato più sicuro in vita mia.»

«Perché?»

«Cosa vuol dire 'perché'?»

«Geo, ti prego, non fare lo stupido. Hai compiuto ventotto anni. Sei stato in giro per il mondo e hai avuto numerose opportunità. Perché hai scelto me per perdere la tua verginità?»

«L'ho fatto e basta, va bene? Se non vuoi…» Si stava alterando e decisi che le ragioni della sua scelta di me non erano importanti.

«Molto bene.» Stampai un bacio sulle sue labbra. «Mettiti sul fianco.»

«Perché?» chiese sospettoso.

«Sarà una faccenda scomoda. Voglio renderla il più piacevole possibile per te.»

Rotolò su un fianco e vidi la lunga cicatrice lungo la coscia. La baciai, poi mi misi a giocherellare con il suo fondoschiena, massaggiando il punto sensibile sotto di esso, e presto lo feci gemere di piacere.

Gli infilai un dito dentro e lui si irrigidì. Lo

sostituii con un dito dell'altra mano e gli stuzzicai il cazzo con carezze leggerissime.

Questo lo distrasse e presto riprese a gemere, senza accorgersi di quando un secondo dito si unì al primo e poi un terzo, tutti coperti da una quantità generosa di unguento.

Si contorse e lanciò un gridolino quando trovai quel punto speciale dentro di lui e vi prestai particolare attenzione. Cominciò a spingere contro di me, prendendo le mie dita più a fondo nel suo corpo.

Ricoprii il mio cazzo con l'unguento e tolsi delicatamente le dita.

«No, Ash! Non...»

«Sssh, mio caro. Non ho intenzione di abbandonarti.» Gli sollevai le gambe, gli aprii le natiche e infilai la testa del mio cazzo dentro di lui. Con movimenti lenti e cauti gli scivolai dentro, prestando molta attenzione al minimo segnale di dolore.

Rimase immobile, stretto intorno a me, e io riuscii solo a trattenermi dal prenderlo con forza ed esplodere come un fuoco d'artificio.

Il suo cazzo si era ammosciato. Passai il pollice lungo la corona, prendendo il liquido che vi colava e spargendolo sopra di essa, dopodiché lo presi in bocca e lo succhiai.

«Hai sempre un sapore così delizioso, Geo.»

«Cosa?» Mi fissò da sopra la spalla, con gli occhi spalancati, tremò e si rilassò un poco intorno a me.

«Proprio così, con calma, mio caro.» Modificai l'angolazione del mio cazzo e spinsi con delicatezza in avanti, sapendo di aver trovato il punto giusto quando lui grugnì.

Riportai la mano sul suo cazzo, che ancora una volta svettava glorioso, e ripresi a massaggiare e a muovermi su e giù.

Mordicchiai la pelle nel punto in cui collo e spalle si congiungevano, passai la lingua lungo il suo collo, gli mordicchiai il lobo dell'orecchio. Il suo respiro era una serie di brevi grugniti e io riuscii a mantenere il controllo per un soffio.

E poi lui riprese a spingere contro di me.

«No! Geo, non farlo!»

«Sì! Ash, ti prego!»

E fu troppo tardi. Persi il controllo e iniziai ad affondare dentro di lui, sbattendo l'inguine contro il suo culo – il suo splendido culo sodo di cui nessun altro aveva mai goduto – e in pochi istanti stavo venendo.

E lui arrivò un istante dopo di me, riempiendomi la mano del suo seme. Cercai di contenerlo e risi quando non ci riuscii.

«Mmm?» La voce di Geo era mezza addormentata.

«Posso chiederti quanto tempo è passato dall'ultima volta?»

Sbadigliò. «Quando sono stato qui l'ultima volta?» chiese distrattamente.

«Non mi prendi in giro?»

«Perché dovrei?»

«Eri sul continente e non hai trovato nessuno di tuo gradimento?»

«Più che altro, nessuno ha trovato me di suo gradimento.»

«*Cosa?*»

«La cicatrice, il modo in cui zoppico. Le donne non sono le uniche a volere la perfezione.»

«Sono tutti matti. Rinunciare a un uomo come te...»

«Grazie, Ash.»

«Dico solo la verità. Come ti senti?»

«Molto bene, caro. Un po' allargato, ma a parte

questo...» Voltò la testa e baciò un angolo della mia bocca. «Sono contento di averti aspettato.»

«Ah, Geo.» Sospirai, compiaciuto quanto lui e sazio. Mi portai la mano alla bocca e la pulii con la lingua, poi intrecciai le dita con le sue.

In pochi attimi eravamo già addormentati.

Dopo quella notte le cose cambiarono. Geo rimaneva ancora con me solo nei fine settimana, ma cominciò a cercare scuse per stare con me. Avevo sempre fatto in modo che nel fine settimana non ci fosse nulla a distogliere la mia attenzione da lui, ma ora lui insisteva per venire con me, incontrando la mia gente quando io facevo il giro della tenuta, osservando il modo in cui veniva condotta Fayerweather, soddisfatto nel vedere che sapevo quello che facevo.

La stagione trascorse felice e io presi a sperare che ciò che condividevamo potesse durare, sperai che potesse essere qualcosa di più che un mezzo di saldare quel maledetto debito.

Mi resi conto allora che eravamo andati molto oltre, almeno per quanto mi riguardava.

CAPITOLO
QUATTORDICI

LA PRIMAVERA era tornata, con la sua aria tiepida e fragrante dell'aroma dei fiori sbocciati. I semi erano stati piantati e la mia gente pareva in buona salute.

Di volta in volta il giovane Burt Johnson incrociava il mio cammino e mi sorrideva allegro. Era un ragazzo felice, com'ero io alla sua età, e non mi riusciva di non rispondere al suo sorriso con il mio.

Soprattutto, la Stazione di monta Faywerweather cominciava a farsi una certa reputazione.

Geo era lontano – affari da sbrigare nelle Americhe – ma questa volta mi aveva chiesto di andare a Londra per salutarlo.

«HO QUALCOSA per te.» Mi porse un catalogo di Tattersall's, la casa d'aste. «Il conte Malemayns deve mettere all'asta le sue bestie. So che cerchi uno stallone per la monta.»

«Sì.» Se ne avessimo trovato uno col sangue dell'Arabo di Godolphin. Se mai un animale simile fosse stato messo sul mercato. Se avessimo potuto permettercelo.

Così tanti *se*.

«C'è qualcosa che potrebbe interessarti.»

Il catalogo era piegato in due e, quando lo aprii, apparve un'*opéra* di perle nere.

«Geo»?

«Credo che questa appartenesse a tua madre.»

Pensavo fosse andata perduta per sempre. «Come hai fatto a trovarla?»

«Conoscendo il tipo d'uomo che era tuo zio, ho semplicemente chiesto a tutti gli uomini con cui ha giocato d'azzardo.»

«G... grazie!» Mi tremò la voce, al che tossicchiai e ordinai al mio labbro superiore di star fermo. «Non ci sono parole per esprimere la mia gratitudine, ma…»

«Non servono parole, Ash.» Mi strinse il braccio. «Devo andare.»

«Buon viaggio, Geo. Non stare via tanto.» Rimasi sul molo, con la mano alzata in un gesto di saluto, e mormorai sottovoce: «Ma io aspetterò tutto il tempo necessario.»

Di nuovo a Fayerweather, feci chiamare il signor Ruston e sedemmo nel mio studio, sfogliando il catalogo.

Si chinò in avanti e batté sulla pagina con il cannello della pipa, indicando sul listino un giovane puledro sauro. «Questo, sir Ash?»

«Certo. Tuttavia, immagino che tutti faranno offerte per lui.»

Più che mai rimpiansi la perdita della Fiamma.

Le perle erano adorabili, ma anche se fossi riuscito a costringermi a venderle, non avrebbero reso che una frazione della somma necessaria ad acquistare il puledro, come divenne ovvio molto prima della fine dell'asta.

Tornammo da Londra senza una singola aggiunta per la stazione di monta.

«Perdonatemi se chiedo, sir Ash,» disse quel pomeriggio il signor Ruston mentre, ancora una volta, scorrevamo il catalogo, «ma il signor Stephenson non potrebbe anticiparvi la somma?»

Mi sentii arrossire e sperai che non fosse palese, o che, se lo era, il signor Ruston l'avrebbe scambiato per disgusto al pensiero di avere obblighi nei confronti di altri. Non sapeva – come tutti – dell'entità dei miei obblighi nei confronti di Geo.

«È ancora lontano.» Anche se questa volta si faceva sentire regolarmente, con lettere che descrivevano il viaggio di sei settimane attraverso l'oceano in tutti i suoi dettagli più buffi, il molo affollato di una città chiamata Hoboken, la ricerca di cavalli decenti e di una guida che lo portasse a ovest oltre le montagne. Non c'erano accenni alla ragione per cui doveva fare quel viaggio e, nella lettera che gli spedii in risposta, non c'erano domande al riguardo.

«Non importa, signore. Se così deve essere, così sarà.»

«Possiamo solo sperare.» Decisi che sarebbe stato meglio cambiare argomento. «Il colonnello ha chiesto se potreste dare un'occhiata a uno dei cavalli nella sua stalla.»

Ridacchiò. «Non ditemi che è il castrone sauro.»

Il colonnello Whittemore aveva comprato un altro sauro nella speranza di conquistare la bella signorina Petre, ma a quanto sembrava l'animale non si rendeva conto di essere castrato e insisteva nel cercare di montare ogni giumenta che gli passava vicino.

«No, è una giumenta.»

«Mmm. Non riesco a ricordare... Beh, non importa. Sarò lieto di...»

Si udì un bussare alla porta e Colling entrò. «Chiedo scusa, signore, ma è arrivato il signor Stephenson...» Sapevo che intendeva il padre di Geo, dato che in casa George era divenuto «il signor George» per distinguere i due. «E Lady Laytham desidera la vostra presenza in salotto.»

«Molto bene. Signor Ruston, vi occuperete voi della giumenta del colonnello?»

«Certo, signore.» Guardò per un attimo Colling con freddezza, poi lasciò la stanza.

«Porterò il tè fra poco, signore.»

«Sì, grazie, Colling.» Percorsi la strada fino in salotto. «Zia Cecily, volevate vedermi? Buongiorno, signor Stephenson. Avete un aspetto...» Non si poteva proprio dire «in salute». Aveva un'aria grigiastra e la sua bocca era serrata.

«Temo... temo di avere brutte notizie per voi. Ho creduto che doveste essere presente mentre le riferisco a vostra zia.»

Il mio cuore prese a battere un ritmo lento e doloroso. «Geo?»

«Eh? Oh, no, no. Il ragazzo, per quanto ne so, sta benissimo.»

Mi lasciai sfuggire un silenzioso sospiro di sollievo.

«Mi rendete nervoso, George.» Zia Cecily cercò di sorridere, ma pareva... spaventata? Che stava succedendo?

«Aspettiamo la signorina Arabella. Questo riguarda anche lei.»

Colling entrò col carrello del tè e lo mise di fronte a zia Cecily. «C'è altro, signora?»

«Grazie, no, Colling. Suonerò se dovesse servirci altro.»

Si inchinò e andò verso la porta, tenendola aperta quando Arabella entrò di corsa, le braccia piene di fiori – rose, peonie, mughetti.

«Oh, Colling! Porta un vaso, per favore!»

«Sì, signorina.»

«Signor Stephenson.» Fece una breve riverenza.

«È un piacere rivedervi.»

Lui annuì, ma era chiaramente impensierito.

«Se fossi così gentile da versare il tè, mia cara?»

Zia Cecily impallidì un poco, ma non obiettò. Qualunque cosa dovesse dirci il signor Stephenson, era chiaro che non voleva essere interrotto dall'arrivo dei servi.

Ed era altrettanto ovvio che non aveva molta fretta.

Zia Cecily riempì le delicate tazzine. Arabella appoggiò i fiori sul tavolino e prese una tazzina, l'unica di noi a farlo. Si servì anche di un sandwich ai cetrioli.

«Io... è... è passato molto tempo dall'ultima volta che vi abbiamo visto, George.» mormorò zia Cecily. «Devo dire che, quando non siete venuto a trovarci mentre eravamo in città, ho temuto che qualcuna più giovane e attraente di me avesse attirato la vostra attenzione.»

«Molto improbabile, mia cara. Sapete bene che gli uomini degli Stephenson amano solo una volta nella vita.»

Il mio cuore ebbe un tuffo a quelle parole. Forse Geo – ma no, erano pensieri sciocchi. Gli piacevo abbastanza e dovevo accontentarmi di quello.

«Oh, George! Mio caro!» Gli occhi di zia Cecily si riempirono di lacrime di gioia, ma il signor Stephenson parve notarlo a malapena e lei abbassò lo sguardo sulle proprie mani.

Arabella borbottò: «Sarebbe bello che tutti gli uomini fossero così affidabili!»

Colling entrò proprio in quel momento, con un vasetto di porcellana cinese color bianco sporco e un paio di forbici, e gli altri caddero in silenzio. Mise gli oggetti accanto ai fiori sul tavolino e se ne andò, chiudendo in silenzio la porta dietro di sé.

«Immagino parliate del signor William Hood, signorina Arabella.»

Lei mise da parte il tè e andò al tavolino per iniziare a sistemare i fiori, le labbra serrate. «Se non avesse scelto di andarsene, oggi avremmo celebrato il nostro primo anniversario di matrimonio.»

Sospirai. Era chiaro che la sua mente era provata. Era stata così per tutto l'anno precedente, al punto che zia Cecily l'aveva portata a Bath nella speranza che le acque termali potessero curare la sua malinconia.

Si era rallegrata quando parecchi giovani avevano cominciato a recarsi nei loro alloggi a Laura Place per far loro visita, e un paio mi avevano persino scritto chiedendomi il permesso di corteggiarla, ma anche zia Cecily aveva scritto, pregandomi di non costringere Arabella a un matrimonio senza amore, che era quello che le avrebbero riservato loro.

Quei signori si sarebbero presto resi conto che c'era qualcun altro nel loro letto nuziale e nonostante il mio astio nei confronti di Arabella, non potevo condannarla a una cosa del genere.

«Sì, beh...» Il signor Stephenson si schiarì la voce. «Prima di tutto, devo assicurarvi che i fratelli Hood erano tre degli uomini più onorevoli e affidabili che abbia mai avuto il privilegio di conoscere.»

«'Erano'? 'Abbia avuto'? George?» La voce di zia Cecily era salda, ma il modo in cui si torceva le dita la smascherava. «Avete notizie dei miei ragazzi?»

«Sì, e sono molto tristi.»

«No!» Arabella impallidì e corse verso zia Cecily, urtando il vaso nella fretta. Per un momento traballò, ma non cadde. I fiori, tuttavia, si sparsero sul pavimento.

Arabella li ignorò del tutto. Cadde in ginocchio accanto a zia Cecily e le strinse la mano tanto forte che la zia sussultò per il dolore.

Mi diressi verso il tavolo, raccolsi i boccioli, i cui colori parevano ora fuori luogo, dato l'atteggiamento cupo del signor Stephenson, e li misi nel vaso.

«Temo di sì. Vedete, sapevo quanto vi mancasse la presenza degli Hood e quanto fosse ingiusta l'accusa di sir Eustace nei loro confronti, così sono riuscito a rintracciarli da Fayerweather all'ufficio della Prime Star Line fino alla nave su cui avevano prenotato un passaggio. Ho anche appreso che il *Falco Pellegrino* sbarcò a Hoboken. Ho chiesto a un vecchio collega di informarsi riguardo dove si trovassero.» Si mise a sedere sul divano accanto a zia Cecily e liberò la sua mano dalla morsa di Arabella. «Renny...»

«Henry Renishaw, George? Oh, conosce i miei ragazzi?»

«Giusto, conosci Renny dall'anno del tuo debutto. Me ne ero dimenticato. Eravamo birbanti, eh, Cecily?» La sua voce tremò per un istante, dopodiché si schiarì la voce. «Sfruttando la mia autorità, Renny ha assunto un investigatore privato, che alla fine li ha rintracciati nel Territorio del Texas.»

«Texas? Ma cosa li ha portati laggiù?»

«La ricerca di fortuna, forse.»

«Avrei dato loro tutto ciò che volevano!»

Il signor Stephenson le accarezzò distrattamente la mano. Sapeva bene quanto me che, pur con tutta la sua buona volontà, lei non aveva nulla da dare loro.

«C'erano tensioni fra i Texani e il governo messicano; erano in gioco territori molto ricchi. Loro tre si unirono a una banda di avventurieri americani...»

«Perché? Sono inglesi, perdio!» Era chiaro quanto zia Cecily fosse agitata.

«C'erano degli altri... Scozzesi, Irlandesi, Tedeschi. Si diceva ci sarebbe stata una battaglia.»

E naturalmente Robert aveva voluto esserci in mezzo a tutti i costi, trascinando con sé i suoi fratelli, non che John o William avrebbero mai obiettato.

«Ci fu un assedio e per tredici giorni hanno sopportato il bombardamento costante dell'artiglieria messicana, ma poi...»

Delle lacrime cominciarono a scivolare lentamente dagli occhi di zia Cecily.

Il signor Stephenson trasse un fazzoletto dalla tasca interna e le asciugò con delicatezza le guance. «Dovete sapere che si sono comportati da eroi.» Ancora una volta si schiarì la voce. «Non esiste un modo semplice per dirlo. Mi dispiace tanto, Cecily. Robin è morto. John è morto.»

«Non ci sono più!» disse zia Cecily con voce rotta. «I miei cari, valorosi ragazzi non ci sono più!» Si portò una mano alla nocca, mordendosi le dita per soffocare i singhiozzi.

Dunque Robert aveva ottenuto la sua ultima, disperata battaglia.

E di sicuro John era stato al suo fianco. Non avrebbe potuto fare altrimenti. Avvertii un bruciore dietro gli occhi e mi tolsi gli occhiali per premere il pollice e l'indice contro di essi. Quando ero sciocco a dolermi per un uomo di cui non era mai importato nulla di me? «William?» chiese Arabella con voce stridula.

Il signor Stephenson scosse la testa. «Tutto ciò che posso dirvi è che William era stato mandato con un messaggio dal comandante americano.» Si accigliò. «Non riesco a ricordare il suo nome.»

«Oh, che importa?» Arabella si coprì gli occhi e pianse amaramente. «William! Oh, William!»

«Cos'è accaduto, George?» Zia Cecily aveva ripreso il controllo di sé. La cosa aveva molto a che fare con gli anni vissuti accanto a sir Eustace, immaginai.

«Quando le esortazioni di William furono respinte come la semplice preoccupazione di un giovane preoccupato per i suoi fratelli, lui maledisse tutti, scambiò un gioiello che aveva con sé per un cavallo e svanì nella direzione di San Antonio. Non ha mai raggiunto quella vecchia missione spagnola.»

«Cosa... cos'ha scambiato per quel cavallo?» Stranamente, la voce di zia Cecily si era alzata di un'ottava.

«Questo gioiello.» Trasse di tasca un rubino delle dimensioni di un pugno di donna.

Il respiro mi si mozzò in gola. «La Fiamma!»

«Come avete fatto...?» Zia Cecily aveva l'aria di stare guardando chissà quale creatura fantastica.

«Chi se ne importa di quella dannata pietra!» gridò Arabella. «E William?»

«È disperso e presumibilmente morto, temo, anche se non era nell'elenco dei caduti ad Alamo. Così i locali chiamano quel luogo dimenticato da Dio.» Il signor Stephenson scosse la testa e mi sembrò più vecchio che mai. «Non riesco ancora a credere che gli Hood abbiano potuto fare qualcosa di tanto vile...»

«No!» Il rifiuto di zia Cecily di accettare ciò che aveva di fronte agli occhi non era sorprendente. Gli Hood, in particolare Robert, erano sempre stati i suoi favoriti.

«Temo che questa non menta,» disse lui.

«Quella pietra...» Il suo volto era sbiancato. «Quella pietra è falsa!»

«Cosa?»

Mi impadronii del gioiello e lo guardai controluce. «Ma ha il fuoco dentro!»

«Chi l'ha fabbricata era un maestro nel suo campo.» Fece spallucce.

«Quando siete venuta a saperlo, zia Cecily? *Come* siete venuta a saperlo?» chiesi con forza. Quale dei Laytham aveva venduto il nostro talismano? Provai a pensarci, ma le sorti di tutti loro erano state così avverse...

«Sono stata io. Dodici anni fa, ho... ho trovato qualcuno che non solo era disposto a pagare diecimila sterline, ma ha potuto anche far costruire un duplicato.»

«Per cui, alla fin fine, Robert ha rubato un inutile pezzo di vetro rosso. A meno che...» Per quanto avessi pensato male di lui, non mi era mai sembrato sleale, e sapevo che voleva molto bene a zia Cecily. «Poteva avere sentore del fatto che la Fiamma fosse fasulla?»

«No. Tuo zio, *nessuno* era in grado di distinguerle.»

«Un ottimo artigiano davvero. Ma perché lo avete fatto, zia?» Un pensiero mi attraversò la mente. «Le fattorie! Né io né il signor Kirby siamo riusciti a spiegarci come mai fossero in condizioni tanto buone. L'avete fatto per la nostra gente!» La fissai meravigliato, perché sebbene io avrei fatto lo stesso, avrei per forza dovuto attendere che sir Eustace fosse andato a sottoporsi al giudizio ultimo.

Lei arrossì e distolse lo sguardo.

«Sono morti tutti per colpa tua!» Arabella era rimasta in silenzio mentre singhiozzava, ma ora la sua accusa rieccheggiò per la stanza e i suoi occhi brillarono di una luce folle.

«Cosa?!»

«Hai preso tu la Fiamma di Diabul; so che l'hai fatto!» Il tono della sua voce crebbe di pari passo con la sua isteria. «E probabilmente l'hai infilata nella tasca di William mentre lui era distratto! Li hai sempre odiati!»

«No, io...» Avevo amato John per quanto lui me lo aveva consentito.

«È così! È così! Chiunque non fosse cieco poteva vederlo!»

«Oh, bambina mia...»

«Signorina Arabella, state esagerando!»

«Perché non sei morto *tu*?» Ignorò zia Cecily e il signor Stephenson e corse verso di me, facendoci sobbalzare tutti con quella mossa improvvisa. «Perché *tu* sei vivo mentre William è morto?»

Le sue unghie mi colpirono al viso, graffiandomi la guancia.

Sentii il sangue uscire lentamente e cominciare a colare lungo la mia guancia fino al mento.

Con le dita incurvate come artigli, sollevò la mano per colpirmi di nuovo.

«Basta così, Arabella!» Afferrai il suo polso in una presa che sapevo essere dolorosa, ma non riusciva a importarmene, e lei sussultò.

«No, zio Eustace!»

«Io. Non. Sono. Mio...»

«Lasciatela!» Il signor Stephenson fece un passo verso di me.

Voltai il capo per fulminarlo con lo sguardo; le sue mani erano chiuse a pugno, la voglia di colpirmi evidente in ogni linea del suo corpo, e mi preparai. Invece, lui si fermò di colpo.

C'era un peso morto fra le mie mani; Arabella era svenuta. «Maledizione!» La lasciai andare disgustato, con la tentazione di versare il vaso pieno d'acqua sulla testa di quella dannata smorfiosa.

«Signore, vi prego di ricordare che ci sono delle dame qui!»

Zia Cecily corse al fianco di Arabella, cadendo in ginocchio e prendendo la ragazza fra le braccia. «Oh, piccola mia,» mormorò fra i singhiozzi. «Non hai sentito quello che ho detto? Sono stata io! Dovevo fare qualcosa una volta scoperto che sir Eustace aveva speso tutta l'eredità dei miei ragazzi!»

La fissai, sbalordito. «Voi... voi avete usato il talismano dei Laytham per...» Degli estranei? Mi lasciai cadere su una sedia e tirai fuori un fazzoletto per pulirmi il viso dal sangue. Avevo perso la possibilità di mescolarmi ai miei pari, avevo attirato su di me le ire di sir Eustace per proteggerla, e lei...

«Devi capire, Ashton. Tu avresti avuto Fayerweather e Laytham Hall. Ma i miei ragazzi... non avrebbero avuto nulla!»

«Ma la Fiamma non era vostra! Non potevate darla via o venderla!»

«Temo che abbia ragione, mia cara.» Il signor Stephenson disse quelle parole quasi a fatica.

Zia Cecily ci ignorò entrambi. Continuava a cullare Arabella. «Non potevo lasciare che i figli della mia amica fossero gettati nelle fauci della povertà perché ero sposata a un mostro spendaccione! Sir Eustace spese tutta la mia dote prima che tornassimo dal viaggio di nozze. Ashton, la tua eredità è sopravvissuta a malapena al tuo primo anno qui. Quello che i miei ragazzi hanno portato con sé... non era molto, ma svanì in un batter d'occhio. Non avevo altra scelta! Devi capire!» L'espressione sul mio viso, evidentemente, diceva il contrario. «Io... ehm... ho usato parte del denaro per le fattorie.»

Perché si sentiva in colpa?

«E mi sono offerta di darti... ma tu hai rifiutato...»

«Pensavo che fosse la vostra dote, e come avrei potuto accettarla?» Oh, buon Dio, diecimila sterline! «È rimasto qualcosa?»

«Forse mille sterline.» Vide la mia espressione, sbiancò e si fece piccola. «Eustace, ti prego!»

«Non sono...» Se fossi stato paragonato ancora una volta a sir Eustace, non avrei potuto rispondere delle mie azioni. «Chiedo scusa.» Con la furia in ogni passo, uscii di casa.

Un phaéton stava girando la curva a colpi di frusta, ma non ero dell'umore per vedere dei vicini. Colling avrebbe dovuto allontanare chiunque venisse a far visita. Era quello il compito dei maggiordomi – tener chiusa la porta della famiglia quando c'era agitazione in casa.

Raggiunsi le stalle, dove avevo sempre trovato sollievo.

Come potevano scambiarmi per sir Eustace? Certo, c'era una vaga somiglianza fisica – tutti i Laytham avevano sopracciglia scure e affilate, non importava il colore degli occhi, e naturalmente c'era il segno che avevamo sugli avambracci – ma non somigliavo a sir Eustace più che... che a Robert Hood!

Nel cortile della stalla, Dickon stava facendo camminare in cerchio un cavallo sellato, cercando di impedire alla grossa giumenta di saltare fuori dalla propria pelle.

Il cavallo non era uno dei nostri. Agitava la testa per il fastidio. Aveva le orecchie drizzate e metteva alla prova il controllo che lo stalliere aveva su di lei, cercando di prendere il morsi fra i denti in modo da liberarsi.

Ma guarda un po'! Un cavallo che non mi conosceva!

Non era una buona idea, ma strappai lo stesso le redini dalle mani di Dickson e balzai in sella.

Avrei dovuto infilare degli stivali da cavallerizzo, ma questo avrebbe significato ritornare nella magione e non ero pronto per farlo.

Ebbi a malapena il tempo di infilare i piedi nelle

staffe prima che l'animale recalcitrante raccogliesse le forze e balzasse in avanti con un rimbalzo tremendo che la vide al galoppo sul viale sterrato nel tempo di due falcate.

«Sir Ashton!»

«*Aspetta!*»

Udii le grida, ma le ignorai. La giumenta era una delle più veloci che avessi mai cavalcato e il vento mi strappò delle lacrime dagli occhi.

E allora mi resi conto che la mia rabbia non era altro che la maschera del mio dolore; stavo piangendo – per la perdita di qualcuno che un tempo avevo creduto di amare, ma soprattutto per l'amore che, dovevo accettarlo, la mia famiglia non avrebbe mai provato nei miei confronti.

Perché mai avevo pensato che qualcuno potesse amarmi?

Geo... oh, gli piacevo abbastanza, ma quello non era amore. E io ero un dannato sciocco. Mi asciugai in fretta le lacrime con gli avambracci.

Sentivo rumore di zoccoli dietro di me, ma non mi importava. Lasciai che la giumenta facesse come voleva e i nostri inseguitori mangiarono la polvere.

Di fronte a noi apparvero delle recinzioni dipinte di bianco. Cespugli e tornelli, un'unica massa sfocata, fecero del loro meglio per rallentarci. Incitai la giumenta con le mani, la voce e i talloni, incurante del rischio di un tremendo capitombolo.

La giumenta cominciò a stancarsi e quella fu l'unica cosa che salvò la figurina che corse fuori dalla siepe. Tirai di scatto le redini, rompendo la corsa della mia cavalcatura. Si impennò, sbilanciandosi, e cademmo entrambi.

«Sir Ash! Oh, sir Ash! Non siate morto!»

«Giovane Burt?»

«Sì, signore. Mi... mi dispiace tanto!»

Sbattei le palpebre, cercando di schiarirmi la vista, poi gridai quando la giumenta lottò per rimettersi in piedi e il suo peso ricadde sulla mia gamba.

«Sir Ash! Sir Ash!» Il ragazzo mi passò le mani sul viso e delle lacrime caddero sulle mie guance. «'to... 'to bene, Burt.» Sotto al mio orecchio sentivo il terreno vibrare per la corsa dei cavalli in arrivo, ma quando giunsero, ero privo di conoscenza.

IL CORPO mi pulsava e la testa mi faceva un male d'Inferno. Beh, me lo meritavo per essermi lasciato controllare dalle emozioni. Aprii gli occhi. Dalle tende filtrava un po' di luce solare, ma era abbastanza per pugnalarmi agli occhi, agitando il mio stomaco delicato.

Con un gemito rotolai fino al bordo del letto. Dita lunghe presero la mia testa e un catino fu piazzato sotto di me prima che potessi vomitare sui piedi nudi accanto al letto.

«Che diamine!» borbottai. Vomitare mi aveva sempre disgustato e tenni gli occhi chiusi nella speranza che il mio stomaco si tranquillizzasse.

«Come dici tu, Ashton.»

«Geo? Pensavo fossi nelle Americhe.»

«Sono a casa.» Gli tremava la voce; in essa c'era anche del divertimento mentre svuotava il catino – senza dubbio nel vaso da notte, ma non avevo proprio voglia di aprire gli occhi per vedere se avevo ragione. E poi, nonostante tutto, dovetti aprire gli occhi. Erano passati quasi cinque mesi dall'ultima volta che l'avevo visto.

«Geo?» Vedevo il mio amore tutto sfocato.

«Sì?» Mi infilò gli occhiali sul naso e io battei le palpebre per focalizzarlo.

«Cosa ci fai qui?»

«Sono a casa,» ripeté. Mani gentili mi spinsero contro i cuscini e scostarono con dolcezza i capelli dalla mia fronte.

«Quando...?» La vista di lui mi distrasse da ciò che avevo intenzione di dire, da tanto era raro che lo vedessi in maniche di camicia.

Lo osservai con più attenzione. Le rughe agli angoli dei suoi occhi parevano essersi fatte più profonde. I suoi capelli erano dritti e in disordine, non si era rasato e aveva gli occhi cerchiati. «Buon Dio, Geo! Hai un aspetto orribile!»

«Mai quanto il tuo, piccolo!» La sua bocca si incurvò in un sorriso mesto. «Cosa ti hanno fatto?» Sfiorò i solchi che Arabella aveva tracciato sulla mia guancia.

«Loro... gli Hood sono morti. John. Robert. Nessuno sa dove sia William, per cui potrebbe essere morto anche lui. Non c'è bisogno di dire che Arabella crede sia colpa mia.»

«E per questo hai preso un cavallo sconosciuto e ti sei quasi ammazzato?»

«La giumenta!» Come potevo averla dimenticata? «Come sta? Era caduta...» Mi accigliai, cercando di ricostruire gli eventi.

«La giumenta non sta peggio di prima, secondo Ruston.»

«Non so cosa mi abbia preso. Sul serio non è ferita? È caduta piuttosto male.»

«Così ho detto. Ruston ha detto anche che il suo padrone è rimasto talmente colpito dalla performance della giumenta che la farà addestrare per il polo invece di venderla a qualche povero ingenuo, come aveva pensato.»

«Polo?»

«È un gioco che si fa con dei bastoni e palle fatte con radici di bambù.»

«Radici di bambù?»

«È molto popolare in India.»

La caduta doveva avermi stordito. «Perché il colonnello Whittemore vorrebbe far addestrare la sua giumenta per quello? Sta per lasciare il paese?» Ma no, c'era pur sempre il sauro che aveva comprato per fare colpo sulla signorina Petre.

Geo parve confuso.

«Quello che intendo dire è che pensavo che il proprietario fosse il colonnello Whittemore.»

«No, è del nipote del colonnello. A quanto ne so è anche lui un militare.»

«Ned? È tornato nel Surrey?»

Geo si incupì. «Come fai a conoscere Ned Moore?»

«Noi... ehm... ci siamo conosciuti l'anno scorso.»

«Oh?» La voce di Geo era più fredda di una notte invernale. Era geloso? Non aveva mai... ma il suo tono di voce...

Mi strinsi al petto quella possibilità. Avrebbe potuto dimostrarsi una stupidaggine, ma per il momento potevo crogiolarmi al calore della speranza. «A quanto sembra Moore voleva che Ruston valutasse l'animale prima che il suo reggimento fosse inviato in India.»

«Lascerà l'Inghilterra? E il colonnello cosa ne pensa?»

«Non lo so. Non l'ho visto.» Di colpo cambiò argomento. «Il ragazzo è distrutto.»

«Chi?»

«Quello che hai quasi travolto? Sai almeno chi è?»

C'era della derisione nella sua voce e io sentii il sangue defluirmi dal viso. Una manciata di secondi. Quello era tutto il tempo concessomi.

«Si chiama Burt Johnson.» dissi con voce atona. «Ha cinque anni. Hai ragione. Avrei dovuto...»

«Ash, mi dispiace. Non avrei dovuto saltarti addosso in quel modo. Ero... non mi piaceva l'idea che tu vedessi Ned Moore.»

«L'ho incontrato solo una volta, Geo.» Gli accarezzai una guancia. Il colonnello Whittemore non era parso ansioso che le nostre strade si incrociassero, anche se lui e io avevano parlato qualche volta di cavalli. «Non conoscevo neppure il suo cognome.»

Geo voltò la testa nel mio palmo e lo baciò. «Mi dispiace,» disse ancora. «Il pensiero che avessi trovato un altro mentre io non c'ero...»

«Ma mi hai detto che non potevo.» Osai scherzare, osai sperare ancora una volta. «No, no, non baciarmi.»

«Perché no? Oh, perché hai vomitato? Beh, si può rimediare.» Versò del liquido in un bicchiere da una bottiglia che era sul tavolino accanto al letto. «Ecco. Bevi un sorso.»

Feci come mi disse, poi mi sollevò il viso e attese con ansia.

«Oh, Ash. Mi sei mancato.»

«Anche tu mi sei mancato. Grazie per le lettere. Erano...»

Le sue labbra erano calde e io mi abbandonai al bacio. Era passato tanto tempo… Ma poi si ritrasse.

«No, non distrarmi. Ashton, Jem ha detto che stavi cavalcando a rotta di collo. E potevi rompertelo sul serio, il collo.»

«Sono certo che tutti siano rimasti molto delusi dal fatto che non sia successo.»

Si mosse così in fretta da piombarmi addosso in un istante. Strinse le dita attorno alla mia spalla e mi scosse. Trattenni il fiato, non sapendo se quell'atto avrebbe spinto il mio stomaco a svuotarsi.

«Oddio, mi dispiace! Ti serve il catino?»

«No.» Ansimai, poi sospirai per il sollievo. «No, sto bene.» Mi scosse ancora. «Ho detto che sto bene!»

«Avevo il terrore che ti rompessi il collo!»

«Davvero?» Portai di nuovo la mano alla sua guancia e mormorai, «Devi raderti» al che lui mi rivolse un'occhiata esasperata. «Danno la colpa a me, sai. Perlomeno Arabella. È certa che io abbia preso la Fiamma di Diabul, anche se ero accanto a lei tutto il tempo. Né zia Cecily né tuo padre sembra voler prendere le mie parti...»

«Questo non ti ha mai dato fastidio prima.»

«Perché non ho mai permesso che loro si rendessero conto di quanto mi facevano male.» Mi morsi il labbro. Ero un uomo e il capofamiglia. Non volevo che Geo mi vedesse come un infante piagnucoloso. «Perdonami.»

«Non c'è nulla da perdonare, piccolo.» Geo si sedette di nuovo accanto a me sul letto e io appoggiai la testa sulla sua spalla.

«Cosa stava facendo il giovane Burt in quella parte della tenuta?»

«Lui e i suoi amici giocavano a Robin Hood e i suoi fuorilegge.»

«Oh.» Provai un tuffo al cuore. «E chi era Burt?»

«Robin Hood, che domande! Chi pensavi che fosse?»

«Mi hanno sempre fatto fare lo Sceriffo di Nottingham o Guy di Gisbourne.»

«Come, sempre?» Un rossore cupo gli colmò le guance. «È un peccato che John e Robert Hood siano già morti. Nulla mi darebbe più piacere che dare a entrambi un bel pugno in faccia!»

«Geo, è possibile che William sia sopravvissuto?» Mi crogiolavo nel piacere della sua difesa, ma non ero così ingenuo da esprimere ad alta voce la mia gratitudine.

«È più che possibile.» Mi sollevò il mento ed esaminò i miei occhi per un momento. «Il motivo per cui sono andato in America era trovare i fratelli e strappare loro la Fiamma.»

«Ma perché?»

«Non capisci? Per te!»

«Davvero?» Sfregai la guancia contro la sua mano, appoggiata sulla mia spalla.

«Beh, di sicuro non per me! Ho sentito cantare le loro lodi, riferite ai tempi in cui vivevano qui; sarei sopravvissuto anche senza incontrare cotanta perfezione!»

«La perfezione stanca, non è vero? Dunque hai appreso della loro morte?»

«Robert e John sono morti. William è vivo e l'ho riportato in Inghilterra. Non aveva la Fiamma.»

«No, l'ha scambiata per un cavallo per tornare dai suoi fratelli.»

Geo parve sorpreso.

«Ce l'ha detto tuo padre.»

Scosse la testa, mormorò qualcosa mentre si chinava a baciarmi i capelli, poi sospirò. «Detesto essere io a dirtelo, ma la pietra è ancora dispersa.»

«Che importa, dato che è falsa?»

«*Cosa?*»

«Zia Cecily ha detto così.»

«Si sono dati da fare, vero?» Non suonava contento. «Beh...»

«Anche se devo dire che non riesco a capire cosa

sperava di ottenere Robert impadronendosene.»

«A quanto pare Hood ha saputo fin dal principio che Lady Cecily aveva venduto la pietra a un ricco americano tramite un suo agente. Secondo la lettere che le ha scritto, era nella credenza della stanza dei giochi – sembra cercasse un soldatino da seppellire – e ha origliato tutta la faccenda.»

«La stanza dei giochi?» Immaginai che avesse senso. Era lontano dal consueto traffico ed era difficile che i servi avrebbero origliato. «Ma quando è accaduto?»

«Quasi dodici anni fa. Il duplicato della Fiamma le fu dato al tempo stesso.»

E ovviamente Robert non aveva detto niente a nessuno, neppure ai suoi cari fratelli.

«Ma poi sir Eustace riuscì ad aggirare il vincolo.» Ricordai com'era impallidita zia Cecily la sera in cui la Fiamma era scomparsa, quando giunse il messaggio di sir Eustace in cui lui diceva di essere intenzionato a vendere il gioiello.

«Sì. Hood sapeva che sarebbe finita male per Lady Cecily.»

Come accadde nonostante le azioni di Robert.

«E così Robert inscenò il furto.»

«E fuggì per ritrovare la vera Fiamma.»

Mi crollarono le spalle. «Sì, è esattamente quello che avrebbe fatto. Ah, Geo, devi essere molto deluso.»

«P... perché? Ashton, cosa stai dicendo?»

«Non ho mai fatto nulla di paragonabile al gesto di Robert.» A onor del vero, avevo temuto troppo sir Eustace per voler rischiare di attirare la sua attenzione.

Geo non disse a nulla, fissandomi come se non mi avesse mai visto prima, e provai un tuffo al cuore. Certo, era arrivato a provare... a provare un certo affetto per me, ma avendo palesato la mia codardia... Aspettai che dicesse che se ne sarebbe andato, che non sarebbe mai ritornato, all'inferno il debito.

Alla fine, parlò. «Vediamo se è vero. Non sei mai fuggito con un gioiello falso, né hai cercato di recuperare l'originale.»

«No.»

«Tuttavia, quello che hai fatto è stato subire una fustigazione che avrebbe ferito gravemente Lady Cecily. Rimanere qui a occuparti del benessere della tua gente. Prendere sulle tue spalle il debito di un farabutto dissoluto.»

«Geo, mi attribuisci più meriti di quanti ne abbia. Questo posto è il mio retaggio. Non potrei abbandonare Fayerweather più di quanto potrei abbandonare...» Mi accigliai, incapace di pensare a qualcosa.

«Esatto.» E mi baciò.

CAPITOLO
QUINDICI

ERO di nuovo appoggiato comodamente alla spalla di Geo quando il mio stomaco brontolò, ricordandomi che era passato parecchio tempo dalla colazione. «Che ore sono?»

Geo tirò fuori di tasca l'orologio. «Manca un'ora alla cena.»

«Davvero?» Lo fissai perplesso. «Sono stato privo di conoscenza per tutto questo tempo?»

«Invero, e sinceramente mi hai messo una paura dannata. Ti senti abbastanza bene per scendere?»

Misi alla prova con cautela i miei arti. Avvertii una fitta al ginocchio, ma a parte quella mi sentivo sorprendentemente bene. «Sì, anche se potrei dovermi appoggiare a te.»

«Fai pure. Suono per chiamare Kincaid.» Si alzò dal letto e attraversò la stanza per raggiungere il cordone.

«Geo, che è successo?» Mi resi conto che vari capi del suo vestiario erano sparsi per la mia camera.

Le sue guance si imporporarono. «Niente. Volevo solo accertarmi che non fossi ferito gravemente.»

Per cui era rimasto a farmi la guardia? Arrossii per il piacere. «Grazie.»

«Non è niente.»

Sorrisi. Credeva davvero che non me ne accorgessi? «Quando sei arrivato?»

«Stavo per fermare il phaéton quando sei uscito al galoppo dal cortile.»

«Ti ho mancato di poco? Oh, Geo, che razza di benvenuto.»

«È stato ancora peggio quando ti hanno portato a casa in barella.»

«Mi dispiace così tanto!»

«Non importa. Purché tu sia vivo, nulla...» Qualcuno bussò alla porta e Geo andò ad aprire. «Ah, Kincaid.»

«Sir Ashton?» Il servitore pareva sinceramente preoccupato.

«Sì, è ancora fra noi. Avremo bisogno di acqua per raderlo.»

«E anche per lavarlo,» aggiunsi.

Kincaid sporse la testa oltre Geo. «Sono lieto di vedere che state meglio, signore.»

«G... grazie!»

«Dico a sua signoria che scenderete entrambi per cena?»

«Sì.»

«Molto bene, signore. Ho preparato i vostri abiti da sera, signor Geo, e quando tornerò mi occuperò di sir Ashton.»

«Eccellente. Grazie.» Geo chiuse la porta e si voltò verso di me.

«Avete un'aria molto formale, signore.» Diedi una pacca al letto accanto a me. «Unitevi a me.»

Zoppicò esitante verso il letto. «Ashton, non voglio farti agitare, ma... ma devo chiederti una cosa.»

«Sì?»

«Burt... Burt è un tuo figlio illegittimo?»

Non riuscii a trattenermi. Scoppiai a ridere. «Hai visto la signora Johnson?»

«Non fare lo sciocco. Hai detto tu stesso che il

ragazzo ha solo cinque anni. Avresti potuto tranquillamente concepirlo con una giovane e darlo alla signora Johnson.»

«Immagino che avrei potuto farlo, ma la verità è che non l'ho fatto. Non sono mai andato a letto con una donna. Perché pensi una cosa del genere?»

«Forse perché ti somiglia tanto?»

«Lo credi? È più facile che sia uno di quelli di sir Eustace. Era lui quello con la passione per le gonnelle, non io.»

«Stai facendo orecchie da mercante.»

«No, Geo. È chiaro che ho notato la somiglianza, ma non posso proprio far vivere un figlio illegittimo di sir Eustace qui a Laytham Hall. Farò quello che posso per lui, ma non sarebbe giusto dare al ragazzo un assaggio della vita in una magione, solo per darlo come apprendista al signor Ruston o a Giffard.»

«Per cui un giorno ti sposerai?»

«Se voglio dare un erede legittimo a Faywerweather? Non ho scelta, anche se sarà duro per la dama che si accontenterà di me.»

«'Che si *accontenterà*?»

«La tenuta porta con sé un vincolo inalienabile. Anche se così non fosse, non amo la vita in città. A meno che lei non abbia del denaro proprio, dovrà per forza vivere qui. Quale padre lascerebbe che sua figlia si sposasse in circostanze simili?»

«E se sposassi la figlia di un cittadino?»

«Potrebbe succedere e, se accadesse, lui certo vorrebbe avere un ruolo nella conduzione di Fayerweather.»

«E tu non lo permetteresti.»

«Devi capire. Ho già fatto tante rinunce...»

«Potrei anticiparti qualunque somma di cui tu abbia bisogno.»

«No, Geo. Ti devo già tanto...»

«Ho una notizia per te, piccolo. Ho le tasche abbastanza gonfie che qualche centinaio di ghinee in più o in meno non faranno la differenza!» Mi sorrise e, per un attimo, mi mancò il respiro.

«Ti... ti darà fastidio?»

«Tu con una palla al piede? Che dovrei dire? Come hai sottolineato, devi avere un erede.» Pareva rassegnato.

Era così che si sentiva Ned? Era per questo che era partito per l'India?

«Al diavolo!» ruggii. Strinsi le spalle di Geo e lo attirai a me. «Una volta che lei mi avrà dato un erede, troverò il modo per metterla in una casa a Londra o Baths o Brighton, ovunque lei voglia. Non lascerò che si metta fra noi!» Il bacio fu violento, coi miei denti che tormentavano le sue labbra e la mia lingua che esigeva di entrare nella sua bocca, cosa che lui concesse in fretta, buttandomi le braccia intorno al collo, tenendomi stretto. Alla fine ruppi l'abbraccio per dare a entrambi un po' di respiro. «Tu... tu...»

Passò il palmo della mano sulla mia guancia, mentre le sue dita tracciavano la curva della mia mascella.

«Ma certo!»

LA CENA, per fortuna, era finita.

Era stata una faccenda imbarazzante, con zia Cecily che distoglieva spesso lo sguardo dai solchi sulla mia guancia.

La conversazione fu sporadica; per la maggior parte, Arabella chiacchierò di dove lei e William sarebbero andati ad abitare, citando i quartieri più alla moda di Londra, mentre William rimase silenzioso e pensieroso.

Chissà se ci sta ripensando? mi chiesi sarcastico.

Beh, magari zia Cecily gli avrebbe dato ciò che rimaneva del ricavato dalla vendita della Fiamma.

Alla fine il tavolo fu sparecchiato e le signore ci lasciarono al nostro porto.

«Devo dire che il tuo ritorno a Fayerweather mi ha sorpreso non poco, William.» Presi una noce dal vassoio al centro del tavolo e ruppi il guscio fra le dita.

Colsi lo sguardo che Geo rivolse alle mie dita. Quando i suoi occhi incontrarono i miei, erano affamati, e io persi il filo della conversazione.

Cacciò indietro un sorriso e mi toccò la caviglia da sotto il tavolo.

«Chiedo scusa, William?»

«Il signor Stephenson non mi ha lasciato scelta.»

«Eh?» Il padre di Geo parve stupefatto. «Cosa avrei... oh, parlate di George!»

Geo li guardò con aria sarcastica. «Pensavo che a Laytham fosse dovuta una spiegazione.»

«Certamente.» Nella voce di William c'era una certa approvazione, mista a riluttanza. «Devi capire una cosa. Robin ha fatto quello che ha fatto per il bene di zia Cecily. Dapprincipio né io né John siamo riusciti a raccapezzarci...»

«Eppure entrambi eravate pronti a prendervi la responsabilità.»

«Ma certo! Era nostro fratello!»

«Ma certo.»

«Era molto arrabbiato con noi, disse che volevamo batterlo sul tempo... Beh, sai com'era. Quando fummo sul *Falco Pellegrino* ci spiegò tutto.»

«Perché andare in America? Perché non sul continente?»

«Robert aveva in mente di scoprire dove si

trovasse l'americano che aveva comprato la Fiamma, di convincerlo a rivenderla.»

«Posso chiedere dove pensava di trovare diecimila sterline?»

«Oh, aveva un grande piano. Avremmo trovato un impiego che ci tenesse a stretto contatto con uomini ricchi.»

«Di tutte le idiozie...»

«No, ha funzionato! Non badavano a quello che dicevano in nostra presenza e, sfruttando le informazioni che senza volerlo ci avevano dato, siamo riusciti a mettere assieme una discreta fortuna.» Prese il suo bicchiere e bevve un sorso. «Purtroppo, la moglie di quell'uomo era innamorata della Fiamma e rifiutò di separarsene.»

«Cosa fece Robert?»

«Cominciò a corteggiare la signora Va... la cameriera della moglie. Una volta scoperto dov'era conservata la Fiamma, non impiegò molto a rimpiazzarla con quella falsa.»

«Allora...» Deglutii. «Allora la pietra che abbiamo noi è la vera Fiamma? Geo, non... non riesco a ricordare dove l'ho messa!»

«Non temete. Era nella tasca dei vostri pantaloni. L'ho messa nel vostro cassettone.» Si fermò per guardare corrucciato William. «A Hood non è parso opportuno rendere noto questo dettaglio.»

«Perché avrei dovuto, dato che non era più in mano mia?»

L'espressione di Geo si incupì ancora di più, ma io sospirai per il sollievo. Non mi era importato nulla quando pensavo che la pietra fosse fasulla, ma ora che sapevo che quella vera era di nuovo in mano mia...

«Vorrei solo sapere a chi intendeva venderla sir Eustace.»

«Ti importa solo di questo?» William era chiaramente turbato.

«Sì. Diecimila sterline sistemeranno tutte le fattorie e i cottage, Giffard avrà l'attrezzatura che aveva in mente, la stazione di monta avrà il suo stallone —»

«No, Ash.» Geo interruppe la mia visione di splendore. «Dovete conservare la Fiamma per vostro figlio.»

«Eh? L'Orribile è riuscito a sedurre una povera illusa?»

«Non chiamatelo così!» L'occhiata che rivolse a William era omicida.

«E stiamo parlando del futuro.» Ero colpito dal modo in cui Geo mi aveva difeso.

«Ahah.» William sollevò una spalla e voltò di proposito il capo prima di proseguire la storia. «Lasciammo New York immediatamente, diretti verso ovest, sperando che il Com... che quell'uomo non si sarebbe reso conto che la pietra era stata scambiata. Robin disse che in molti svanivano senza lasciare tracce oltre il Mississipi e così facemmo noi. Alla fine, disse, avremmo trovato un posto – New Orleans, forse – con una nave diretta a casa, e...»

«Ma non è accaduto.»

«No. Abbiamo sentito dei disordini in Texas e Robin...»William lanciò un'occhiata al signor Stephenson. «Ricordate com'era, vero?»

«Certo.» Il labbro superiore del signor Stephenson tremò per un attimo.

«Giungemmo a San Antonio nel primo febbraio. All'inizio John e io pensavamo che fosse un'impresa senza speranza, ma poi il colonnello Travis tracciò quella linea nella polvere e chiese a chi intendeva restare di attraversarla. Robin fu il primo.»

«Che ragazzo coraggioso!» esclamò il signor

Stephenson.

Più che altro sciocco, ma non lo dissi.

«Naturalmente il forte cadde. Eravamo meno di duecento e i Messicani... eccoli là, a perdita d'occhio, e non facevamo in tempo ad abbatterne uno che venti prendevano il suo posto. Era come... quel mito greco dei guerrieri nati dai denti del drago? Non c'era speranza. Il colonnello Travis era disperato e voleva che qualcuno cavalcasse fino al quartier generale di Huston. Robin mi spinse avanti. 'È quello che pesa di meno,' disse. 'Il suo cavallo andrà più veloce.' Ma fu inutile. Il generale Huston non avrebbe mandato altri uomini.»

«E fu allora che scambiasti la Fiamma con un cavallo per tornare ad Alamo.»

«Sì. Ho cavalcato fino ad ammazzare la bestia, ma era troppo tardi. Quando tornai...» Gli tremò la voce ed ebbe bisogno di un momento per raccogliere le forze. «Quel bastardo di Santa Ana aveva ordinato che i difensori caduti fossero impilati come legna da ardere e cremati. Riuscii a intrufolarmi nel forte mentre l'esercito messicano si occupava dei propri feriti. Trovai i miei fratelli nella caserma. John aveva protetto Robin col proprio corpo e la sua schiena era coperta di ferite. La spalla di Robin era coperta di sangue, ma era stato il proiettile in mezzo agli occhi a ucciderlo.»

«Aveva sempre voluto morire in una battaglia disperata.»

«Non è vero! Robin non aveva alcun desiderio di morire, Orribile! Voleva solo combattere una battaglia disperata, come nostro padre!»

«Hood, ve lo dirò un'ultima volta. Chiamate ancora una volta Ashton 'Orribile' e vi manderò col culo per terra!»

«Voi? Uno storpio?»

«William!» Il signor Stephenson parve profondamente scioccato.

«Devo dire, William, che per essere uno che vive in questa casa solo grazie al mio buon cuore, lo stai davvero mettendo alla prova.»

«Il *tuo* buon cuore? Cosa c'entri tu? Di certo zia Cecily...»

«Non ha voce in capitolo su chi possa risiedere o meno a Laytham Hall.»

«Sentite un po', Laytham...» disse infuriato il padre di Geo.

«Non direi nulla se fossi in voi, padre. Penserei piuttosto di ricordare che anche voi siete qui grazie al suo buon cuore.»

«Esattamente.» Nascosi il mio piacere di fronte al fatto che Geo mi conoscesse tanto bene dietro al bicchiere di porto che mi portai alle labbra. «Vi metto in guardia a non tentare la mia pazienza, signor Stephenson.»

Mi fissò a bocca aperta. Attesi ancora un momento o due, ma a quanto sembrava non aveva altro da dire.

«Molto bene, dunque. La Fiamma è tornata in mio possesso e non vedo ragione di far sapere al mondo intero che è stata zia Cecily a darla via, dunque la faccenda si chiude qui. William, ho ragione a credere che tu voglia ancora sposare Arabella?»

«Certo che sì!»

«Signor Stephenson, volete sposare zia Cecily?»

«Lo voglio.»

«Allora avete entrambi il mio permesso. Signor Stephenson, dato che siete un uomo influente, sarebbe meglio che andaste in città domani e vi facciate rilasciare due permessi speciali. William, tu andrai dal reverendo Parramore per fissare la cerimonia, diciamo, domenica dopo la messa? Se non è abbastanza presto per te, vi do il permesso di fuggire insieme a Gretna Green. Ci sono obiezioni?»

Mi fissarono entrambi con le bocche spalancate, mentre Geo passò un dito lungo il bordi dei miei occhiali, lasciando che il bagliore nei suoi occhi fosse l'unico segno palese della sua approvazione.

«Ottimo. Che ne dite di riunirci alle signore e dare loro la notizia?»

IL RITORNO della fiamma sembrò presagire il ritorno delle fortune dei Laytham.

Con zia Cecily e Arabella sposate e sotto la tutela dei loro mariti, il mio portafogli non era più soggetto a periodici svuotamenti.

I cavalli da corsa di sir Eustace si dimostrarono belli, ma lenti come lumache; fu un piacere per me trovare loro dei compratori. La puledrina che Beauty aveva partorito poco dopo la morte di sir Eustace aveva vinto abbastanza premi da attirare l'attenzione sulla Stazione di monta di Fayerweather, come il puledro di Jezebel, che aveva fatto bella figura a Goodwood. Ci mancava ancora un discendente dell'Arabo di Godolphin, ma il signor Ruston e io continuavamo a sperare.

Era passato da poco il Natale e io ero impegnato a lavorare sui libri contabili nel mio studio. Il fuoco ardeva nel caminetto e, fuori, uno strato di neve fresca ricopriva il terreno.

La porta si aprì e io sollevai lo sguardo, aspettandomi di vedere David, dato che Colling non era più a Laytham Hall. Era stato molto compiaciuto quando zia Cecily gli aveva chiesto di unirsi alla loro servitù e io non avevo avuto motivo di negarglielo.

«Cosa c'è... Jem?»

«Il signor Ruston vorrebbe che veniste alla stalla, signore.»

«Va tutto bene?»

«Oh, sì!»

«Ma il signor Ruston chiede che vada lì.»

Jem aveva un sorrisone stampato in volto. «Sì, signore.»

Curioso. «Molto bene.»

David era pronto fuori dallo studio con un mantello di lana fra le mani. «Vi servirà, signore.»

«Mmm.» Lo presi, accigliandomi. Era entusiasta. Non che mi dispiacesse che la mia servitù fosse felice, ma di solito era il servo di Geo a far assumere quell'espressione al mio maggiordomo. «Grazie.»

Jem mi seguì, quasi saltellando.

«Come ti senti da uomo sposato?» Aveva sposato la sua mungitrice l'autunno precedente e io avevo dato loro un cottage in fondo alla strada.

Sorrise di nuovo. «È splendido, sir Ash, e la mia Nell... Beh, non avevo mai pensato che sarei stato tanto felice.»

«Sono contento per te.»

«E voi... Perdonatemi se mi prendo questa libertà, ma Fayerweather avrà una nuova padrona di casa?»

«Un giorno.» Naturalmente avrei dovuto sposarmi – Geo e io ne avevamo parlato qualche volta – ma nessuno di noi due ne era molto entusiasta. E un nuovo pensiero aveva preso a tormentarmi. Il mio membro sarebbe riuscito a rizzarsi quando fosse venuto il momento di consumare il matrimonio?

Avevo accennato della cosa a Geo e lui mi aveva preso il mento fra le dita. «Ti darò una mano.»

«No, sul serio, Geo...»

«Sul serio, signore. Vi inchiappetterò mentre

compite i vostri doveri di marito.»

«Signore! Questo è... è...» La mia asta si era indurita e non potevo non considerare la cosa. «Il massimo della depravazione!»

«Vero, eh?» Geo era parso eccitato quanto me e mi aveva buttato sul letto.

Ma del resto quale dama avrebbe acconsentito a una cosa del genere?

«Mi dispiace di averlo chiesto, signore,» mormorò Jem. «Non volevo intristirvi.»

«Non mi hai intristito, Jem. Ora, cosa c'è di così importante da richiedere la mia presenza alle stalle?»

«Questo, sir Ash.» Il signor Ruston sorrise con la pipa in bocca. Condusse un piccolo, splendido stallone baio fuori dalla stalla. Una coperta con il verde e il nero di Fayerweather copriva il dorso dell'animale.

«Oh!» Mi avvicinai con cautela, porgendogli il palmo cosicché apprendesse il mio odore. Il suo fiato era uno sbuffo bianco nell'aria fredda del pomeriggio. «Oh!» Passai la mano lungo l'ampia spalla e il petto muscoloso. «È qui per montare una delle nostre giumente? Perché nessuno me l'ha detto? A chi appartiene?»

«Sì,» mi informò una splendida voce da baritono. «Doveva essere una sorpresa; ed è vostro.»

«Geo! Cosa ci fate qui?»

Sorrise. «Volevo essere qui quanto lo avreste visto. So che non è molto vistoso, ma non lo era neppure l'Arabo di Godolphin.»

«Volete dire...»

«Sì. Discende dall'Arabo da entrambi i rami.» Si mise accanto a me e passò una mano sul muso piatto dello stallone. «Buon compleanno, Ash.»

«Me lo regalate?»

«Certo. Cosa credevate?»

«Ah, Geo. È perfetto!» Non potevo baciarlo, ma strinsi con forza la sua mano e, con voce talmente bassa che nessuno avrebbe potuto sentirmi, mormorai: «Proprio come te!»

BUSSARONO alla porta del mio studio e io misi da parte con un certo sollievo la lettera che avevo ricevuto da zia Cecily. In essa accennava senza troppa grazia al fatto che avrei dovuto cercarmi una sposa e cominciare a preparare le stanze dei bambini. Sembrava che Arabella si stesse gonfiando e William era al settimo cielo per la nascita imminente.

«Prego.»

David aprì la porta. «Vi chiedo scusa signore. Johnson vorrebbe parlarvi. Dice che è importante, altrimenti non vi avrei disturbato.»

«Grazie, David.» Attesi che se ne andasse prima di rivolgermi all'uomo, chiaramente preoccupato. «C'è qualcosa che non va, Johnson?»

«No, signore. A parte... Si dice per la tenuta che il giovane Burt sia un figlio illegittimo di vostro zio, e non è vero. La signora Johnson e io... credevamo che fosse ora di farvi vedere questi.» Esitando, mi porse due documenti.

Fissai le carte che avevo in mano. La prima era il contratto di matrimonio fra Osburt Laytham e Angelica, Contessa de' Visconti e Sforza, stipulato al consolato inglese a Milano il 24 giugno del 1826, alla presenza di dignitari i cui nomi non ero in grado di pronunciare, figurarsi riconoscere.

Il secondo era il certificato di nascita di Osburt Archibald Laytham nel 1831.

«Come siete venuto in possesso di queste carte?»

«Il signor Osburt ce le ha lasciate quando lui e la

signora sono partiti per la loro ultima avventura. Dopo che Maggie e io abbiamo saputo che la loro nave era finita ai pesci, abbiamo preso tutto quello che potevamo e siamo tornati a casa. Il fratello della contessa... non era felice quando lei sposò il signor Osburt e Maggie io sapevamo che il giovane Burt non avrebbe fatto una bella fine affidato alle sue cure.»

«Tutti questi anni, mio zio è vissuto a Milano?»

«Oh, no, signore! Per un certo periodo è stato in Canada. Ha fatto fortuna laggiù, con le pellicce e il legname.»

«Perché non è mai tornato a Fayerweather?»

«Aveva tutta l'intenzione di farlo, signore. Voleva dimostrare a suo padre che non era il perdigiorno che tutti credevano, ma per allora il vecchio baronetto era morto e, a dire il vero, non c'era molto amore fra i vostri zii, sir Ash.»

«No, credo di no.»

«Per cui se ne andò sul continente...»

«Siete stato con lui per tutto questo tempo?»

«Sì, signore. Il signor Osburt e io eravamo amici fin da piccoli.» Era un'affermazione abbastanza insolente, ma mi limitai ad annuire.

«Sono lieto che avesse qualcuno come voi.» E se mio zio e il suo servo avevano condiviso il genere di amicizia che era intercorso fra Jem e me, non era affar mio.

«Grazie, signore. Come dicevo. Siamo finiti a Milano. Quando lui vide la contessa, beh, non ci volle molto perché si sposarono. E così io e la cameriera personale di lei.»

«Dite che mio zio e sua moglie sono periti in un naufragio?»

Annuì. «È stato nel maggio del '33, signore. La *Dama del Lago* urtò un iceberg nell'Atlantico del nord e il signor Osburt e la contessa furono fra le vittime.

«E tuttavia non siete venuti a Fayerweather prima che fosse passato oltre un anno.»

«No, signore. E se sir Eustace non avesse tirato le cuoia quando gli è toccato, non saremmo venuti nemmeno allora. Scusate se mi permetto, ma me lo ricordo fin da quand'ero piccolo, vedete, e non volevo rischiare che non riconoscesse il giovane Burt come suo nipote. Ci sono dei soldi da parte, capite.»

Tremai. Capivo eccome. Se sir Eustace lo fosse venuto a sapere, il ragazzo sarebbe stato condannato.

«Il signor Osburt ci ha lasciato abbastanza per far sì che io e Maggie potessimo vivere bene assieme al giovane Burt fino a quando lui non fosse divenuto maggiorenne, ma lui è un Laytham, signore, e...»

«E ha tutto il diritto di conoscere i suoi diritti di nascita.»

«Sì, signore.» Il suo sollievo era palese.

«Dovrò verificare tutto questo, capite?»

«Certo, capisco. Ma Maggie e io non dubitiamo che farete il bene del giovane Burt.»

«Certo. Per ora, non dovete dire nulla.»

«No, signore.»

Se ne andò e io mi sedetti a scrivere una lettera per Geo.

ERO appoggiato al muretto fuori dal mio studio, facendomi una fumata, riflettendo su un futuro che sembrava pronto a darmi tutto ciò che volevo, quando la porta si aprì sbattendo e Geo entrò di corsa. Era senza cappello, coi capelli in disordine, e la sua guancia era sporca di fango.

«Geo?» Era solo, per cui potei esclamare, «Oh, mio caro...» Zoppicava al punto da farmi temere che la sua gamba avrebbe ceduto.

«Cosa significa tutto questo, signore?»

«Chiedo scusa?»

«Questo!» Mi sbatté un foglio in faccia e io indietreggia, rischiando di inciampare nel muretto.

«È... è una lettera.»

«Lo so bene!» La aprì e cominciò a leggere. *«So che manca qualche giorno al fine settimana, ma mi fareste il favore di venire a Fayerweather il prima possibile? Ho notizie importanti per voi!»*

«Beh, sì, ma non mi aspettavo certo che arrivassi il giorno stesso in cui l'avresti ricevuta.»

Mi guardò storto. «Chi è lei?»

«Chi?»

«La donna che sposerai.»

«Io non...»

«Oh, andiamo! Che altra ragione avevi di scrivermi?»

«Volevo chiederti di controllare alcune carte.»

Si irrigidì. «Fammi capire. Mi hai chiamato per leggere un documento.»

«Due, a dire il vero. Sono...»

«Ho cavalcato fino a qui, *ventre à terre*, per guardare due carte?» Nella sua voce c'era una sorta di furia pacata che non riuscivo a capire.

Poi le sue parole fecero effetto. *«Ventre à terre?* Tu... oh, Geo!» Buttai via il sigaro e mi buttai su di lui, facendo attenzione a non sbilanciarlo.

Mi afferrò gli avambracci. «No, signore! Non pensare che baciarmi ti farà perdonare di avermi fatto prendere uno spavento che mi ha tolto almeno dodici anni di vita!»

«Non dire così! Ah, Geo, mi dispiace!» Riuscii a liberarmi le braccia e le avvolsi intorno al suo collo, con la testa che quasi mi girava per il piacere. Che dicesse quello che voleva, aveva appena realizzato quello che era il desiderio più grande di Arabella, e per me! «Ma cosa ti ha fatto agitare?»

«Mio padre mi ha scritto, dicendomi che Lady Cecily cerca una moglie per te. Ho... ehm...» Pareva imbarazzato. «Ho cominciato a guardare con terrore al postino, in attesa di una lettera che mi avrebbe informato delle tue nozze incombenti.»

«Mio povero caro.» Gli scostai i capelli dalla fronte.

«Caro, mi chiama lui. Dio sa se non somiglio a un vecchio relitto.»

«Mai!»

Mi baciò, poi mi allontanò da sé. «Dunque. Cosa c'è di così importante in queste carte?»

«Sono... se potessi verificare il loro contenuto...»

«*Io?*»

«Sì. Conosci molta gente, avendo viaggiato per il paese e anche sul continente. Saprai a chi chiedere.»

«La tua fiducia in me mi commuove,» disse sarcastico.

«E dovrebbe.» Appoggiai la testa sulla sua spalla. «Se sono autentiche, dimostrano che il giovane Burt non è un figlio illegittimo di sir Eustance, ma il figlio legittimo di mio zio Osburt! Non dovrò sposarmi!»

«Davvero?» Le sue braccia si strinsero intorno a me. «Partirò domani. E quando tornerò... Credo che sarebbe meglio se tu riarredassi le stanze padronali e le prendessi per te. Io, naturalmente, rimarrò nella Stanza del Re.»

Buttai indietro la testa e gli sorrisi. «Sai che c'è un passaggio segreto dalla Stanza del Re a quella di sir Osburt?»

«Sul serio?»

«Sul serio. E questo significa che ci sarà molto

traffico fra le due stanze.»

«Già.» Seppellì e tuffò il viso nel mio collo. «Mi... mi ami, Ashton?»

«Ma certo!» Sapevo che non sarebbe riuscito a dirlo, che forse non l'avrebbe mai detto, ma sapevo anche che mi voleva bene e mi sarebbe bastato.

«È stato un lungo viaggio fino a qui, piccolo, ma ti amo anch'io.»

Mi ritrassi e lo fissai a bocca aperta come un imbecille. «D... davvero?»

«Certo. Perché lo trovi così sorprendente?»

Non avevo parole per rispondergli e lui sorrise teneramente e mi accarezzò la guancia.

«Giornata lunga, eh?»

«Proprio così.»

«E io sto morendo di fame!» Si schiarì la voce, ma aveva uno sguardo malandrino. «Ci facciamo preparare qualcosa dalla cuoca?»

«Ma certo, Geo!» Lo attirai a me e lo baciai. «Oh, ma certo!

TINNEAN scrive dalla terza elementare, dove ha tentato la via della poesia epica. Per fortuna, quel poema non è sopravvissuto al trascorrere del tempo; tuttavia, il suo amore per la scrittura non soltanto è sopravvissuto, ma si è ingigantito, e alle superiori divenne membro della redazione del giornalino, dove scrisse un sacco di racconti.

Fu con l'avvento in famiglia del secondo computer – il primo aveva intimidito tutti quanti – che la sua scrittura prese il volo, alimentata in parte dalle fanfiction, ma soprattutto dalle meraviglie del copia e incolla. Quando era membro del fandom, è stata candidata ai premi *Rerun* e *Light My fire*. Ora si concentra sui suoi personaggi originali.

Newyorkese nell'anima, vive nel sudovest della Florida con suo marito e due computer.

Le parole di Ernest Hemingway riflettono la devozione di Tinnean per la scrittura: «Una volta che scrivere è divenuto il vostro più grande vizio e piacere, solo la morte può porvi fine.»

Potete contattarla all'indirizzo tinneantoo@gmaill.com e la trovate anche su LiveJournal: httt://tinnean.livejournal.com/ e su Facebook. Se volete un assaggio delle sue opere precedenti, potete trovarle su http://www.angelfire.com/fl5/tinnssinns/Welcome1.html.